名家散文典藏

彩插版

张晓风散文精选

张晓风 著

长江出版传媒　长江文艺出版社

图书在版编目（CIP）数据

张晓风散文精选 / 张晓风著. -- 武汉：长江文艺出版社，2017.12（2025.7 重印）
（名家散文典藏：彩插版）
ISBN 978-7-5354-9894-6

Ⅰ. ①张… Ⅱ. ①张… Ⅲ. ①散文集－中国－当代 Ⅳ. ①I267

中国版本图书馆CIP数据核字(2017)第191578号

责任编辑：秦文苑　马　蓓　　　　　责任校对：程华清
封面设计：龙　梅　　　　　　　　　责任印制：邱　莉　胡丽平

出版：长江出版传媒　长江文艺出版社
地址：武汉市雄楚大街268号　　　邮编：430070
发行：长江文艺出版社
http://www.cjlap.com
印刷：中印南方印刷有限公司

开本：640毫米×970毫米　　1/16　印张：17　插页：10页
版次：2017年12月第1版　　2025年7月第11次印刷
字数：210千字

定价：30.00元

版权所有，盗版必究（举报电话：027—87679308　87679310）
（图书出现印装问题，本社负责调换）

名家散文典藏
张晓风 散文精选

目录

传说中的宝石 / 001

人生的什么和什么 / 003

生命，以什么单位计量 / 005

我想走进那则笑话里去 / 007

春日二则 / 010

林中杂想 / 013

只因为年轻啊 / 020

星　约 / 029

玉　想 / 037

三个人里面聪明的那一个 / 045

有求不应和未求已应 / 054

窃　据 / 058

描　容 / 060

雨之调 / 066

春　俎 / 070

雨天的书 / 074

戈壁行脚 / 079

甘　醴 / 088

张 晓 风 散 文 精 选

同　色　／　090

魔　季　／　091

一钵金　／　096

愁乡石　／　100

衣履篇　／　103

种种有情　／　108

再跟我们讲个笑话吧！　／　114

不　识　／　120

一半儿春愁，一半儿水　／　125

重读一封前世的信　／　129

劫　后　／　135

一碟辣酱　／　138

包　子　／　140

酿酒的理由　／　142

初　雪　／　145

替古人担忧　／　149

第一幅画　／　153

月，阙也　／　156

开卷和掩卷 / 159

错　误 / 165

遇 / 169

秋千上的女子 / 174

情　怀 / 181

给我一个解释 / 189

我　在 / 196

我恨我不能如此抱怨 / 201

专　宠 / 205

我有一个梦 / 211

我交给你们一个孩子 / 217

念你们的名字 / 222

我不知道怎样回答 / 227

我　有 / 229

母亲的羽衣 / 232

种种可爱 / 237

遇见 / 243

一山昙华 / 245

张 晓 风 散 文 精 选

一句好话 / 247
你欠我一个故事 / 252
平视,也有美景 / 257
我捡到了一张身份证 / 260

传说中的宝石

那年初秋,我们在韩国庆州土含山佛国寺观日出。

清晨绝冷,大家一路往更高更冷的地方爬去,爬到一座佛寺,有人出面为那座并不起眼的佛像作一番解释:

"啊哟!你们来的时候不对!如果你们是十二月二十二号那天来,就不得了啦!那菩萨的额头中间嵌着一块宝石哩!到了十二月二十二号那天早晨,太阳的角度刚好照在那块宝石上,就会射出千千万万条光芒,连海上远远的渔船都看得见呢!"

我们没有看到那出名的"石窟庵菩萨"的奇景,只好把对方词不达意的翻译放在心上,一面将信将疑地继续爬山路。那天早晨我们及时到达山顶,兴奋地从云絮深处看那丸蹦跃而出的血红日出。

每想起庆州之行虽会回想那看得到的日出胜景,却不免更神往那未曾看到的万道华彩。其辉灿绚丽处,果如传说中说的那么神奇吗?后来又听人说,那块宝石早就失窃了。果真失窃,那么,看不到奇景的遗憾,就不仅是我一个人的了。这件事在我心里渐渐变成一件美丽的疑案,我常想,如果宝石尚在,每一年的某月某时某分,太阳就真可以将一块菩萨额头的宝石折射成万道光华吗?我不知道,然而,我却知道——

如果,清晨时分我面对太阳站立,那么,我脸上那平凡安静的双瞳也会因日出而幻化为光辉流烁的稀世黑晶宝石!不必等什么十二月二十二日，每一天的日出，我的眼睛都可自动对准太阳而射出欢呼和华彩——并且，这一块（不，这两块）永不遭窃。除非，有一天，时间之神自己亲手来将它取回。

我于是憬悟到自身的庄严、灿美，原来尤胜于在深山莲花座上趺坐的石佛。

人生的什么和什么

她的手轻轻地搭在方向盘上,外面下着小雨。收音机正转到一个不知什么台的台上,溢漫出来的是安静讨好的古典小提琴。

前面是隧道,车如流水,汇集入洞。

"各位亲爱的听众,人生最重要的事其实只有两件,那就是……"

主持人的声音向例都是华丽明亮的居多,何况她正在义无反顾地宣称这项真理。

她其实也愿意听听这项真理,可是,这里是隧道,全长五百公尺,要四十秒钟才走得出来,隧道里面声音断了,收音机只会嗡嗡地响。她忽然烦起来,到底是哪两项呢?要猜,也真累人,是"物质与精神"吗?是"身与心"吗?是"爱情与面包"吗?是"生与死"吗?或"爱与被爱"?隧道不能倒车,否则她真想倒车出去听完那段话再进来。

隧道走完了,声音重新出现,是音乐,她早料到了四十秒太久,按一分钟可说二百字的广播速度来说,播音员已经说了一百五十个字了,一百五十字,什么人生道理不都给她说完了吗?

她努力去听音乐,心里想,也许刚才那段话是这段音乐的引言,如果知道这段音乐,说不定也可以又猜出前面那段话。

音乐居然是《彼得与狼》——这当然不会是答案。

依她的个性,她知道自己会怎么做,她会再听下去,一直听到主

张晓风
散文精选

持人播报他们电台和节目的名字,然后,打电话去追问漏听的那一段来,主持人想必也很乐意回答。

可是,有必要吗?四十岁的人了,还要知道人生最重要的事是"什么和什么"吗?她伸手关上了收音机,雨大了,她按下雨刷。

生命，以什么单位计量

这是一家小店铺，前面做门市，后面住家。

星期天早晨，老板娘的儿子从后面冲出来，对我大叫一句：

"我告诉你，我的电动玩具比你多！"

我不知道他在跟谁说话，四面一看，店里只我一人，我才发现，这孩子在跟我作现代版的"石崇斗富"。

"你的电动玩具都是小的，我的，是大的！"小孩继续叫阵。

老天爷，这小孩大概太急于压垮人，于是饥不择食，居然来单挑我，要跟我比电动玩具的质跟量。我难道看起来像一个玩电动玩具的小孩吗？我只得苦笑了。

他其实是个满清秀的小孩，看起来也聪明机灵，但他为什么偏偏要找人比电动玩具呢？

"我告诉你，我根本没有电动玩具！"我弯腰跟那小孩说，"一个也没有，大的也没有，小的也没有——你不用跟我比，我根本就没有电动玩具，告诉你，我一点也不喜欢电动玩具。"

小孩目瞪口呆地望着我，正在这时候，小孩的爸爸在里面叫他：

"回来，不要烦客人。"

（奇怪的是他只关心有没有哪一宗生意被这小鬼吵掉了，他完全没有想到说这种话的儿子已经很有毛病了。）

我不能忘记那小孩惊奇不解的眼神。大概，这正等于你驰马行过

张晓风
散文精选

草原有人拦路来问：

"远方的客人啊，请问你家有几千骆驼？几万牛羊？"

你说：

"一只也没有，我没有一只骆驼，一只牛，一只羊，我连一只羊蹄也没有！"

又如雅美人问你："你近年有没有新船下水？下水礼中你有没有准备够多的芋头？"你却说：

"我没有船，我没有猪，我没有芋头！"

这是一个奇怪的世界，计财的方法或用骆驼或用芋头，或用田地，或用妻妾，至于黄金、钻石、房屋、车子、古董——都是可以计算的单位。

这样看来，那孩子要求以电动玩具和我比画，大概也不算极荒谬吧！

可是，我是生命，我的存在既不是"架""栋""头""辆"，也不是"亩""艘""匹""克拉"等单位所可以称量评估的啊！

我是我，不以公斤，不以公分，不以智商，不以学位，不以畅销的"册数"。我，不纳入计量单位。

我想走进那则笑话里去

围坐喝茶的深夜,听到这样的笑话:

有个茶痴,极讲究喝茶,干脆去住在山高泉冽的地方,他常常浩叹世人不懂品茶。如此,二十年过去了。

有一天,大雪,他瀹水泡茶,茶香满室,门外有个樵夫叩门,说:

"先生啊!可不可以给我一杯茶喝?"

茶痴大喜,没想到饮茶半世,此日竟碰上闻香而来的知音,立刻奉上素瓯香茗,来人连尽三杯,大呼,好极好极,几乎到了感激涕零的程度。

茶痴问来人:

"你说好极,请说说看,这茶好在哪里?"

樵夫一面喝第四杯,一面手舞足蹈:

"太好了,太好了,我刚才快要冻僵了,这茶真好,滚烫滚烫的,一喝下去,人就暖和了。"

因为说的人表演得活灵活现,一桌子的人全笑了,促狭的人立刻现炒现卖,说:

"我们也快喝吧,这茶好吧!滚烫哩!"

我也笑,不过旋即悲伤。

人方少年时,总有些耽溺于美。喝茶,算是生活美学里的一部分。凡有条件可以在喝茶上讲究的人总舍不得不讲究。及至中年,才不免

张晓风
散文精选

悯然发现，世上还有美以外的东西。

大凡人世中的美，如音乐，如书法，如室内设计，如舞蹈，总要求先天的敏锐加上后天的训练。前者是天分，当然足以傲人，后者是学养，也是可以自豪的。因此，凡具有审美眼光之人，多少都不免骄傲孤慢吧？《红楼梦》里的妙玉已是出家人，独于"美字头上"勘不破，光看她用隔年雨水招待贾母刘姥姥喝茶，喝完了，她竟连"官窑脱胎白盖碗"也不要了——因为嫌那些俗人脏。

黛玉平日虽也是个小心自敛的寄居孤女，但一谈到美，立刻扬眉瞬目，眼中无人，不料一旦碰上妙玉，也只好败下阵来，当时妙玉另备好茶在内室相款，黛玉不该问了一句：

"这也是旧年的雨水？"

妙玉冷笑一声：

"你这么个人，竟是个大俗人，连水也尝不出来！这是五年前我在玄墓蟠香寺住着收的梅花上的雪，统共得了那一鬼脸青的花瓮一瓮，总舍不得吃，埋在地下，今年夏天才开了，我只吃过一回，这是第二回了。你怎么尝不出来？隔年蠲的雨水，哪有这样清淳？如何吃得？"

风雅绝人的黛玉竟也有遭人看作俗物的时候，可见俗与不俗有时也有点像才与不才，是个比较上的问题。

笑话里的俗人樵夫也许可笑，——但焉知那"茶痴"碰到"超级茶痴"的时候，会不会也遭人贬为俗物？

为了不遭人看为俗气，一定有人累得半死吧！美学其实严酷冷峻，间不容发。其无情处真不下于苛官厉鬼。

日本的十六世纪有位出身寒微的木下藤吉郎，一度改名羽柴秀吉，后来因为军功成为霸主，赐姓丰臣，便是后世熟知的丰臣秀吉。他位极人臣之余很想立刻风雅起来，于是拜了禅僧千利休学茶道。一切作业演练都分毫不差，可是千利休却认为他全然不上道。一日，丰臣秀吉穿过千利休的茶庵小门，见墙上插花一枝，赶紧跑到师父面前，巴巴地说了一句看似开悟的话：

"我懂了！"

千利休笑而不答——唉！我怀疑这千利休根本是故布陷阱。见到

花而大叫一声"我懂了"的徒弟,自以为因而可以去领"风雅证书"了,却是全然不解风情的。我猜千利休当时的微笑极阴险也极残酷。不久之后,丰臣就借故把千利休杀了,我敢说千利休临刑之际也在偷笑,笑自己有先见之明,早就看出丰臣秀吉不能身列风雅之辈。

丰臣秀吉大概太累了,"风雅"两字令他疲于奔命,原来世上还有些东西比打仗还辛苦。不如把千利休杀了,从此一了百了。

相较之下,还是刘姥姥豁达,喝了妙玉的茶,她竟敢大大方方地说:

"好虽好,就是淡了些。"

众人要笑,由他去笑,人只要自己承认自己蠢俗,神经不知可以少绷断多少根。

那一夜,在众人的哄笑声中,我真想走到那则笑话里去,我想站在那茶痴面前,他正为樵夫的一句话气得跺脚,我大声劝他说:"别气了,茶有茶香,茶也有茶温,这人只要你的茶温不要你的茶香,这也没什么呀!深山大雪,有人因你的一盏茶而免予僵冻,你也该满足了。是这人来——虽然是俗人——你才有机会可以得到布施的福气,你也大可以望天谢恩了。"

怀不世之绝技,目高于顶,不肯在凡夫俗子身上浪费一丝一毫美,当然也没什么不对。但肯起身为风雪中行来的人奉一杯热茶,看着对方由僵冷而舒活起来,岂不更为感人——只是,前者的境界是绝美的艺术,后者大约便是近乎宗教的悲悯淑世之情了。

春日二则

美丽的计时单位

> 唐宫中,以女工揆日之长短,冬至后,日晷渐长,比常日增一线之工。
>
> ——《唐杂录》
>
> 何人却忆穷愁日,日日愁随一线长。
>
> ——《杜甫至日遣兴诗》

如果要计算白昼,以什么为单位呢?如果我们以"水银柱上升一毫米"来计大气压,以"摄氏四度时一立方公寸"纯水之重为一公斤来计重量,那么,拿什么来数算光耀如银的白昼呢?

唐代宫中的女子曾发明了一个方法,她们用线来数算。冬至以后,白昼一天比一天长,做女红的女子便每日多加一根线。

想花腾日暄之际,多少素手对着永昼而怔怔,每扎下一针脚,都是无量量劫中的一个刹那啊!每悠然一引线,岂不也是生生世世情长意牵中的一段完成吗?长安城里的丽人绣罢腊梅绣牡丹,直绣到一一风荷举。山乡水廓的妇人或工于织缣或工于织素,直织到经冬复历春。

中国的女子把一缕缕柔长的丝线来作为量度白昼的单位，多美丽的计时单位啊！

中国的男人也有类似的痴心，歌谣里男子急急地唱道：

"拴住太阳好干活啊！"

唱歌的人想必是看着未插完的秧田或割不完的大麦而急得不讲理起来的吧？疯狂的庄稼汉竟是蛮不知累的，累倒的反是太阳，它竟想先收工了。拴住它啊！别让那偷懒的小坏蛋跑了，但是拴太阳要拿什么来拴呢？总不是闺阁中的绣线吧。想来该是牵牛的粗绳了。

想迟迟春日，或陌上或栏畔，多少中国女子的手用一根根日渐加多的线系住明亮的昼光，多少男子的手用长绳甩套西天的沉红，套住系住以后干什么，也没有干什么，纯朴的人并无意再耽溺一番"如花美眷，似水流年"的自怜自惜，他们只是简单地想再多做一点工作，再留下一点点痕迹。

至于我呢？我是一个喜欢单位的女子——没有单位，数学就不存在了，我愿以脚为单位去丈量茫茫大地（《说文》：六尺为步，步百为亩，秦改二百四十步为亩），我愿以手为单位去计度咫尺天涯（《说文》：咫八寸，尺十寸，咫指中等身高妇人之手长），我也愿以一截一截的丝线去数算明亮的春昼，原来数学上的单位也可以是这样美丽的。

留憾的是：不知愁山以何物计其净重，恨海以何器量其容积，江南垂柳绿的程度如何刻表？洛阳牡丹浓红的数据如何书明？欲望有其标高吗？绝情有其硬度吗？酒可以计其酒精比，但愁醉呢？灼伤在皮肤医学上可以分度，但悲烈呢？地震有级，而一颗心所受的摧折呢？唉！数学毕竟有所不及啊！

何谓春天？

那故事是真的，爸爸说给我听的。

那时候，抗日战争已经打起来了，国民政府迁到汉口，是一九三八年左右吧？蒋先生在南岳衡山召开一个大会，讨论许多事情，其中军医署也来了，会中决定令军医署的人立刻着手准备明年春季的医疗。

张 晓 风
散 文 精 选

会后，公文一层层转下去，不知怎的，竟转到一位死心眼的朋友手上，他反问了一句：

"春天？请问何谓春天？"

问得好！他的主管一时也愣住了，的确，如果连春天都解释不出来，又怎能克日计时完成春季医疗准备？于是一纸公文，带着这不知该算正经还是该算逗趣的问句，一关关旅行，公文直走了七关，终于收集了许多学者专家的"春天之定义"，其中劳动了"军政部""军委会""国民政府""科学研究院"等一个个正襟危坐的机关，得到如下不同的答案。

解释之一说：应该指阴历正、二、三月。

解释之二说：应该从立春日算起。

解释之三说：应指阳历一、二、三月。

解释之四说：应指阳历二、三、四月。

解释之五说：从天文学上行星位置来看。

解释之六说：从地理学上平均温度来看。

解释之七说：应该可以参照西洋对于 Spring 的说法。

……

那事后来不知如何了结的，想想，原来公文往返之际也有如此动人的事，遥想那时我尚未出生，战争正进行，血流正殷，五岳正枯坐相望，南岳衡山的一番风云盛会之后竟惹出了这么澹澹的一句反问，算来，也该是万里烽烟中的一纶琴音，在四方杀伐声中的一句柔美的唠叨。

然而，对始于犹豫而终于逃遁的春天该如何定义？我一直还没有找到。

林中杂想

一

我躺在树林子里看《水浒传》。

事情是这样开始的，暑假前，我答应学生"带队"，所谓带队，是指带"医疗服务队"到四湖乡去。起先倒还好，后来就渐渐不怎么好了。原来队上出了一位"学术气氛"极浓的副队长，他最先要我们读胡台丽的《媳妇入门》，这倒罢了，不料他接着又一口气指定我们读杨懋春的《乡村社会学》，吴相湘的《晏阳初传》，苏兆堂翻译的《小龙村》等等。这些书加起来怕不有一尺高，这家伙也太烦人了，这样下去，我们医学院的同学都有成为人类学家和社会学家的危险。

奇怪的是口里虽嘟嘟囔囔地抱怨，心里却也动心，甚至下决心要去看一本早就想看的萨孟武的《水浒传与中国社会》。问题是要看这本书就该把《水浒传》从头再看一遍。当时就把这本厚厚的章回塞进行囊，一路同去四湖。

而此刻，我正躺在林子里看水浒，林子是一片木麻黄，有几分像好汉出没的黑松林，这里没有好汉，奇怪的是倒有一批各自说着乡音的退伍军人，（在这遍地说着海口腔的台西地带，哪来的老兵呢？）正

张　晓　风
散 文 精 选

横七竖八地躺在石凳上纳凉，我睡的则是一张舒服的折床，是刚才一个妇人让给我的，她说：

"喂，我要回家吃饭了，小姐，你帮我睡好这张床。"

咦，世间竟有如此好事，我当即把内含巨款的皮包拿来当枕头（所谓巨款，其实也只有五千元，我一向不爱多带钱，这一次例外，因为自觉是"领队老师"，说不定队上有"不时之需"），舒舒服服躺下，看我的水浒，当时我也刚吃过午饭，太阳正当头，但经密密的木麻黄一过滤，整个林子阴阴凉凉的，像一碗柠檬果冻。

我正看到二十八回，武松被刺配二千里外的孟州，路上其实他尽有机会逃跑，他却宁可把松下的枷重新戴上，把封皮贴上，一步步自投孟州而来。

二

一路看下去，不能不叫痛快，武松那人容易让人记得的是景阳岗打虎的那一段。现在自己人大了，回头看那一段，倒也不觉可贵，他当时打虎，其实也是非打不可，不打就被虎吃，所以就打了，此外看不出他有什么高贵动机，只能证明，他是天生的拳击好手罢了。倒是二十八回里做了囚徒的武松，处处透出洒脱的英雄骨气。

初到配军，照例须打一百杀威棒，武松既不去送人情，也不肯求饶，只大声大气说：

"都不要你众人闹动。要打便打！我若是躲闪一棒的，不是打虎好汉！从先打过的都不算，从新再打起！我若叫一声，便不是阳谷县为事的好男子！"——两边看的人都笑道："这痴汉弄死！且看他如何熬——"

武松不肯折了好汉的名，仍然嚷道：

要打便打毒些，不要人情棒儿，打我不快活！

不想事情有了转机，管营想替他开脱，故意说：

新到囚徒武松，你路上途中曾害甚病来？

武松不领情，反而强嘴：

"我于路不曾害！酒也吃得，饭也吃得，肉也吃得，路也走得！"管营道："这厮是途中得病到这里，我看他面皮才好，且寄下他这顿杀威棒。"两边行仗的军汉低低对武松道："你快说病。这是相公将就你，你快只推曾害便了。"武松道："不曾害！不曾害！打了倒干净！我不要留这一顿'寄库棒'！寄下倒是钩肠债，几时得了！"两边看的人都笑。管营也笑道："想你这汉子多管害热病了，不曾得汗，故出狂言。不要听他，且把去禁在单身房里。"

及至关进牢房，其他囚徒看他未吃杀威棒，反替他担忧起来，告诉他此事绝非好意，想必是使诈，想置他于死，还活灵活现地形容"塞七窍"的死法叫"盆吊"，用黄沙压则叫作"大布袋"。不料武松听了，最有兴趣的居然是想知道除了此两法以外，还有没有第三种，他说：

还有什么法度害我？

当下，管营送来美食。

武松寻思道："敢是把这些点心与我吃了却来对付我？……我且落得吃了，却再理会！"武松把那镟酒来一饮而尽，把肉和面都吃尽了。

015

武松那一饮一食真是潇洒！人到把富贵等闲看，生死不萦怀之际，并且由于自信，相信命运也站在自己这一边时，才能有这种不在乎的境界，才能耍这种高级的天地也奈何他不得的无赖。吃完了，他冷笑一声：

看他怎地来对付我！

等正式晚饭送来，他虽怀疑是"最后的晚餐"，还是吃了。饭后又有人提热水来，他虽怀疑对方会趁他洗澡时下毒手，仍然不在乎，说：

我也不怕他！且落得洗一洗。

这几段，真的越看越喜，高起兴来，便翻身拿笔画上要点，加上眉批，恨不得拍掌大笑，觉得自己也是黑松林里的好汉一条，大可天不怕地不怕地过它一辈子。

三

回想起前天随队来四湖的季医生跟我说的一段话，她说：

"你看看，这些小朋友，他们问我，目前群体医疗的政策虽不错，但是将来卫生署总要换人的呀，换了人，政策不同，怎么办？"

两人说着不禁摇头叹气，我们其实不怕卫生署的政策不政策，我们怕的是这才二十岁左右的年轻人，为什么先自把初生之犊的锐气给弄得没有了？

是因为一直是好孩子吗？是因为觉得一切东西都应该准备好，布置好，而且，欢迎的音乐已奏响，你才顺利地踏在夹道花香中启步吗？唐三藏之取经，岂不是"向万里无寸草处行脚"，盘古开天辟地之际，混沌一片，哪里有天地？天是由他的头颅顶高的，地是由他踏脚处来踩实踩平的，为什么这一代的年轻人，特别是年轻人中最优秀的那一

批,却偏偏希望像古代的新媳妇,一路由别人抬花轿,抬到婆家。在婆家,有一个姓氏在等她,有一个丈夫在等她,有一碗饭供她吃——其实,天晓得,这种日子会好过吗?

武松算不得英雄算不得豪杰,只不过一介草莽武夫,这一代的人却连这点草莽气象也没有了吗?什么时候我们才不会听到"饱学之士"的"无知之言"道:

"我没办法回国呀,我学的东西太尖端,国内没有我吃饭的地方呀!"

孙中山革命的时候,是因为有个"中华民国筹备处"成立好了,并且聘他当主任委员,他才束装回国赴任的吗?曹雪芹是因为"国家文艺基金会"委托他着手撰写一部"当代最伟大的小说",才动笔写下《红楼梦》第一回的吗?

能不能不害怕不担忧呢?甚至是过了许多年回头一望的时候,才猛然想起来大叫一声说:

"哎呀,老天,我当时怎么都不知道害怕呢?"

把孔子所不屑的"三思而行"的踌躇让给老年人吧!年轻不就是有莽撞往前去的勇气吗?年轻就是手里握着大把岁月的筹码,那么,在命运的赌局里作乾坤一掷的时候,虽不一定赢,气势上总该能壮阔吧?

四

前些日子,不知谁在服务队住宿营地的门口播放一首歌,那歌因为是早晨和中午的代用起床号,所以每天都要听上几遍,其实那首歌唱得极有味道,沙哑中自有其抗颜欲辩的率真,只是走来走去刷牙洗澡都要听它再三重复那无奈的郁愤,心里的感觉有点奇怪:

> 告诉我,世界不会变得太快,
> 告诉我,明天不会变得更坏,
> 告诉我,人类还没有绝望,

017

张 晓 风
散 文 精 选

> 告诉我,上帝也不会疯狂,
> ……
> 这未来的未来,我等待……

听久了,心里竟有些愀然,为什么只等待别人来"告诉我"呢?一颗恭谨聆受的心并没有"错",但,那么年轻的嗓音,那么强盛的肺活量,总可以做些什么可以比"等待别人告诉我"更多的事吧?少年振衣,岂不可作千里风幡看?少年瞬目,亦可壮作万古清流想。如此风华,如此岁月,为什么等在那里,为什么等人家来"告诉我"呢?

为什么不是我去"告诉人"呢?去啊!去昭告天下,悬崖上的红杜鹃不会等人告诉它春天来了,才着手筹备开花,它自己开了花,并且用花的旗语告诉远山近岭,春天已经来了。明灿逼人的木星,何尝接受过谁的手谕才长倾其万斛光华?小小一只绿绣眼,也不用谁来告诉它清晨的美学,它把翠羽的身子浓缩为一撇"美的据点"。万物之中,无论尊卑,不都各有其美丽的讯息要告诉别人吗?

有一首英文的长歌,名字叫"To tell the untold",那名字我一看就入迷,是啊,"去告诉那些不曾被告知的人",真的,仲尼仆仆风尘,在陌生的渡口,向不友善的路人问津,为的是什么?为的岂不是去告诉那些不曾被告知的人吗?达摩一苇渡江,也无非圣人同样的一点初衷。而你我十几年乃至几十年孜孜于知识的殿堂,为的又是什么?难道不是要得到更真切的道和理,以便去告诉后人吗?我们认真,其实也只为了让自己告诉别人的话更诚恳更扎实而足以掷地有声(无根的人即使在说真话的时候也类似谎言——因为单薄不实在)。

那唱歌的人"等待别人来告诉我"并不是错误,但能"去告诉别人"岂不更好?去告诉世人,我们的眼波未枯,我们的心仍在奔驰。去告诉世人,有我在,就不准尊严被抹杀,生命被冷落,告诉他们,这世界仍是一个允许梦想、允许希望的地方。告诉他们,这是一个可以栽下树苗也可以期待清荫的土地。

五

  回家吃饭的妇人回来了,我把床还她,学生还在不远处的海清宫睡午觉,我站起身来去四面乱逛。想想这世界真好,海边苦热的地方居然有一片木麻黄,木麻黄林下刚好有一张床等我去躺,躺上去居然有施耐庵来为我讲故事,故事里的好汉又如此痛快可喜。想来一个人只要往前走,大概总会碰到一连串好事的,至于倒霉的事呢?那也总该碰上一些才公平吧?可是事是死的,人是活的,就算碰到倒霉事,总奈何我不得呀!

  想想年轻是多么好,因为一切可以发生,也可以消弭,因为可以行可以止可以歌可以哭,那么还有什么可担心的呢?

  真的,还有什么可担心的呢?

只因为年轻啊

一、爱——恨

小说课上，正讲着小说，我停下来发问：
"爱的反面是什么？"
"恨！"

大约因为对答案很有把握，他们回答得很快而且大声，神情明亮愉悦，此刻如果教室外面走过一个不懂中国话的老外，随他猜一百次也猜不出他们唱歌般快乐的声音竟在说一个"恨"字。

我环顾教室，心里浩叹，只因为年轻啊，只因为太年轻啊，我放下书，说：

"这样说吧，譬如说你现在正谈恋爱，然后呢？就分手了，过了五十年，你七十岁了，有一天，黄昏散步，冤家路窄，你们又碰到一起了，这时候，对方定定地看着你，说：

'×××，我恨你！'

如果情节是这样的，那么，你应该庆幸，居然被别人痛恨了半个世纪，恨也是一种很容易疲倦的情感，要有人恨你五十年也不简单，怕就怕在当时你走过去说：

'×××，还认得我吗？'

对方愣愣地呆望着你说：

'啊，有点面熟，你贵姓？'"

全班学生都笑起来，大概想象中那场面太滑稽太尴尬吧？

"所以说，爱的反面不是恨，是漠然。"

笑罢的学生能听得进结论吗？——只因太年轻啊，爱和恨是那么容易说得清楚的一个字吗？

二、受　创

来采访的学生在客厅沙发上坐成一排，其中一个发问道：

"读你的作品，发现你的情感很细致，并且总是在关怀，但是关怀就容易受伤，对不对？那怎么办呢？"

我看了她一眼，多年轻的额，多年轻的颊啊，有些问题，如果要问，就该去问岁月，问我，我能回答什么呢？但她的明眸定定地望着我，我忽然笑了起来，几乎有点促狭的口气：

"受伤，这种事是有的——但是你要保持一个完完整整不受伤的自己做什么用呢？你非要把你自己保卫得好好的不可吗？"

她惊讶地望着我，一时也答不上话。

人生世上，一颗心从擦伤、灼伤、冻伤、撞伤、压伤、扭伤，乃至到内伤，哪能一点伤害都不受呢？如果关怀和爱就必须包括受伤，那么就不要完整，只要撕裂，基督不同于世人的，岂不正在那双钉痕宛在的受伤手掌吗？

小女孩啊，只因年轻，只因一身光灿晶润的肌肤太完整，你就舍不得碰撞就害怕受创吗！

三、经济学的旁听生

"什么是经济学呢？"他站在台上，戴眼镜，灰西装，声音平静，典型的中年学者。

台下坐的是大学一年级的学生，而我，是置身在这二百人大教室里偷偷旁听的一个。

从一开学我就昂奋起来，因为在课表上看见要开一门"社会科学概论"的课程，包括四位教授来设"政治""法律""经济""人类学"四个讲座。想起可以重新做学生，去听一门门对我而言崭新的知识，那份喜悦真是掩不住藏不严，一个人坐在研究室里都忍不住要轻轻地笑起来。

"经济学就是把'有限资源'做'最适当的安排'，以得到'最好的效果'。"

台下的学生沙沙地抄着笔记。

"经济学为什么发生呢？因为资源'稀少'，不单物质'稀少'，时间也'稀少'，——而'稀少'又是为什么？因为，相对于'欲望'，一切就显得'稀少'了……"

原来是想在四门课里跳过经济学不听的，因为觉得讨论物质的东西大概无甚可观，没想到一走进教室来竟听到这一番解释。

"你以为什么是经济学呢？一个学生要考试，时间不够了，书该怎么念，这就叫经济学啊！"

我愣在那里反复想着他那句"为什么有经济学——因为稀少——为什么稀少，因为欲望"而麻颤惊动，如同山间顽崖愚壁偶闻大师说法，不免震动到石骨土髓格格作响的程度。原来整场生命也可作经济学来看，生命也是如此短小稀少啊！而人的不幸却在于那颗永远渴切不止的有所索求、有所跃动、有所未足的心，为什么是这样的呢？为什么竟是这样的呢？我痴坐着，任泪下如麻不敢去动它，不敢让身旁年轻的助教看到，不敢让大一年轻的孩子看到。奇怪，为什么他们都不流泪呢？只因为年轻吗？因年轻就看不出生命如果像戏，也只能像一场短短的独幕剧吗？"朝如青丝暮成雪"，乍起乍落的一朝一暮间又何尝真有少年与壮年之分？"急罚盏，夜阑灯灭"，匆匆如赴一场喧哗夜宴的人生，又岂有早到晚到早走晚走的分别？然而他们不悲伤，他们在低头记笔记。听经济学听到哭起来，这话如果是别人讲给我听的，我大概会大笑，笑人家的滥情，可是……

"所以,"经济学教授又说话了,"有位文学家卡莱亚这样形容:经济学是门'忧郁的科学'……"

我疑惑起来,这教授到底是因有心而前来说法的长者,还是以无心来度脱的异人?至于满堂的学生正襟危坐是因岁月尚早,早如揭衣初涉水的浅溪,所以才凝然无动吗?为什么五月山栀子的香馥里,独独旁听经济学的我为这被一语道破的短促而多欲的一生而又惊又痛泪如雨下呢?

四、如果作者是花

"年年岁岁花相似,岁岁年年人不同。"

诗选的课上,我把句子写在黑板上,问学生:

"这句子写得好不好?"

"好!"

他们的声音听起来像真心的,大概在强说愁的年龄,很容易被这样工整、俏皮而又怅惘的句子所感动吧?

"这是诗句,写得比较文雅,其实有一首新疆民谣,意思也跟它差不多,却比较通俗,你们知道那歌词是怎么说的?"

他们反应灵敏,立刻争先恐后地叫出来:

> 太阳下山明早依旧爬上来,
> 花儿谢了明年还是一样地开。
> 美丽小鸟飞去不回头,
> 我的青春小鸟一样不回来,
> 我的青春小鸟一样不回来。

那性格活泼的干脆就唱起来了。

"这两种句子从感性上来说,都是好句子,但从逻辑上来看,却有不合理的地方——当然,文学表现不一定要合逻辑,但是我还是希望你们看得出来问题在哪里?"

他们面面相觑，又认真地反复念诵句子，却没有一个人答得上来。我等着他们，等满堂红润而聪明的脸，却终于放弃了，只因太年轻啊，有些悲凉是不容易觉察的。

"你知道为什么说'花相似'吗？是因为陌生，因为我们不懂花，正好像一百年前，我们中国是很少看到外国人，所以在我们看起来，他们全是一个样子，而现在呢，我们看多了，才知道洋人和洋人大有差别，就算都是美国人，有的人也有本领一眼看出住纽约、旧金山和南方小城的不同。我们看去年的花和今年的花一样，是因为我们不是花，不曾去认识花，体察花，如果我们不是人，是花，我们会说：

'看啊，校园里每一年都有全新的新鲜人的面孔，可是我们花却一年老似一年了。'

同样的，新疆歌谣里的小鸟虽一去不回，太阳和花其实也是一去不回的，太阳有知，太阳也要说：

'我们今天早晨升起来的时候，已经比昨天疲软苍老了，奇怪，人类却一代一代永远有年轻的面孔……'

我们是人，所以感觉到人事的沧桑变化，其实，人世间何物没有生老病死，只因我们是人，说起话来就只能看到人的痛，你们猜，那句诗的作者如果是花，花会怎么写呢？"

"年年岁岁人相似，岁岁年年花不同。"他们齐声回答。

他们其实并不笨，不，他们甚至可以说很聪明，可是，刚才他们为什么全不懂呢？只因为年轻，只因为对宇宙间生命共有的枯荣代谢的悲伤有所不知啊！

五、高倍数显微镜

他是一个生物系的老教授，外国人，我认识他的时候他已经退休了。

"小时候，父亲是医生，他看病，我就站在他旁边，他说：'孩子，你过来，这是哪一块骨头？'我就立刻说出名字来……"

我喜欢听老年人说自己幼小时候的事，人到老年还不能忘的记忆，

大约有点像太湖底下捞起的石头,是洗净尘泥后的硬瘦剔透,上面附着一生岁月所冲积洗刷出的浪痕。

这人大概注定要当生物学家的。

"少年时候,喜欢看显微镜,因为那里面有一片神奇隐秘的世界,但是看到最细微的地方就看不清楚了,心里不免想,赶快做出高倍数的新式显微镜吧,让我看得更清楚,让我对细枝末节了解得更透彻,这样,我就会对生命的原质明白得更多,我的疑难就会消失……"

"后来呢?"

"后来,果然显微镜愈做愈好,我们能看清楚的东西,愈来愈多,可是……"

"可是什么?"

"可是我并没有成为我自己所预期的'更明白生命真相的人',糟糕的是比以前更不明白了,以前的显微镜倍数不够,有些东西根本没发现,所以不知道那里隐藏了另一段秘密,但现在,我看得愈细,知道的愈多,愈不明白了,原来在奥秘的后面还连着另一串奥秘……"

我看着他清癯渐消的颊和清灼明亮的眼睛,知道他是终于"认了",半世纪以前,那意气风发的少年以为只要一架高倍数的显微镜,生命的秘密便迎刃可解,什么使他敢生出那番狂想呢?只因为年轻吧?只因为年轻吧?而退休后,在校园的行道树下看花开花谢的他终于低眉而笑,以近乎撒赖的口气说:

"没有办法啊,高倍数的显微镜也没有办法啊,在你想尽办法以为可以看到更多东西的时候,生命总还留下一段奥秘,是你想不通猜不透的……"

六、浪掷

开学的时候,我要他们把自己形容一下,因为我是他们的导师,想多知道他们一点。

大一的孩子,新从成功岭下来,从某一点上看来,也只像高四罢了,他们倒是很合作,一个一个把自己尽其所能地描述了一番。

张　晓　风
散　文　精　选

等他们说完了，我忽然觉得惊讶不可置信，他们中间照我来看分成两类，有一类说"我从前爱玩，不太用功，从现在起，我想要好好读点书"，另一类说："我从前就只知道读书，从现在起我要好好参加些社团，或者去郊游。"

奇怪的是，两者都有轻微的追悔和遗憾。

我于是想起一段三十多年前的旧事，那时流行一首电影插曲（大约是叫《渔光曲》吧），阿姨舅舅都热心播唱，我虽小，听到"月儿弯弯照九州"觉得是可以同意的，却对其中另一句大为疑惑。

"舅舅，为什么要唱'小妹妹青春水里流（或"丢"？不记得了）'呢？"

"因为她是渔家女嘛，渔家女打鱼不能去上学，当然就浪费青春啦！"

我当时只知道自己心里立刻不服气起来，但因年纪太小，不会说理由，不知怎么吵，只好不说话，但心中那股不服倒也可怕，可以埋藏三十多年。

等读中学听到"春色恼人"，又不死心地去问，春天这么好，为什么反而好到令人生恼，别人也答不上来，那讨厌的甚至眨眨狎邪的眼光，暗示春天给人的恼和"性"有关。但事情一定不是这样的，一定另有一个道理，那道理我隐约知道，却说不出来。

更大以后，读浮士德，那些埋藏许久的问句都汇拢过来，我隐隐知道那里有一番解释了。

年老的浮士德，坐对满屋子自己做了一生的学问，在典籍册页的阴影中他乍乍瞥见窗外的四月，歌声传来，是庆祝复活节的喧哗队伍。那一霎间，他懊悔了，他觉得自己的一生都抛掷了，他以为只要再让他年轻一次，一切都会改观。中国元杂剧里老旦上场照例都要说一句"花有重开日，人无再少年"（说得淡然而确定，也不知看戏的人惊不惊动），而浮士德却以灵魂押注，换来第二度的少年以及因少年才"可能拥有的种种可能"。可怜的浮士德，学究天人，却不知道生命是一桩太好的东西，好到你无论选择什么方式度过，都像是一种浪费。

生命有如一枚神话世界里的珍珠，出于沙砾，归于沙砾，晶光莹

龙　汉代画像石刻

润的只是中间这一段短短的幻象啊！然而，使我们颠之倒之甘之苦之的不正是这短短的一段吗？珍珠和生命还有另一个类同之处，那就是你倾家荡产去买一粒珍珠是可以的，但反过来你要拿珍珠换衣换食却是荒谬的，就连镶成珠坠挂在美人胸前也是无奈的，无非使两者合作一场"慢动作的人老珠黄"罢了。珍珠只是它圆灿含彩的自己，你只能束手无策地看着它，你只能欢喜或喟然——因为你及时赶上了它出于沙砾且必然还原为沙砾之间的这一段灿然。

而浮士德不知道——或者执意不知道，他要的是另一次"可能"，像一个不知是由于技术不好或是运气不好的赌徒，总以为只要再让他玩一盘，他准能翻本。三十多年前想跟舅舅辩的一句话我现在终于懂得该怎么说了，打鱼的女子如果算是浪掷青春的话，挑柴的女子岂不也是吗？读书的名义虽好听，而令人眼目为之昏眊，脊骨为之伛偻，还不该算是青春的虚掷吗？此外，一场刻骨的爱情就不算烟云过眼吗？一番功名利禄就不算滚滚尘埃吗？不是啊，青春太好，好到你无论怎么过都觉浪掷，回头一看，都要生悔。

"春色恼人"那句话现在也懂了，世上的事最不怕的应该就是"兵来有将可挡，水来以土能掩"，只要有对策就不怕对方出招。怕就怕在一个人正小小心心地和现实生活斗阵，打成平手之际，忽然阵外冒出一个叫宇宙大化的对手，他斜里杀出一记叫"春天"的绝招，身为人类的我们真是措手不及。对着排山倒海而来的桃红柳绿，对着蚀骨的花香，夺魂的阳光，生命的豪奢绝艳怎能不令我们张皇无措，当此之际，真是不做什么既要懊悔——做了什么也要懊悔。春色之叫人气恼跺脚，就是气在我们无招以对啊！

回头来想我导师班上的学生，聪明颖悟，却不免一半为自己的用功后悔，一半为自己的贪玩后悔——只因年轻啊，只因太年轻啊，以为只要换一个方式，一切就扭转过来而无憾了。孩子们，不是啊，真的不是这样的！生命太完美，青春太完美，甚至连一场匆匆的春天都太完美，完美到像喜庆节日里一个孩子手上的气球，飞了会哭，破了会哭，就连一日日空瘪下去也是要令人哀哭的啊！

所以，年轻的孩子，连这么简单的道理你难道也看不出来吗？生命是一个大债主,我们怎么混都是他的积欠户。既然如此,干脆宽下心来,来个"债多不愁"吧!既然青春是一场"无论做什么都觉是浪掷"的憾意,何不反过来想想,那么,也几乎等于"无论诚恳地做了什么都不必言悔",因为你或读书或玩,或作战,或打鱼,恰恰好就是另一个人叹气说他遗憾没做成的。

——然而,是这样的吗?不是这样的吗?在生命的面前我可以大发职业病做一个把别人都看作孩子的教师吗?抑或我仍然只是一个太年轻的蒙童,一个不信不服欲有所辩而又语焉不详的蒙童呢?

星约

一、上一次

是因为期待吗？整个天空竟变得介乎可信赖与不可信赖之间，而我，我介乎悟道的高僧与焦虑的狂徒之际。

七十六年才一次啊！

"运气特别不好！"男孩说，"两千年来，这次哈雷是最不亮的一次！上一次，嘿，上一次它的尾巴拖过半个天空哩！"

男孩十七岁，七十六年后他九十三，下一次，下一次他有幸和他的孩子并肩看星吗，像我们此刻？

至于上一次，男孩，上一次你在哪里，我在哪里，我的母亲又复在哪里？连民国亦尚在胎动。爽飒的鉴湖女侠墓草已长，黄兴的手指尚完好，七十二烈士的头颅尚在担风挑雨的肩上寄存。血在腔中呼啸，剑在壁上狂吟，白衣少年策马行过漠漠大野。那一年，就是那一年啊，彗星当空挥潇，仿佛日月星辰全是定位的镂刻的字模，唯独它，是长空里一气呵成的行草。

那一年，上一次，我们不在，但一一知道。有如一场宴会，我们迟了，没赶上，却见茶气氤氲，席次犹温，一代仁人志士的呼吸如大风盘旋谷中，向我们招呼，我们来迟了，没有看到那一代的风华。但一九一〇我们是知道的，在武昌起义和黄花岗之前的那一年我们是感念而熟知的。

二、初识

　　还有，最初的那一次，（其实怎能说是最初呢，只能说是最初的记载罢了，只能说是不甚认识的初识罢了。）这美丽得使人惊惶的天象，正是以美丽的方块字记录的。在秦始皇的年代，"七年，彗星先出于东方，见北方……五月，见西方……"秦代的资料，是以委婉的小篆体记录的吧？

　　而那时候，我们在哪里？易水既寒，群书成焚灰，博浪沙的大椎打中副车，黄石老人在桥头等待一位肯为人拾鞋的亢奋少年，伏生正急急地咽下满腹经书，以便将来有朝一日再复缓缓吐出，万里长城开始一尺一尺垒高、垒远……忙乱的年代啊，大悲伤亦大奋发的岁月啊，而那时候，我们在哪里？我们在哪里？

三、有所期

　　我们在今夜，以及今夜的期待里。以及，因期待而生的焦灼里。
　　不要有所期有所待，这样，你便不会忧伤。
　　不要有所系有所思，否则，你便成不赦的囚徒。
　　不要企图攫取，妄想拥有，除非，你已预先洞悉人世的虚空。
　　——然而，男孩啊，我们要听取这样的劝告吗？长途役役，我们有如一只罗盘上的指针，因神秘的磁场牵引而不安而颤抖而在每一步颠簸中敏感地寻找自己和整个天地的位置，但世上的磁针有哪一根因这种种劫难而后悔而愿意自决于磁场的骚动呢？

四、咒诅

如果有人告诉我彗星是一场祸殃，我也是相信的。凡美丽的东西，总深具危险性，像生命。奇怪，离童年越远，我越是想起那只青蛙的童话：

有一个王子，不知为什么，受了魔法的诅咒，变成了青蛙。青蛙守在井底，他没有为这大悲痛哭泣，但他却听到了哭泣的声音，那一定来自小悲痛小凄怆吧？大痛是无泪的啊！谁哭呢？一个小女孩，为什么哭呢，为一只失落的球。幸福的小公主啊，他暗自叹息起来，她最响亮的号啕竟只为一只小球吗？于是他为她落井捡球。然后她依照契约做了他的朋友，她让青蛙在餐桌上有一席之地，她给了他关爱和友谊，于是青蛙恢复了王子之身。

——生命是一场受过巫法的大咒诅，注定朽腐，注定死亡，注定扭曲变形——然而我们活了下来，活得像一只井底青蛙，受制于窄窄的空间，受制于匆匆一夏的时间。而他等着，等一份关爱来破此魔法和咒诅。一瞬柔和的眼神已足以破解最凶恶的毒咒啊！

如果哈雷是祸殃，又有什么可悸可怖？我们的生命本身岂不是更大的祸殃吗？然而，然而我们不是一直相信生命是一场充满祝福的诅咒，一枚有着苦蒂的甜瓜，一条布满陷阱的坦途吗？

我不畏惧哈雷，以及它在传述中足以压住人的华灿和美丽。即使美如一场祸殃，我也不会因而畏惧它多于一场生命。

五、暂时

缸里的荷花谢尽，浮萍潜伏，十二月的屋顶寂然，男孩一手拿着电筒，一手拿着星象图，颈子上挂着望远镜。

"哈雷在哪里？"我问。

"你怎么这么'势利眼'，"男孩居然愤愤地教训起我来，"满天的星星哪一颗不漂亮，你为什么只肯看哈雷？"

张晓风
散文精选

淡淡的弦月下，阳台黝黑，男孩身高一米八四，我抬头看他，想起那首《日升日沉》的歌：

> 这就是我一手带大的小女孩吗？
> 这就是那玩游戏的小男孩吗？
> 是什么时候长大的呀？——他们

"看那颗天狼星，冬天的晚上就数它最亮，蓝汪汪的，对不对？它的光等是负一点四，你喜欢了，是不是？没有女人不喜欢天狼，它太像钻石了。"

我在黑夜中窃笑起来，男孩啊——

付这座公寓订金的时候，我曾惴惴然站在此处，揣想在这小小的舞台上，将有我人世怎样的演出？男孩啊，你在这屋子中成形，你在此听第一篇故事念第一首唐诗，而当年伫立痴想的时候，我从来不曾想到你会在此和我谈天狼星！

"蓝光的星是年轻的星，星光发红就老了。"男孩说。

星星也有生老病死啊？星星也有它的情劫和磨难啊？

"一颗流星。"男孩说。

我也看见了，它钢截利落，如钻石划过墨黑的玻璃。

"你许了愿？"

"许了。你呢？"

"没有。"

怎么解释呢？怎样把话说清楚呢？我仍有愿望，但重重愿望连我自己静坐以思的时候对着自己都说不清楚，又如何对着流星说呢？

"那是北极星——不过它担任北极星其实也是暂时的。"

"暂时？"

"对，等二十万年以后，就是大熊星来做北极星了，不过二十万年以后大熊星座的组合位置有点改变。"

暂时担任北极星二十万年？我了解自己每次面对星空的悲怆失措甚至微愠了，不公平啊，可是跟谁去争辩，跟谁去抗议？

"别的星星的组合形态也会变吗?"

"会,但是我们只谈那些亮的星,不亮的星通常就是远的星,我们就不管它们了。"

"什么叫亮的?"

"光度总要在一等左右,像猎户星座里最亮的,我们中国人叫它参宿七的那一颗,就是零点一等,织女星更亮,是零度。太阳最亮,是负二十六等……"

六、"光的单位"

奇怪啊,印度人以"克拉"计钻石,愈大的钻石克拉愈多,希腊人以"光等"计星亮,愈亮的星"光等"反而愈少,最后竟至于少成负数了。

"古希腊人为什么这么奇怪呢?为什么他们用这种方法来计算光呢?我觉得'光度'好像指'无我的程度','我执'愈少,光源愈透,'我'愈强,光愈暗。"

"没有那么复杂吧?只是希腊人就是这样计算的。"

我于是躺在木凳上发愣,希腊人真是不可思议,满天空都成了他们的故事布局,星空于他们竟是一整棚累累下垂的葡萄串,随时可摘可食,连每一粒葡萄晶莹的程度他们也都计算好了。

七、猎户在天

几年前的一个星夜。我们站在各种光等的星星下。

"猎户在天——"我说。

"《诗经》的句子吧?"女友问。

"怎么会,也不想想猎户星座是希腊名词啊!"

她大笑起来,她是被我的句型骗了,何况她是诗人,一向不讲理的,只是最后连我自己也恍惚起来,真的很像《诗经》里的句子呢!

我们有点在装迷糊吗?为什么每看到好东西我们就把它故意误为

中国的？

猎户是一组美丽的星，宽宏的肩，长挺的腿，巧饰的腰带和腰带下的腰刀，旁边还有一只野兔呢！然而，这漂亮的猎者是谁呢？是始终在奔驰在追索在欲求的世人吗？不知道啊，但他那样俊朗，把一个形象从古希腊至今维系了三千年，我不禁肃然。

"看到腰带下的小腰刀吗？腰刀是三颗直排的星组成的，中间的那一颗你用望远镜仔细看，是一大团星云，它距离我们只不过一千五百光年而已。"

"一千五百年！是唐朝吗？"

"是南北朝。"

早于秾艳的李义山，早于狂歌的李白沉郁的杜甫以及凿破大地的隋炀帝。南北朝，南北朝又复为何世呢？对那一整个年代我所记得的只有北魏的石雕，悠悠青石，刻成了清明实在的眉目，今夕的星光就是当年大匠举斧加石的年代发出的，历劫的星光则今夕始来赴我双目的天池。

猎户星座啊！

八、见与不见

我其实是要看哈雷的，但哈雷不现，我只看到云。我终于对云感到抱歉了——这是不公平的，我渴望哈雷是因它稍纵即逝，然而云呢？云又岂是永恒的？此云曾是彼水，彼水曾是泉曾是溪，曾是河曾是海，曾是花上晓露眼中横波，曾是禾田间的汗水，曾是化碧前的赤血，壮士沙场之际的一杯酒是它，赵州说法时的半杯茶也是它。然而，我竟以为云只是云，我竟以为今日之云同于昨日之云，云不也跟哈雷一样是周而复始吗？迂回往来的吗？

我不断地向自己解释，劝自己好好看一朵云，那其间亦自有千古因缘，然而我依旧悲伤且不甘心，为什么这是一片灯网交织的城？且长年有着厚云层。为什么不让我今生今世看见一次哈雷！

"奇怪啊，神话只属于古代，至于我们的年代只有新闻，而且多

是报导不实的，为什么？"

黑暗中男孩看我，叹了一口气，他半年前交了一篇历史课的读书报告，题目便是《中国神话的研究》，得分九十五。曾经统御过所有的英雄和巨灵，辉耀了整个日月星辰的神话，此刻已老，并且沦为一个中学生的读书报告。

在一个接一个的冬夜里我惋叹跌足，并且生自己的气，气自己被渴望折磨，神话里的夸父就是渴死的，我要小心一点才行。所以悲伤时我总是想哈雷先生（哈雷彗星以他的名字来命名），以及他亦悲亦喜的一生，他在二十六岁那年惊见彗星，此后他用许多年来研究，相信彗星会在自己一百〇二岁时再现。看过彗星以后他又活了一甲子，死于八十六岁，像一个放榜前殁世的考生，无从证实自己的成绩。那哈雷死时是怎样想的呢，我猜想他的心情正像一个孩子，打算在圣诞夜彻夜不眠，好看到圣诞老公公如何滑下烟囱，放下礼物。然而他困了，撑不住了，兴奋消失，他开始模糊了，心里却是不甘心的，嘴里说着半真半呓的叮咛：

"父亲，等下圣诞老人来的时候，一定要叫我喔！我要摸摸他的胡子！"

哈雷说的话想来也类似：

"造物啊，我熬不住了，我要睡了，你帮我看好，好吗？十六年后它会来的，我先睡，你到时候要叫我一声哟！"

生当清平昌大之盛世，结交一时之俊彦如牛顿，能于切磋琢磨中发天地之微，知宇宙之数，哈雷的平生际遇也算幸运了。然而，肉体的贮瓶终于要面临大朽坏的——并不因其间贮注的是大智慧而有异，只是大限来时，他是否有憾呢？

寒星如一片冰心的冬夜，我反复自问：

哈雷生平到底看过彗星重现吗？若说看见了，他事实上在星现前十六年已经死了，若说未见，他却是见的，正如围棋高手早在几小时以前预见胜负，一步步行去的每一着履痕他们都有如亲睹。

大军事家大政治家大科学家都是在不见处先见未明时先明的啊！

那么，我呢？我算不算看过那彗星的人呢？假设有盲者，站在凄凄长夜里,感知天空某一角落有灿然的光体如甩动的火把,算不算看到了呢?如果他倾耳辨听天河淙淙,如果他在安静中若闻哈雷的跳跃,像一只河畔的蚱蜢,蹦去又蹦回,他算不算看到了呢?而我,当我在金牛座昴星团中寻它,当我在白羊和双鱼座中寻它千百度思它千百度,我算不算看到它了呢?在无所视无所听无所触无所嗅的隔离中,我们可以仅仅凭信心念力去承认去体会身在云后的它吗?

九、我已践约

又一颗流星划过天空,天空割裂,但立刻拢合,造物的大诡秘仍然不得窥见。这不知名的星从此化为光尘,也许最后剩一小块陨石,落到地球上,被人捡起,放在陈列室里,像一部写坏了的爱情小说,光华消失,飞腾不见,只留下硬硬的纹理。

夜空有千亩神话万顷传奇,有流星表演的冰上芭蕾——万古乾坤只在此半秒钟演出。以此肉身,以此肉眼来面对他们,这种不公平的对决总使我心情大乱,悲喜无常。哈雷会来吗?原谅我的急躁,我和男孩有缘得窥七十六年一临的奇景吗?如果能,我为此感激,如果不能,让我感激朝朝来临的太阳,月月重圆的月亮,以及至七夕最凄丽的织女,于冬月亦明艳的猎户。我已践约,今夜,以及此生,哈雷也没有失约,但云横雾亘,我不能表示异议。

如果我不曾谢恩,此刻,为茫茫大荒中一小块荷花缸旁的立脚位置,为犹明的双眸,为未熄的渴望,为身旁高大的教我看星的男孩,为能见到的以及未能见到的,为能拥有的以及不能拥有的,为悲为喜,为悟为不悟,为已度的和未度的岁月,我,正式致谢。

玉想

一、只是美丽起来的石头

一向不喜欢宝石——最近却悄悄地喜欢了玉。

宝石是西方的产物，一块钻石，割成几千几百个"割切面"，光线就从那里面激射而出，挟势凌厉，美得几乎具有侵略性，使我不由得不提防起来。我知道自己无法跟它的凶悍逼人相埒，不过至少可以决定"我不喜欢它"。让它在英女王的皇冠上闪烁，让它在展览会上伴以投射灯和响尾蛇（防盗用）展出，我不喜欢，总可以吧！

玉不同，玉是温柔的，早期的字书解释玉，也只说："玉，石之美者。"原来玉也只是石，是许多混沌的生命中忽然脱颖而出的那点灵光。正如许多孩子在夏夜的庭院里听老人讲古，忽有一个因洪秀全的故事而兴天下之想，遂有了孙中山。所谓伟人，其实只是在游戏场中忽有所悟的那个孩子。所谓玉，只是在时间的广场上因自在玩耍竟而得道的石头。

二、克拉之外

钻石是有价的，一克拉一克拉的算，像超级市场的猪肉，一块块皆有其中规中矩称出来的标价。

玉是无价的，根本就没有可以计值的单位。钻石像谋职，把学历经历乃至成绩单上的分数一一开列出来，以便叙位核薪。玉则像爱情，一个女子能赢得多少爱情完全视对方为她着迷的程度，其间并没有太多法则可循。以撒·辛格（诺贝尔奖得主）说："文学像女人，别人为什么喜欢她以及为什么不喜欢她的原因，她自己也不知道。"其实，玉当然也有其客观标准，它的硬度，它的晶莹、柔润、缜密、纯全和刻工都可以讨论，只是论玉论到最后关头，竟只剩"喜欢"两字，而喜欢是无价的，你买的不是克拉的计价而是自己珍重的心情。

三、不须镶嵌

钻石不能佩戴，除非经过镶嵌，镶嵌当然也是一种艺术，而玉呢？玉也可以镶嵌，不过却不免显得"多此一举"，玉是可以直接做成戒指镯子和簪笄的。至于玉坠、玉佩所需要的也只是一根丝绳的编结，用一段千回百绕的纠缠盘结来系住胸前或腰间的那一点沉实，要比金属性冷冷硬硬的镶嵌好吧？

不佩戴的玉也是好的，玉可以把玩，可以做小器具，可以做既可卑微的去搔痒，亦可用以象征富贵吉祥的"如意"，可做用以祀天的璧，亦可做示绝的玦，我想做个玉匠大概比钻石割切人兴奋快乐，玉的世界要大得多繁富得多，玉是既入于生活也出于生活的，玉是名士美人，可以相与出尘，玉亦是柴米夫妻，可以居家过日。

四、生死以之

一个人活着的时候，全世界跟他一起活——但一个人死的时候，谁来陪他一起死呢？

中古世纪有出质朴简直的古剧叫《人人》（Every Man），死神找到那位名叫人人的主角，告诉他死期已至，不能宽贷，却准他结伴同行。人人找"美貌"，"美貌"不肯跟他去，人人找"知识"，"知识"

也无意到墓穴里去相陪，人人找"亲情"，"亲情"也顾他不得……

世间万物，只有人类在死亡的时候需要陪葬品吧？其原因也无非由于怕孤寂，活人殉葬太残忍，连土俑殉葬也有些居心不仁，但死亡又是如此幽闃陌生的一条路，如果待嫁的女子需要"陪嫁"来肯定来系连她前半生的娘家岁月，则等待远行的黄泉客何尝不需要"陪葬"来凭藉来思忆世上的年华呢？

陪葬物里最缠绵的东西或许便是玉琀蝉了，蝉色半透明，比真实的蝉为薄，向例是含在死者的口中，成为最后的，一句没有声音的语言，那句话在说：

"今天，我入土，像蝉的幼虫一样，不要悲伤，这不叫死，有一天，生命会复活，会展翅，会如夏日出土的鸣蝉……"

那究竟是生者安慰死者而塞入的一句话？抑或是死者安慰生者而含着的一句话？如果那是愿心，算不算狂妄的侈愿？如果那是谎言，算不算美丽的谎言？我不知道，只知道玉琀蝉那半透明的豆青或土褐色仿佛是由生入死的薄膜，又恍惚是由死返生的符信，但生生死死的事岂是我这样的凡间女子所能参破的？且在这落雨的下午俯首凝视这枚佩在自己胸前的被烈焰般的红丝线所穿结的玉琀蝉吧！

五、玉肆

我在玉肆中走，忽然看到一块像蛀木又像土块的东西，仿佛一张枯涩凝止的悲容，我驻足良久，问道：

"这是一种什么玉？多少钱？"

"你懂不懂玉？"老板的神色间颇有一种抑制过的傲慢。

"不懂。"

"不懂就不要问！我的玉只卖懂的人。"

我应该生气应该跟他激辩一场的，但不知为什么，近年来碰到类似的场面倒宁可笑笑走开。我虽然不喜欢他的态度，但相较而言，我更不喜欢争辩，尤其痛恨学校里"奥瑞根式"的辩论比赛，一句一句逼着人追问，简直不像人类的对话，嚣张狂肆到极点。

不懂玉就不该买不该问吗？世间识货的又有几人？孔子一生，也没把自己那块美玉成功地推销出去。《水浒传》里的阮小七说："一腔热血，只要卖与识货的！"但谁又是热血的识货买主？连圣贤的光焰，好汉的热血也都难以倾销，几块玉又算什么？不懂玉就不准买玉，不懂人生的人岂不没有权利活下去了？

当然，玉肆老板大约也不是什么坏人，只是一个除了玉的知识找不出其他可以自豪之处的人吧？

然而，这件事真的很遗憾吗？也不尽然，如果那天我碰到的是个善良的老板，他可能会为我详细解说，我可能心念一动便买下那块玉，只是，果真如此又如何呢？它会成为我的小古玩。但此刻，它是我的一点憾意，一段未圆的梦，一份既未开始当然也就不至结束的情缘。

隔着这许多年，如果今天那玉肆的老板再问我一次是否识玉，我想我仍会回答不懂，懂太难，能疼惜宝重也就够了。何况能懂就能爱吗？在竞选中互相中伤的政敌其实不是彼此十分了解吗？当然，如果情绪高昂，我也许会塞给他一张《说文解字》抄下来的纸条：

  玉，石之美者，有五德
  润泽以温，仁之方也
  思理自外，可以知中，义之方也
  其声舒扬，专以远闻，智之方也
  不挠而折，勇之方也
  锐廉而不忮，絜之方也。

然而，对爱玉的人而言，连那一番大声镗鞳的理由也是多余的。爱玉这件事几乎可以单纯到不知不识而只是一团简简单单的欢喜。像婴儿喜欢清风拂面的感觉，是不必先研究气流风向的。

六、瑕

付钱的时候，小贩又重复了一次：

"我卖你这玛瑙,再便宜不过了。"

我笑笑,没说话,他以为我不信,又加上一句:

"真的——不过这么便宜也有个缘故,你猜为什么?"

"我知道,它有斑点。"本来不想提的,被他一逼,只好说了,免得他一直啰嗦。

"哎呀,原来你看出来了,玉石这种东西有斑点就差了,这串项链如果没有瑕疵,哇,那价钱就不得了啦!"

我取了项链,尽快走开。有些话,我只愿意在无人处小心地、断断续续地、有一搭没一搭地说给自己听:

对于这串有斑点的玛瑙,我怎么可能看不出来呢?它的斑痕如此清清楚楚。

然而买这样一串项链是出于一个女子小小的侠气吧,凭什么要说有斑点的东西不好?水晶里不是有一种叫"发晶"的种类吗?虎有纹,豹有斑,有谁嫌弃过它的皮毛不够纯色?

就算退一步说,把这斑纹算瑕疵,世间能把瑕疵如此坦然相呈的人也不多吧?凡是可以坦然相见的缺点都不该算缺点的。纯全完美的东西是神器,可供膜拜。但站在一个女人的观点来看,男人和孩子之所以可爱,正是由于他们那些一清二楚的无所掩饰的小缺点吧?就连一个人对自己本身的接纳和纵容,不也是看准了自己的种种小毛病而一笑置之吗?

所有的无瑕是一样的——因为全是百分之百的纯洁透明,但瑕疵斑点却面目各自不同。有的斑痕像鲜苔数点,有的是沙岸迤逦,有的是孤云独走,更有的是铁索横江,玩味起来,反而令人忻然心喜。想起平生好友,也是如此,如果不能知道 两件对方的糗事,不能有一两件可笑可嘲可詈可骂之事彼此打趣,友谊恐怕也会变得空洞吧?

有时独坐细味"瑕"字,也觉悠然意远,瑕字左边是玉旁,是先有玉才有瑕的啊!正如先有美人而后才有"美人痣"。先有英雄,而后有悲剧英雄的缺陷性格(tragic flew)。缺憾必须依附于完美,独存的缺憾岂有美丽可言,天残地阙,是因为天地都如此美好,才容得修地补天的改造的涂痕。一个"坏孩子"之所以可爱,不也正因为他在撒娇撒赖蛮不讲理之外，有属于一个孩童近乎神明的纯洁了直吗？

瑕的右边是叚，叚有赤红色的意思，瑕的解释是"玉小赤"，我也喜欢瑕字的声音，自有一种坦然的不遮不掩的亮烈。

完美是难以冀求的，那么，在现实的人生里，请给我有瑕的真玉，而不是无瑕的伪玉。

七、唯一

据说，世间没有两块相同的玉——我相信，雕玉的人岂肯去重复别人的创制。

所以，属于我的这一块，无论贵贱精粗都是天地间独一无二的。我因而疼爱它，珍惜这一场缘分，世上好玉万千，我却恰好遇见这块，世上爱玉人亦有万千，它却偏偏遇见我，但我们之间的聚会，也只是五十年吧？上一个佩玉的人是谁呢？有些事是既不能去想更不能嫉妒的，只能安安分分珍惜这匆匆的相属相连的岁月。

八、活

佩玉的人总相信玉是活的，他们说：

"玉要戴，戴戴就活起来了哩！"

这样的话是真的吗？抑或只是传说臆想？

我不知道自己能不能把一块玉戴活，这是需要时间才能证明的事，也许几十年的肌肤相亲，真可以使玉重新有血脉和呼吸。但如果奇迹是可祈求的，我愿意首先活过来的是我，我的清洁质地，我的致密坚实，我的莹秀温润，我的斐然纹理，我的清声远扬，如果玉可以因人的佩戴而复活，也让人因佩戴而复活吧，让每一时每一刻的我莹彩暖暖，如冬日清晨的半窗阳光。

九、石器时代的怀古

把人和玉，玉和人交织成一的神话是《红楼梦》，它也叫《石头记》，在补天的石头群里，主角是那三万六千五百〇一块中多出的一块，天长日久，竟成了通灵宝玉，注定要来人间历经一场情劫。

他的对方则是那似曾相识的绛珠仙草。

那玉，是男子的象征，是对于整个石器时代的怀古。那草，是女子的表记，是对榛榛莽莽洪荒森林的思忆。

静安先生释《红楼梦》中的玉，说"玉"即"欲"，大约也不算错吧？《红楼梦》中含玉字的名字总有其不凡的主人，像宝玉、黛玉、妙玉、红玉，都各自有他们不同的人生欲求。只是那欲似乎可以解作英文里的 want，是一种不安，一种需索，是不知所从出的缠绵，是最快乐之时的凄凉，最完满之际的缺憾，是自己也不明白所以的惝惝，是想挽住整个春光留下所有桃花的贪心，是大彻大悟与大栈恋之间的摆荡。

神话世界每是既富丽而又高寒的，所以神话人物总要找一件道具或伴当相从，设若龙不吐珠，嫦娥没有玉兔，李聃失了青牛，果老走了肯让人倒骑的驴或是麻姑少了仙桃，孙悟空缴回金箍棒，那神话人物真不知如何施展身手了——贾宝玉如果没有那块玉，也只能做美国童话《绿野仙踪》里的"无心人"奥迪斯。

"人非木石，孰能无情"，说这话的人只看到事情的表象，木石世界的深情大义又岂是我们凡人所能尽知的。

十、玉楼

如果你想知道钻石，世上有宝石学校可读，有证书可以证明你的鉴定力。但如果你想知道玉，且安安静静地做你自己，并且从肤发的温润、关节的玲珑、眼目的清澈、意志的凝聚、言笑的清朗中去认知玉吧！玉即是我，所谓文明其实亦即由石入玉的历程，亦即由血肉之躯成为"人"的史页。

道家以目为"银海",以肩为玉楼,想来仙家玉楼连云也不及人间一肩可担道义的肩胛骨为贵吧?爱玉至极,恐怕也只是返身自重吧?

三个人里面聪明的那一个

哈，乔治，听说你要到亚洲来啦。

要是你在飞机上碰到一个黑头发黄皮肤、深棕眼珠和塌鼻梁的人，你友善地走过去：

"嗨，你是日本人吗？"

哼，不一定，这人可能是中国人或韩国人。要是他更黑更瘦些，又可能是马来人，要是他把双手当胸合并，像要祈祷——那么你是遇见泰国人啦。

要把东方人搞清楚可没这么简单。当然啦，要是你肯在东方住上——不必太长，只要几十年——那你也可以像萧伯纳《卖花女》一剧（原名 Rygmalion，改成电影后是窈窕淑女 My Fair Lady）里面的教授，随时可以指出对方是生在哪里，长在哪里，妈妈是何方人士。

不过呢，还是让我先说个听来简单的人种判别法吧。

据说，如果你看到三个东方人，其中有钱的那个是日本人，漂亮的那个是韩国人，聪明的那个呢，就是咱们中国人啦！

另外，还有个故事，你也不妨听听！

假若全世界都毁灭了，只剩下两个人，而这两个人如果是拉丁人，他们就找到一把吉他一张鼓弄了个小乐队；如果他们是德国人，他们就合开一家工厂；如果是美国人，他们组织了一个"美援委员会"；如果他们是英国人——什么都没发生，他们正在等人来给他们正式介绍。而如果他们是中国人,他们就合开一家餐馆。

你认识的中国人是怎么样的呢?

我的一个朋友,身高180公分,体重170磅,到伊利诺去念书,碰到个美国老太太。老太太对他左瞧右瞧,说:

"怎么你不像中国人哇?"

我的朋友灵机一动,说:

"哎,是啊,我刚刚才剪掉我的辫子——就是像猪尾巴的那一种。"

老太太满意地笑了。我朋友并没有骗她,不过,这"刚刚"两字的意思是70年前就是了。

要了解中国和中国人,最好的方法是活5000年。可怜马土撒拉(创世纪所载上古最长寿的人)也没这个办法。我们只好零零星星随便聊聊吧。

中国人的第一个嗜好是工作,世界上再没有比中国人更疯狂地喜欢工作的民族了。中国字里"男"人的男,是田和力,也就是"在田里的那种劳动力";中国字的妇人是女和帚,意思是指"拿着扫把的那女人";中国的"家"字是"屋顶下养着一窝猪"的意思(当然啦,这并不是说屋子里没有人,只是说要有人有猪才成其为家)。总之,你要叫一个中国人不做事,那简直要他的命。

中国人最喜欢的东西就是土地。中国人拼命工作之后,如果赚了钱,他就立刻再买一块地。中国人无论在全世界哪里,他都习惯性地要往土里种点什么,他会傻里傻气地跑到沙漠里去种白菜。而奇怪的是当土地搞清他们是中国人之后,果真很听话,种什么就长什么,一点也不反抗。

中国人爱土地爱得发狂,"搬家"这件事是不大发生的。要是村上有一家是200年前搬来的人,人家还说他是"生客"——因为"才"搬来200年而已——照这标准看,美国人几乎全都是客人。

中国人如果发了财,他绝对想不通怎么花钱法。他把钱全留给儿子,而这儿子,同样也不知道钱该怎么花,他又把钱留给了孙子。你觉得他们很傻吗?嘿嘿,你错啦,这里面乐趣无穷!

中国人因为爱土地爱得太厉害,大家都决定老住一个地方,住到后来前街后巷全是亲戚。英文里只有一个 uncle,中国人却不允许如此含糊,中国人可以分出五种不同的 uncle。其中包括:

伯伯——爸爸的哥哥

叔叔——爸爸的弟弟

姑爹——爸爸的姊妹的丈夫

姨丈——妈妈的姊妹的丈夫

舅舅——妈妈的兄弟

从这一点,你大概可以了解中国小孩有多聪明。他们从刚会说话就能弄清楚上百种的各式各样的亲属称呼,你佩服不佩服?

中国人多半性情温和,因为他从小知道他不单是他自己,他还是"爸妈的儿子""祖父母的孙子""叔叔的侄儿""表弟的表哥""堂姊的堂弟""外甥的舅舅""堂嫂的小叔"……曾经有一个皇帝去请教一家五代同堂的大家族的家长,问他们怎能那么多人住在一起而那么和谐,那位张姓的老头一言不答,只拿起毛笔来在纸上一个连一个地写了 100 个"忍"字。

这老人比耶稣虽不如,不过比彼得要强多了(按:使徒彼得曾问耶稣,弟兄得罪我,饶恕他 7 次够不够?耶稣回答,不是 7 次,是 70 个 7 次),中国人没有一个不了解"忍",因为他们爱他们的土地,爱他们的生活。而他们知道,如果要在这块土地上生活下去非接纳别人、容忍别人不可。

中国人注重名分。全世界,你大概再也找不到一个民族像中国人一样把名分看得比事实更重要的了,中国人即使为此吃了大亏也在所不惜。

在中国神话里的一个妖怪(当然,你要知道,中国妖怪是很中国的),如果在为非作歹大施妖法之际,忽然被人认出来,大叫一声他的名字,他的法术立刻就破了,他立刻就像《圣经》里剃了头的参孙,什么力气都没有了。另外一个对付中国妖怪的好办法你不妨也学一下(既然你要到东方来,难保你不遇见中国妖怪啊),那就是准备一个照妖镜,让妖怪不小心之际忽然发现了自己的脸,当他大吃一惊

张晓风
散文精选

看到自己的本形是一只丑陋的乌龟或鳝鱼，他就不好意思地自动爬跑啦！

不知为什么，聪明的中国人竟没有想到，如果有一只乌龟觉得自己长得很漂亮，而斗志更昂扬了，那可怎么办？

传统的中国战士连怒发冲冠勇往杀敌的时候也不忘记问清楚对方的名字（对了，你不要以为问名都是杀头的前奏，事实上有时也蛮罗曼蒂克的，中国人订婚之前就有个"问"名之礼），章回小说中标准的说法是：

"来将通名，宝刀不斩无名小卒！"

奇怪，那些来将竟老老实实地把名字都说出来了。

传统的中国人又非常谦虚，他们叫自己的文章为"拙作"，他们建议你把他的画拿去补壁（遮墙壁的洞），把他的书拿去覆瓿（封坛子口），他说自己的小孩是"犬子"，自己的太太是"拙荆"（笨手笨脚的乡下人），他的房子是"寒舍"，他自己是"鄙人"（边远地区不识礼的人）；连中国的皇帝都要称自己作"寡人"（没有道德的人）或孤（没人理会的人），如果你听一个中国人说："我一无所长，希望跟阁下多学习。"千万不要以为他是一个没有自信心的家伙，他其实是要你知道他的谈吐多么有教养。如果你听见他和他太太合力保证他家的菜准备得又少又难吃，你可以大胆地赴宴，他们弄的东西绝不比国宴差。

当然，中国人并不是不自豪的民族，正确的做法是"谦虚"由他负责，赞美的"反驳"由你负责。如果他说："我这只小犬，又笨又懒。"你应该说："贵公子真了不起啊，我从来没有看过比他更聪明的7岁小孩了——我家犬子差他远了，真是有其父必有其子啊！"

说到这里，再说一个故事：如果你看到一堆人挤在一起，抢一只橄榄球，他们是美国人；如果你看到一堆人在一起洗澡，他们是日本人；而如果你看到一堆人又挤又打地抢着付账，他们是中国人。

对你而言，正确的方法是稍作挣扎，并且让他获得第一回合的胜利，通常他多半会感激你，在下一次的时候让你获得胜利。当然，下一次的时候，你并不知道。但中国人对下一次是充满信心的，虽然也

许下一次是 50 年后，你最好不要健忘，否则你就不礼貌了。

中国人又极保守。在翻译外国名词的时候，我们总小心地不要伤害自己的尊严，我们把马铃薯翻成洋芋——外国人的芋头。我们把火柴翻成洋火——洋人的火。一辆汽车不知怎么的，居然翻成轿车——像我们的轿子一样舒服的车。而番茄，不知怎么竟是番人的茄子啦！当然，也有翻音的，但即使翻音，我们也有办法让它获得一份新的中国美感。"美"国在中文里增加了"美丽""坚利"的意思，英国平白拣了"英华"和"吉利"的好彩头，而德国呢！是"道德"和"意志"。中国人无论如何也想不通日本人怎么会把美国译作"米"国，美国跟"米"并没有太大的关系。

如果你在中国人住的地方——不管是新加坡、美国唐人街，或者是中国台湾、香港地区和大陆，你会立刻发觉，到处都是人。《圣经》上有一句话说："因为上帝如此爱世人，所以赐下他的独生子"（For God so love the world that he give his only be gotten son），但中国牧师加了个注脚，说："因为上帝爱中国人，所以造了如此之多"（For God so loved Chinese that he made so many of them）。中国人是个不管怎么样都活得下去的民族。

曾有一位中国古代的哲学家，在垂暮之年即将临终之际把他的学生叫了来，说：

"你看我的牙齿呢？"

"没有了，都掉光了。"

"我的舌头呢？"

"还在。"

那学生忽然明白：柔韧的东西永远比坚硬的东西更强，更适合于生存。

在希腊神话，西方的神祇像宙斯，差不多是以革命家的姿态出现的，他摧毁，他建造，他的面前是一片新天新地。

但在中国神话里，中国神祇跟中国人一样善于节省，传说中天和地曾受过极大的损害，中国神明的办法是这样的：

天斜了，斜向西北，神明决定不去管他——因此你看到中国天空

张 晓 风
散 文 精 选

上的星辰都倾向西北。

地也歪了，歪向东南，神明也不加理会——因此中国大陆的河流全都"一江春水向东流"了。

当然，也有破损得更严重的。中国神明的办法依然是补修而不是换新，所以那位叫女娲的神烧了些灰止住洪水（当然，你知道，灰加水，又变成中国人最喜欢的土地了）。然后，这位神又弄了些石头补起天空来。中国人一直到现在还使用女娲补过的这片大空，补得真不错，到现在还挺管用，看样子还能再用下去。

"节约能源"这件事准是中国的神明发明的。

对了，谈到女娲，大家对他的性别鉴定颇不确定，大部分认为他是女的，小部分认为不太清楚。说来奇怪，中国神明中性别搞不清的还有西王母跟后来的观音菩萨，中国人不像法国人，法国人连水果都能定出女性水果和男性水果，在中国人看，身为神明最重要的就是做好神明，至于他是男神女神，那又有什么重要？

英文里有许多令女权运动者尴尬甚至愤怒的字。例如，主席，英文叫chairman，中国人比较聪明，只说"坐主要席位的人"；例如历史，英文叫history，中国人只说"一只手，秉持着中正的原则而写的"，中文也绝不会用men或humen。中文的"人"只是画一个人的侧像，男人女人都行。

所以，如果你是男性沙文主义的信徒，千万别娶中国女人。

这些年来，美国女人闹了半天，争到一个MS的称谓，让已婚未婚的女人都可以共用，但许多女人还不敢用。但中国妇女在60年前就用起自己的姓和自己的名字了，当你听到有人叫一声王小姐的时候，王小姐可能是16岁的少女，也可能是60岁的祖母。

中国女人也从来不能想象世界上还有女人不能读书，没有选举权或者同工不同酬的怪事。

而且——这件事说来中国男人自己也莫名其妙——自从中国的大家庭渐渐变成小家庭以后，中国丈夫的钱包不知道怎么搞的，全掉到太太手里去了。通常现代中国家庭的组织是这样的：丈夫是外交部长，太太是内政兼经济部长，丈夫按月缴纳全部薪俸，太太多半会很仁慈

地发回一些零用钱。

大概中国丈夫都有"伟人意识",他们不屑于管钱,所以就放弃了管钱的权利——这一点让全世界的女人简直羡慕得要死。

不过,当然,你不要忘了,中国女人全是天才烹调家,中国男人踊跃地做"好丈夫"不是没有理由的。

中国女孩的身高这些年来增加极多,她们的智慧和能力也增加得惊人。她们对考大学和更高的学位极有兴趣——她们绝不为找丈夫而读书,但是她们这么能干、健康、漂亮,男人怎么能不爱她们呢?

如今在台湾,许多行业几乎全让女性抢光了(例如小学教员或文教记者),有人建议要开设些男性保障名额。

当然,中国妇女深知中庸之道,所以她并不坚持争取更多的权利。所以,在机场里,如果你愿意为一位中国女人提箱子的话,她并不会坚持自己提的权利,如果你在火车里让位给一个中国女孩,她也会放弃拒绝的权利。

而其实中国女孩最可爱的地方是她有一颗全新的头脑,却保持着最古老的德行。她们不管做家庭主妇或女工或教授,全都干得非常出色。中国古代《四书》上说的"齐家""治国",她们的确是同时做到了。

我们说了太多中国女人的事了,其实中国男人也努力在中西和古今之间不断地做选择和协调。譬如说,台湾人放弃了四合院的建筑和叠席式的建筑而接纳了四层的或十几层的房子。我们放弃了轿子、三轮车,而选择了汽车(哎,哎,台北交通之乱,你是领教过的吧?我的一位朋友开车一年,既没撞到别人的车,也没被别人的车撞,自认为是奇运当头,赶紧去买奖券,居然没有中,他这才相信有人运气比他还好)。我们放弃了长袍而选择了简单的衣服,至于年轻人——年轻人全世界都一样,他们已经决定穿他们那一代的制服:牛仔裤。但如果你在牛仔裤上面看到功夫装,你知道他正在从事很正经的文化交流工作。

那么,如果我们穿着 Levis 的衣服,开着福特的车子,住着钢筋水泥的房子,梳着 5000 年祖先从来没有梳过的发型——那么,中国特色

051

张晓风
散文精选

到哪里去找呢？

特色还是到处存在的。在中国香港，你会看到家家厨房在雪亮的不锈钢瓦斯炉或电炉上放着个黄褐色的砂锅。在新加坡，在最热闹的地点开着中药铺，那些中国人，在他最病最弱的时候，他情感上需要的是中国药草。在马来西亚，成千的侨社团体吵着要一所中文大学。而在新加坡，已经有了一所教中文的南洋大学——当初捐钱的陈六使先生竟是个不识字的华侨。

不管中国人到了哪里，他的中国特质绝不改变。南洋的华侨甚至还有义山，华人死了也要葬在华人的鬼里。

当然，算起来，全世界各地区的华人中就是在中国的最敢接受现代化。离开中国的人，一般而言是最怕失去中国特色的人。而至于我们，我们住的地方就是中国，有中国人民，中国土地，中国教育，我们不怕失去中国，我们自己就是中国啊！

你对中国好奇吗？说到这里，我要吓你一吓。中国人是更好奇的，而且不打算隐藏他们的好奇。越战时期有个美国人在西贡街上画画，立刻围上一大堆中国华侨，老老小小把他围得什么也看不见，当然，其中还不乏指指点点教他怎么画的。他烦不过，便逃到身后有一堵墙的地方，背靠墙坐下，心里想有了这道屏障就好了。可惜他忘了，中国人在耶稣未降世以前就会筑墙了，那堵小小的墙对中国人而言真是何足道哉！当下所有的中国人跟着爬上了那堵墙头，可怜那无辜的墙竟被压垮了。

传统的中国人是不允许你有私生活的，他理直气壮地问一个小姐的年龄，他甚至追根究底地盘问你为什么要跟长得挺不错的玛丽分手；传统的中国社会至少有个好处，不需要心理协谈医生——反正谁都可以听谁的隐私。对中国人而言，一个人如果有"不可告人之事"，他一定不是好人。

不过，当然，刚才只是吓唬你的，那种中国人现在快要找不到了。中国人渐渐也试着去了解外国人，并且尊重外国人的生活习惯了。

不过中国人虽然爱看人，却不至于大惊小怪（中国人脸部肌肉的活动量向来是美国人的十分之一，欧洲人的五分之一）。中国人看到

TNT，很不屑，说："跟我们过年放炮用的不也差不多吗?"中国人看到电子计算机，说："我们早就有算盘了。"中国人看到电讯，说："哎呀，《封神榜》那本小说不是早就说过顺风耳了吗？"阿姆斯特朗辛辛苦苦跨了一步，上了月亮，中国人毫不佩服，说："咱们嫦娥早就去了。"甚至，说来真让美国人生气，当嬉皮们吃 LSD 的时候，中国学者翻书一看，嘿，中国的嬉皮在一千五百年前就吃了五石散了。就连裸奔，中国人认为也不是美国人发明的，而是中国古代的刘伶发明的。这有什么办法呢，中国历史 5000 年，人间所有能发生的，在中国都已经发生过了。

在上古的时候，中国曾经以为外国人都跟兽类有点关系——不然怎么身上会有毛呢？后来进步一点了，叫外国人为"洋鬼子"，鬼虽不是好称呼，但毕竟是人类的续集。后来，慢慢地，才发现他们是洋人而不是洋鬼——这一点我一直认为大家都应该感谢好莱坞，他们把多么优秀的洋人样品送给我们看啊，我们的男人很快地就爱上了嘉宝、秀兰·邓波儿、伊莉莎白·泰勒、费雯丽或今天的费唐·娜薇，我们的女人也开始偷偷喜欢范伦铁诺、克拉克·盖博、罗勃·泰勒或李察·波顿、查理士·布朗逊……洋鬼子原来也有这么漂亮的，大家都同意，把"洋鬼子"改"洋人"比较有道理。

好，再回到那个老故事上来吧。如果你看到三个黑发黑眼黄皮肤的人，记住，有钱的那个是日本人，漂亮的那个是韩国人，聪明的那个（当然，也许他还加上既有钱又漂亮）就是咱们中国人啦。

当然，如果你有足够的聪明去认出一个聪明的中国人来，那你自己倒也蛮聪明的啦！

有求不应和未求已应

1

香港有间庙,叫黄大仙,香火一向鼎盛,原因很简单,据说此庙是"有求必应"的。人生是如此繁难多灾,急待解决的问题是如此千头万绪,找个"有求必应"的靠山来仰仗一下,事情便过关了,这样的黄大仙怎能不受欢迎呢?

黄大仙一度也随着移民潮去了加拿大,不料水土不服,法力骤减,善男信女,也只能徒呼奈何。

华人似乎有其自设的对神明的检验标准,华人现实,所以规定神明应该乖乖的"有求必应",它是"超级仆人",它有义务把我们的梦想一一付诸实现。

2

然而,对我而言,回顾走过的路,如果我有什么可以感谢上苍的,恐怕不在于某些祈祷曾蒙垂听,而是在于某些祈祷始终不蒙成全。

过年了,我们祝福别人"心想事成"。那么,有没有人肯相信

"心想事不成",也可能是一项更大的祝福呢?

年少的时候,一个柔发及肩的女子或一个黑睛凝静的男子,都能令我们目眩神迷、魂不守舍。但那人却始终并没有发现你的那把幽埋在心底深处的熔岩一般的恋火。你祈祷,你哀告,你流泪,你说:

"让那人看见我吧!让那人钟情我吧!"

然而神明不理你,天地也麻木漠然,没有一点同情。你哀婉欲死,事情就这样结束了,可是,二十年后,你又看见那人,那人风华已老,谈吐无趣,那人身旁的配偶也伧俗黯败。你惊讶万分,原来那人并不出色,原来当年上苍不曾俯听你的祈求是一项极为仁慈的安排。你其实另有仙侣,你原来命中注定要跟更好的人生出更好的孩子,你所渴想的虽不曾"心想事成"但事情却发展得更好,超乎我们的祈求和梦想。

3

还有,你诅咒过人吗?

"去死!去死!早死早干净!"你曾经恶狠狠地这样说过吗?

这种诅咒有时矛头也会翻转过来针对自己:

"我巴不得我死掉才好!"

为了表示心意坚决,你说得一字字铮然有声,如铁石相击,并且火花四射。

碰到这种时候,如果有位新上任的笨笨的天使听到了"我的志愿"(这个中学时代常见的作文题目),于是立刻开恩为你成就了。天哪!那么你我周围真不知要枉死多少人了!其中包括老板、上司、总统或部长、行骗的商家、出轨的情人、可恨的竞争对手、讨厌的同事、对你性骚扰的人,以及至亲如兄弟姊妹夫妻子女的人……当然,很可能也包括你我自己。真不敢想象那种横尸遍野的惨象。

好在上帝很懂语意学(Semantics),众天使也多半经验老到,不至让你我的恶心妄念"心想事成"。想来老天使大概常常告诫小天使:

张　晓　风
散　文　精　选

"千万注意哦！如果你听到诅咒人死的祈愿，千万别当真啦！那只代表说话的人自己气疯了。别管他，等等就好了。你如果真照着世人一时的祈望为甲杀乙，为乙杀丙，那么全世界的人不出三天全部都死光光了，这样，我们天使岂不要集体失业了？反正，大家都不免是别人恨之入骨的人。人类成天不是你恨我，便是我恨他，我们天使不必再插一脚。世人虽坏，但也没坏到该全体灭种的程度，所以，就让他们心想事不成好了。"

对，好在"心想事不成"。啊，在我还没有成为纯洁无瑕的圣人之前，在贪念痴迷和愚妄仍是我主要本质的时候，上帝，求你务必不要成全我无知的要求或咒诅吧！

是的，我祈求财富，你不给我，你说，整个城市的人都在俭俭省省、巴巴结结，量入为出，你有什么权利要求锦衣玉食、挥金如土？财富是一种厄运，你会因而从常民的生活中被判出局。你会从此听不懂好些贫苦兄弟姊妹的告白。想想看，你虽不富，但一副不必背着黄金宝囊的肩膀是多么轻省啊！

我祈望绝世的美丽，奇迹并没有发生，你说，如果蜜蜂没有索取金冠，蚂蚁没有祷求珠履，你又何须湖水般的澄目或花瓣似的红唇呢？一双眼，只要读得懂人间疾苦，也就够了吧？两片唇，只要能轻轻吟出自己心爱的古老诗句，也就够了吧？

我向往聪明，我梦想自己是天纵之才，但你背过脸去，对我的陈述不予理会。你说："孩子，我爱你，我何忍把这么锋刃的利剑给你？你会因而皮破血流，筋断脉绝的。你就用你那一点点小才干去努力、去困顿、去撞头、去验证吧！你在百思不辨、千思不解之余收获的心得，其实反而更能和世人对话。才高八斗之人如万丈瀑布，壮观虽壮观，其下却难于汲水。你就安心做一注小小山泉，涓滴不绝，可鉴可饮，不是也很好吗？"

"可不可以给我一张玫瑰花瓣堆叠的芳香软床？"

"我搞不懂你要多么奇怪的东西来干什么？"你说，"但我会给你甜美，如一坛陈年冬蜜的凝定睡眠。"

"赠我红宝石的坠子，让我的颈项因而华美璀璨！"

"偏不，"你说，"但我会让你家南面阳台的蝴蝶兰今年春天开出艳紫的云霞！"

"让我全然健康，无病无痛，这一点，总不算要求过分吧？"

"不，"你说，"我赐你友谊，你和你的朋友会因同病而相怜，且相恤相濡。"

4

美国诗人佛洛斯特曾有一首诗，谈及森林中有两条小路，他选择了一条，却不免好奇，如果踏上的是另一条路呢？会有更迷人的风景吗？会有更平坦的地面吗？会有更柔软厚实的落叶吗？会有更响彻云霄的鸟鸣或更为柔和芬芳的清风吗？

啊！我为我自己走过的路感谢，我也为我糊里糊涂踏上的另一条路而感谢。感谢我那些小小的心愿和祈祷，在一路行来之际曾蒙垂听成全，更感谢那些未蒙应允的夙愿。原来"心想事不成"也是好事一桩，原来"有求不应"也大可以另起佳境。原来另一条路有可能是更好的路，虽然是被逼着走上去的。

唐人张谓有句这样的诗："看花寻径远，听鸟入林迷。"人生的途程不也如此吗？每一条规划好的道路，每一个经纬坐标明确固定的位置，如果依着手册的指示而到达了固然可羡可慕，但那些"未求已应"的恩惠却更令人惊艳。那被嘤嘤鸟鸣所引渡而到达的迷离幻域，那因一朵化的呼唤而误闯的桃源，才是上天更慷慨的福泽的倾注。

曾经，我急于用我的小手向生命的大掌中掏取一粒粒耀眼的珍宝，但珍宝乍然消失，我抓不到我想要的东西。可是，也在这同时，我知道我被那温暖的大手握住了。手里没有东西，只有那双手掌而已，那掌心温暖厚实安妥，是"未求已应"的生命的触握。

窃据

下课钟响了,那时是六月,时间是正午,那堂课是我学年中的最后一堂课。对,所有的唐诗宋词到此终于掩卷,屈灵均或陶渊明都请暂时引退。六月已至,熏风南来,知识且去匿身,我自有我自己的去处。

我跳上车,从城北直驱城南,下了车,径自进入植物园,直逼荷花池。待我屏息注目,果见千柄高荷,清艳艳伦。虽然一切皆在预料中,我仍然不觉为之动容。

站在池前,仿佛刚下飞机归国述职的大使,一时有很多话想跟荷花报告,有委屈,也有得意。想告诉他这一年的业绩,想告诉他美的讯息已经向学生传达。想让他知道,其实,截至目前,并没有人知道我是奉派自荷花的使者。想说,我有点累,让我再嗅一口荷香,我就能复活,就能有本事去对抗尘世中坏人所加之于我的种种的奇招怪式,并且能保住我自己婴儿般的一味灵明。

> 呀!小小的水鸟在翠叶间施展轻功
> 美丽的红蜻蜓也来认祖归宗
> 他们是荷花的堂兄弟
> 互相追叙着属于红系的高贵血统

朱雀汉代画像石刻

仿佛听到歌声，但却不见有人唱歌。

荷香常令我迷惑，它是如此厚实且具质感。梅香属于月光，兰香属于绝壁，菊香和田垄不分，桂花则宜于在一家人四合院初醒的韵律里含芬吐馥……但荷香是云梦大泽中升起的幻象，是神秘池沼中冒出的魔法泡影，它的香气亦灵亦肉，令人怅怅惘惘，目夺神授，而不知所从。

在一本名叫《指月录》的禅书里，记载着一条奇怪的戒命，原来，在严格律己的僧人而言，当经过别人的荷花池的时候，是不可以偷嗅荷香的。看来，他应该行闭气大法来行过花香阵，以免吸入了属别人的馥郁。

啊！这一点倒提醒了我，原来荷香是值得盗取的资产，我今身在台北市植物园，所嗅的芳烈算来应属"公物"。但这番闻嗅却是天真无罪的"侵吞公物"，是高妙美丽的巧取豪夺，是不着痕迹的彻底霸占，是光明正大的蚕食鲸吞。啊！我为此而沾沾自喜。

对，我赤手空拳来到这世界，如果不窃据那些本来不属于我的东西，又怎能活得下去？所以，容我是偷闻荷香的现行犯，容我是偷听鸟语的惯窃，且容我是偷偷披着阳光金斗篷的一名风华老去的少年犯。

附记：是因为冷气团来袭吗？在拥着羊毛毯枯坐的冬夜，我会痴痴地想起某个六月正午的一汪池水，以及池中绝美的荷花布阵。还有那诡异的香息，令我反刍又反刍，咀嚼不尽。原来，曾经被荷香充塞过的胸臆，也是某种永恒。

——原载 2002 年 12 月 24 日《中国时报》人间副刊

描容

一

有一次,和朋友约好了搭早晨七点的车去太鲁阁公园管理处,不料闹钟失灵,醒来时已经七点了。

我跳起来,改去搭飞机,及时赶到。管理处派人来接,但来人并不认识我,于是先到的朋友便七嘴八舌地把我形容一番:

"她信基督教。"

"她是写散文的。"

"她看起来好像不紧张,其实,才紧张呢!"

形容完了,几个朋友自己也相顾失笑,这么一堆抽象的说辞,叫那年轻人如何在人堆里把要接的人辨认出来?

事后,他们说给我听,我也笑了,一面佯怒,说:

"哼,朋友一场,你们竟连我是什么样子也说不出来,太可恶了。"

转念一想,却也有几分惆怅——其实,不怪他们,叫我自己来形容我自己,我也一样不知从何说起。

二

有一年，带着稚龄的小儿小女全家去日本，天气正由盛夏转秋，人到富士山腰，租了匹漂亮的栗色大马去行山径。低枝拂额，山鸟上下，"随身听"里播着新买来的"三弦"古乐。抿一口山村自酿的葡萄酒，淡淡的红，淡淡的芬芳……蹄声嘚嘚，旅途比预期的还要完美……

然而，我在一座山寺前停了下来，那里贴着一张大大的告示，由不得人不看。告示上有一幅男子的照片，奇怪的是那日文告示，我竟也大致看明白了。它的内容是说，两个月前有个六十岁的男子登山失踪了，他身上靠腹部地方因为动过手术，有条十五厘米长的疤口，如果有人发现这位男子，请通知警方。

叫人用腹部的疤来辨认失踪的人，当然是假定他已是尸体了。否则凭名字相认不就可以了吗？

寺前痴立，我忽觉大恸，这座外形安详的富士山于我是闲来的行脚处，于这男子却是残酷的埋骨之地啊！时乎，命乎，叫人怎么说呢？

而真正令我悲伤的是，人生至此，在特征栏里竟只剩下那么简单赤裸的几个字："腹上有十五厘米长的疤痕"！原来人一旦撒手了，所有人间的形容词都顿然失效，所有的学历、经验、头衔、土地、股票持份或功勋伟绩全都不相干了，真正属于此身的特点竟可能只是一记疤痕或半枚蛀牙。

山上的阳光淡寂，火山地带特有的黑土踏上去松软柔和，而我意识到山的险巇。每一转折都自成祸福，每一岔路皆隐含杀机。如我一旦失足，则寻人告示上对我的形容词便没有一句会和我平生努力以博得的成就有关了。

我站在寺前，站在我从不认识的山难者的寻人告示前，黯然落泪。

三

所有的"我",其实不都是一个名词吗?可是我们是复杂而又噜苏的人类,我们发明了形容词——只是我们在形容自己的时候却又忽然辞穷。一个完完整整的人,岂是能用三言两语胡乱描绘的?

对我而言,做小人物并没什么不甘,却有一项悲哀,就是要不断地填表格,不断把自己纳入一张奇怪的方方正正的小纸片。你必须不厌其烦地告诉人家你是哪年生的?生在哪里?生日是哪一天?(奇怪,我为什么要告诉他我的生日呢?他又不送我生日礼物。)家在哪里?学历是什么,身份证号码几号?护照号码几号?几月几日在哪里签发的?公保证号码几号?好在我颇有先见之明,从第一天起就把身份证和护照号码等一概背得烂熟,以便有人要我填表时可以不经思索熟极而流。

然而,我一面填表,一面不免想"我"在哪里啊?我怎会在那张小小的表格里呢?我填的全是些不相干的资料啊!资料加起来的总和并不是我啊!

尤其离奇的是那些大张的表格,它居然要求你写自己的特长,写自己的语文能力,自己的缺点……奇怪,这种表格有什么用呢?你把它发给梁实秋,搞不好,他谦虚起来,硬是只肯承认自己"粗通"英文,你又如何?你把它发给甲级流氓,难道他就承认自己的缺点是"爱杀人"吗?

我填这些形容自己的资料也总觉不放心。记得有一次填完"缺点"以后,我干脆又慎重地加上一段:"我填的这些缺点其实只是我自己知道的缺点,但既然是知道的缺点,其实就不算是严重的缺点。我真正的缺点一定是我不知道或不肯承认的。所以,严格地说,我其实并没有能力写出我的缺点来。"

对我来说,最美丽的理想社会大概就是不必填表的社会吧!那样的社会,你一个人在街上走,对面来了一位路人,他拦住你,说:

"咦?你不是王家老三吗?你前天才过完三十九岁生日是吧?我

当然记得你生日，那是元宵节前一天嘛！你爸爸还好吗？他小时顽皮，跌过一次腿，后来接好了，现在阴天犯不犯痛？不疼？啊，那就好。你妹妹嫁得还好吧？她那丈夫从小就不爱说话，你妹妹叽叽呱呱的，配他也是老天爷安排好的。她耳朵上那个耳洞没什么吧？她生出来才一个月，有一天哭个不停，你嫌烦，找了根针就去给她扎耳洞，大人发现了，吓死了，要打你，你说因为听说女人扎了耳洞挂了耳环就可以出嫁了，她哭得人烦，你想把她快快扎了耳洞嫁掉算了！你说我怎么知道这些事，怎么不知道？这村子上谁家的事我不知道啊？……"

那样的社会，人人都知道别家墙角有几株海棠，人人都熟悉对方院子里有几只母鸡，表格里的那一堆资料要它何用？

其实小人物填表固然可悲，大人物恐怕也不免此悲吧？一个刘彻，他的一生写上十部奇情小说也绰绰有余。但人一死，依照谥法，也只落一个汉武帝的"武"字，听起来，像是这人只会打仗似的。谥法用字历代虽不太同，但都是好字眼，像那个会说出"何不食肉糜"的皇帝，死后也混到个"惠帝"的谥号。反正只要做了皇帝，便非"仁"即"圣"，非"文"即"武"，非"睿"即"神"……做皇帝做到这样，又有什么意思呢？长长的一生，最后只剩下一个字，冥冥中仿佛有一排小小的资料夹，把汉武帝跟梁武帝放在一个夹子里，把唐高宗和清高宗做成编类相同的资料卡。

悲伤啊，所有的"我"本来都是"我"，而别人却急着把你编号归类——就算是皇帝，也无非放进镂金刻玉的资料夹里去归类吧！

相较之下，那惹人訾议的武则天女皇就佻达多了。她临死之时嘱人留下"无字碑"。以她当时身为母后的身份而言，还会没有当朝文人来谀墓吗？但她放弃了。年轻时，她用过一个名字来形容自己，那是"曌"（读作"照"），是太阳、月亮和晴空。但年老时，她不再需要任何名词，更不需要形容词。她只要简简单单地死去，像秋来喑哑萎落的一只夏蝉，不需要半句赘词来送终。她赢了，因为不在乎。

四

　　而茫茫大荒，漠漠今古，众生平凡的面目里，谁是我，我又复是谁呢？我们却是在乎的。

　　明传奇《牡丹亭》里有个杜丽娘，在她自知不久于人世之际，一意挣扎而起，对着镜子把自己描绘下来，这才安心去死。死不足惧，只要能留下一副真容，也就扳回一点胜利。故事演到后面，她复活了，从画里也从坟墓里走了出来，作者似乎相信，真切地自我描容，是令逝者能永存的惟一手法。

　　米开朗基罗走了，但我们从圣母垂眉的悲悯中重见五百年前大师的哀伤。而整套完整的儒家思想，若不是以仲尼站在大川上的那一声"逝者如斯夫！不舍昼夜"的长叹作底调，就显得太平板僵直，如道德教条了。一声轻轻地叹息，使我们惊识圣者的华颜。那企图把人间万事都说得头头是道的仲尼，一旦面对巨大而模糊的"时间"对手，也有他不知所措的悸动！那声叹息于我有如两千五百年前的录音带，至今音纹清晰，声声入耳。

　　艺术和文学，从某一个角度看，也正是一个人对自己的描容吧？而描容者是既喜悦又悲伤的，他像一个孩子，有点"人来疯"，他急着说：

　　"你看，你看，这就是我，万古宇宙，就只有这么一个我啊！"

　　然而诗人常是寂寞的——因为人世太忙，谁会停下来听你说"我"呢？

　　马来西亚有个古旧的小城叫"马六甲"，我在那城里转来转去，为五百年来中国人走过的脚步惊喜叹服。正午的时候，我来到一座小庙。

　　然而我不见神明。

　　"这里供奉什么神？"

　　"你自己看。"带我去的人笑而不答。

　　小巧明亮的正堂里，四面都是明镜，我瞻顾，却只见我自己。

"这庙不设神明——你想来找神,你只能找到自身。"

只有一个自身,只有一个一空依傍的自我,没有莲花座,没有祥云,只有一双踏遍红尘的鞋子,载着一个长途役役的旅人走来,继续向大地叩问人间的路径。

好的文学艺术也恰如这古城小庙吧?香客在环顾时,赫然于镜鉴中发现自己,见到自己的青青眉峰,盈盈水眸,见到如周天运行生生不已的小宇宙——那个"我"。

某甲在画肆中购得一幅大大的弥天盖地的"泼墨山水",某乙则买到一张小小的意态自足的"梅竹双清",问者问某甲说:"你买了一幅山水吗?"某甲说:"不是,我买的是我胸中的丘壑。"问者转问某乙:"你买了一幅梅竹吗?"某乙回答说:"不然,我买的是我胸中的逸气。"描容者可以描摹自我的眉目,肯买货的人却只因看见自家的容颜。

雨之调

雨　荷

有一次，雨中走过荷池，一塘的绿云绵延，独有一朵半开的红莲挺然其间。

我一时为之惊愕驻足，那样似开不开，欲语不语，将红未红，待香未香的一株红莲！

漫天的雨纷然而又漠然，广不可及的灰色中竟有这样一株红莲！像一堆即将燃起的火，像一罐立刻要倾泼的颜色！我立在池畔，虽不欲捞月，也几成失足。

生命不也如一场雨吗？你曾无知地在其间雀跃，你曾痴迷地在其间沉吟——但更多的时候，你得忍受那些寒冷和潮湿，那些无奈与寂寥，并且以晴日的幻想度日。

可是，看那株莲花，在雨中怎样地唯我而又忘我，当没有阳光的时候，它自己便是阳光。当没有欢乐的时候，它自己便是欢乐！一株莲花里有那么完美自足的世界！

一池的绿，一池无声的歌，在乡间不惹眼的路边——岂只有哲学书中才有真理？岂只有研究院中才有答案？一笔简单的雨荷可绘出多

少形象之外的美善，一片亭亭青叶支撑了多少世纪的傲骨！

倘有荷在池，倘有荷在心，则长长的雨季何患？

清明上河图

雨中，独自到故宫博物院去看清明上河图。

长长的轴卷在桌上平展开，一片完好的汴梁旧风物。管理员将我做笔记用的原珠笔取去，而代以铅笔，为了怕油墨污染了画——他们独不怕泪吗？谁能故国神游而不怆然涕下呢？

青青的土阜、初暖的柳风、微曛的阳光似乎都可感到，安静古老的河水以迟缓的节拍流过幽美的幸福土地，承平的岁月令人不忍目触。

所谓画，不外是一些人、一些车、一些驴、一些耍猴戏的、一些商贾、一些跳叫的狗和孩子——但这一切是怎样单纯的和谐。

宋朝的阳光，古老一如梦中，汴京，遥远有如太古。唯清明时节的麦青，却染绿无数画家的乡愁。使我惊讶的是这个因雨而感伤的下午，何竟有一个女子会站在海外的一隅，看前朝宫中的绢画，想五百年来多少人对画而泪垂，想宇内有多少博物馆中正在展示着那和平而丰腴的中原……

走出博物馆，雨中的青山苍凉地兀立着。渭北的春树今何在？江东的暮云今何在？我呢喃着，一路步下渐行渐低的阶梯。

秋声赋

一夜，在灯下预备第二天要教的课，才念两行，便觉哽咽。

那是欧阳修的《秋声赋》，许多年前，在中学时，我曾狂热地鸠于那些旧书，我曾偷偷地背诵它！

可笑的是少年无知，何曾了解秋声之悲，一心只想学几个漂亮的句子，拿到作文簿上去自炫！

但今夜，雨声从四窗来叩，小楼上一片零落的秋意，灯光如雨，愁亦如雨，纷纷落在《秋声赋》上，文字间便幻起重重波涛，掩盖了

张晓风
散文精选

那一片熟悉的字句。

每年十一月，我总要去买一本 Idea 杂志，不为那些诗，只为异国那份辉煌而又黯然的秋光。那荒漠的原野，那大片宜于煮酒的红叶，令人恍然有隔世之想。可叹的是故土的秋色犹能在同纬度的新大陆去辨认，但秋声呢？何处有此悲声寄售？

闻秋声之悲与不闻秋声之悲，其悲各何如？

明朝，穿过校园中发亮的雨径，去面对满堂稚气的大一新生的眼睛，《秋声赋》又当如何解释？

秋灯渐黯，雨声不绝，终夜吟哦着不堪一听的浓愁。

青楼集

在傅斯年图书馆当窗而坐，远近的丝雨成阵。

桌上放着一本被蠹鱼食余的《青楼集》，焦黄破碎的扉页里，我低首去辨认元朝的，焦黄破碎的往事。

一壁抄着，忍不住的思古情怀便如江中兼天而涌的浪头，忽焉而至。那些柔弱的名字里有多少辛酸的命运：朱帘秀、汪怜怜、翠娥秀、李娇儿……一时之间，元人的弦索、元人的箫管，便盈耳而至。音乐中浮起的是那些苍白的，架在锦绣之上，聪明得悲哀的脸。

当别的女孩在软褥上安静地坐着，用五彩的丝线织梦，为什么独有一班女孩在众人的奚落里唱着人间的悲欢离合？而如果命运要她们成为被遗弃的，却为什么要让她们有那样的冰雪聪明去承受那种残忍？

"大都"，辉煌的元帝国，光荣的朝代，何竟有那些黯然的脸在无言中沉浮？当然，天涯沦落的何止是她们，为人作色的何止是她们。但八百年后在南港，一个秋雨如泣的日子，独有她们的身世这样沉重地压在我的资料卡上，那古老而又现代的哀愁。

雨在眼，雨在耳，雨在若有若无的千山。南港的黄昏，在满楼的古书中无限凄凉！萧条异代，谁解此恨！相去几近千年，她们的忧伤和屈辱却仍然如此强烈地震撼着我。

雨仍落，似乎已这样无奈地落了许多世纪。山渐消沉，树渐消沉，

书渐消沉，只有蠹鱼的蛀痕顽强地咬透八百年的酸辛。

油　伞

　　从朋友的乡居辞出，雨的弦柱在远近奏起，小径忽然被雨中大片干净的油绿照得惹眼起来。原想就这样把自己化在雨里一路回去，但却不过他的盛意，遂支着一把半旧的油伞走了。

　　走着，走着，黄昏四合，一种说不出的苍茫伸展着，一时不知是真是幻。二十多年前，山城的凌晨，不也是这样的小径？不也是这般幽暗？流浪的中途站上，一个美得不能忘记的小学。天色微茫，顶着一把油伞，那小女孩往学校走去。为了去看教室后面大家合种的一畦菠菜，为了保持一礼拜连续最早到校的纪录，以赢得一本纸质粗劣的练习本，她匆促地低头而行。

　　而二十年后，仍是雨，仍是山，仍是一把半旧的油伞，她的脚步却无法匆促了。她不能不想起由于模糊而益显真切的故土的倦柳愁荷。

　　那一季的菠菜她终于没吃到，便又离去了；而那本练习本，她也始终得不着，因为总有一个可恨的男生偶然比她早到，来破坏她即将完成的纪录。她一无所获——而二十多年后，她在芬芳的古籍中偶然读到柳州笔下的山水，便懊恨那些早晨为什么浪费在无益的奔跑上，为什么她不解人生的缘分？为什么她不解那一瞥的价值？为什么她不让故土最后的春天在那网膜上烙下最痛最美的印记？却一心挂想着那本不值钱的练习本。

　　油伞之后，再无童年。岛上的日子如一团发得太松的面，不堪握。

　　但岛仍是岛，而当我偶然从仔细的谛视中发现那油伞只不过是一把塑胶仿制品的时候，黄昏的幻象便悠然消逝了。有车，有繁灯，这城市的雨季又在流浪者眼前绵绵密密地上演了。

春俎

春天是一则谎言

那女孩说，春天是一则谎言，饰以软风，饰以杜鹃；那女孩斩钉截铁地说，春天，是一则谎言。

——可是，她说，二十年过去，我仍不可救药地甘于被骗。那些偶然红的花，那些偶然绿的水，竟仍然令我痴迷。春天一来，便老是忘记，忘记蓝天是一种骗局，忘记急湍是一种诡语，忘记千柯都只不过在开些空头支票，忘记万花只不过服食了迷幻药。真的，老是忘记——直到秋晚醒来时，才发现他们玩的只不过是些老把戏，而你又被骗了，你只能在苍白的北风中向壁叹息。

她说她的，我总不能拒绝春天。春水一涨潮，我就变得盲目，变得混沌，像一个旧教徒，我恭谨地行到溪畔去办"告解"，去照鉴自己的心，看看能不能仍拼成水仙——虽然，可能她说的对，虽然春天可能什么都不是，虽然春天可能只是一则谎言。

过　客

别墅的主人买了地，盖了房子，却无奈地陷在楼最高、气最浊、

车马喧腾的地方，把别墅的所有权状当做清供。

而第一位在千山夜雨中拧亮玻璃吊盏的人，却竟是我这陌生的过客，一时之间恍惚竟以为别墅是我的——或者也是云的？谁是客？谁是主？谁是物？谁是我？谁曾占有过什么？谁又曾管领过什么？

长长的甬道，只回响我的软履。寂然的阳台，只留我独饮风露。穆然的大柜，只垂挂我的春衫。初涨的新溪，只流过我的梦槛——那主人不在，那主人不在，我把一切的美好霸占得那样彻底。

纤草初渥，足下的春泥几乎在升起一种柔声的歌。而这片土地，二年以前属于禾稻，千纪以前属于牧畜，万年以前属于渔猎，亿载以前属于洪荒，而此刻，它属于一张一尺见方的所有权状。

而我是谁？为什么我感到自己强烈的占有，不是今夜的占有，而是亿载之前的占有，我几乎能指出哪一带蓝天曾腾跃过飞天，哪一丛密林曾隐居着麒麟，哪一片水滩曾映照七彩的凤凰，哪一座小桥曾负载挟弓猎人的歌；而今夜，我取代他们，继承他们，让我的十趾来膜拜泥土。

今夜，我是拙而安的鸠鸟，我占着别人的别墅，我占着有巢氏的巢，我占着昭阳宫，我占着含章殿，我占着裴令的绿野堂，我占着王摩诘的辋川和终南别业，我占着亘古长存的大地庙堂——我，一个过客。

坠　星

山的美在于它的重复，在于它是一种几何级数，在于它是一种循环小数，在于它的百匝千遭，在于它永不干休的环拘。

晚上，独步山径，两侧的山又黑又坚实，有如一锭古老的徽墨，而徽墨最浑凝的上方却被一点灼然的光突破。

"星坠了！"我忽然一惊。

而那一夜并没有星，我才发现那或者只是某一个人一盏灯；一盏灯？可能吗？在那样孤绝的高处？伫立许多，我仍弄不清那是一颗低坠的星或是一盏高悬的灯。而白天，我什么也不见，只见云来雾往，千壑生烟。但夜夜，它不瞬地亮着，令我迷惑。

山 月

　　山月升起的地方刚好是对岸山间一个巧妙的缺口。中宵惊起，一丸冷月像颗珠子，莹莹然地镶嵌在山的缺处。

　　有些美，如山间月色，不知为什么美得那样无情，那样冷绝白绝，触手成冰。无月之夜的那种浑厚温暖的黑色此刻已被扯开，山月如雨，在同样的景片上硬生生地安排下另一种格调。

　　真的，山月如雨，隔着长窗，隔着纱帘，一样淋得人兜头兜脸，眉发滴水，连寒衾也淋湿了，一间屋子竟无一处可着脚，整栋别墅都漂浮起来，晃漾起来，让人有一种绝望的惊惶。

　　山月总是触动人最深处的忧伤，山月让人不能遗忘。

　　山月照在山的这一边，山月照在山的那一边。山的这一方是长帘垂地的别墅，山的那一方是海峡深蕴的忧伤。

　　山月照在岛上，山月也绕过岛去照一千一百万平方公里的旧梦，在不眠的中宵。在万窍含风的水夜，山月吹起令人愁倒的胡笳。

　　山月何以如此凛烈，山月何以如此无情，山月何以如此冷绝愁绝，触手成冰！

夜 雨

　　雨声有时和溪声是很难以分辨的，尤其在夜里。有时为了证实雨，我必须从回廊探出双臂。探着雨，便安心地回去躺下，欣喜而满足。夜是母性的，雨也是，我遂在双重的母性中拥书而眠。

　　书不多，但从毛诗到皮蓝得娄，从陶渊明到乌托邦都有，只是落雨的夜里，我却总想起秦少游，以及他的"可堪孤馆闭春寒，杜鹃声里斜阳暮"。雨声中唯一的缺憾是失去鸟声。有一种鸟声，平时总听得到，细长而无尾音，却自有一种直抒胸臆的简捷的悲怆，像一个不善言辞的人的低喟。雨夜中有时不免想起那只鸟，不知在何处抖动它

潮湿的羽毛和潮湿的叹息。

  盛夏中偶落的骤雨，照例总扬起一阵浓郁的土香。而三月的夜雨不知为什么也能渗出一丝丝的青草味，跟太阳蒸发出来的强烈的草薰不同，是一种幽森的、细致的、嫩生生的气味，我想如果有一天我失明了，光凭嗅觉，我也能毫无错误地辨认出三月的夜雨。

野　溪

  从来没有想到溪声会那样执着，日以继夜，夜以继日，像一个喧嚷的小男孩，使我感到一种疲倦。我爱那水，但它使我疲倦——它使我疲倦，但我仍爱那水——我之所以疲倦，或者无论梦着醒着，我不能一秒钟不恭谨地聆听它，过分的爱情常使人疲累不胜。

  水极浅，小溪中多半是乱石小半是草，还有一些树，很奇怪地都有着无比苍老嶙峋的根，以及柔嫩如婴儿的透明绿叶，让人猜不透它们的年龄。大部分的巨石都被树根抓住了，树根如网，巨石如鱼，相峙似乎已有千年之久，让人重温渔猎时代敦实的喜悦。

  谁在溪中投下千面巨石，谁在石间播下春芜秋草，谁在草中立起大树如碑？谁在树上剪裁三月的翠叶如酒旆？谁在这无数张招展的酒旆间酝酿亿万年陈久而新鲜的芬芳？

  溪水清且浅，溪声激以越，世上每日有山被斩首解肢，每日有水被奸污毁容，而眼前的野溪却浑然无知地坚持着今年度的歌声；而明年，明年谁知道，我们且对斟今年的春天！让千穴的清风吹彻玉笙，让千转的白湍拨起泠泠古弦，我们且对斟今年的春天。

雨天的书

一

  我不知道,天为什么无端落起雨来了。薄薄的水雾把山和树隔到更远的地方去,我的窗外遂只剩下一片辽阔的空茫了。

  想你那里必是很冷了吧?另芳。青色的屋顶上滚动着水珠子,淅沥的声音单调而沉闷,你会不会觉得很寂寥呢?

  你的信仍放在我的梳妆台上,折得方方正正的,依然是当日的手痕。我以前没见过你;以后也找不着你,我所能持有的,也不过就是这一片模模糊糊的痕迹罢了。另芳,而你呢?你没有我的只字片语,等到我提起笔,却又没有人能为我传递了。

  冬天里,南馨拿着你的信来。细细斜斜的笔迹,优雅温婉的话语。我很高兴看你的信,我把它和另外一些信件并放着。它们总是给我鼓励和自信,让我知道,当我在灯下执笔的时候,实际并不孤独。

  另芳,我没有即时回你的信,人大了,忙的事也就多了。后悔有什么用呢?早知道你是在病榻上写那封信,我就去和你谈谈,陪你出去散散步,一同看看黄昏时候的落霞。但我又怎么想象得到呢?十七岁,怎么能和死亡联想在一起呢?死亡,那样冰冷阴森的字眼,无论

如何也不该和你发生关系的。这出戏结束得太早，迟到的观众只好望着合拢的黑绒幕黯然了。

　　雨仍在落着，频频叩打我的玻璃窗。雨水把世界布置得幽冥昏暗，我不由幻想你打着一把小伞，从芳草没胫的小路上走来，走过生，走过死，走过永恒。

　　那时候，放了寒假。另芳，我心里其实一直是惦着你的。只是找不着南馨，没有可以传信的人。等开了学，找着了南馨，一问及你，她就哭了。另芳，我从来没有这样恨自己。另芳，如今我向哪一条街寄信给你呢？有谁知道你的新地址呢？

　　南馨寄来你留给她的最后字条，捧着它使我泫然。另芳，我算什么呢？我和你一样，是被送来这世界观光的客人。我带着惊奇和喜悦看青山和绿水，看生命和知识。另芳，我有什么特别值得一顾的呢？只是我看这些东西的时候比别人多了一份冲动，便不由得把它记录下来了。我究竟有什么值得结识的呢？那些美得叫人痴狂的东西没有一样是我创造的，也没有一件是我经营的，而我那些仅有的记录，也是破碎支离，几乎完全走样的，另芳，聪慧如你，为什么念念要得到我的信呢？

　　"她死的时候没有遗憾，"南馨说，"除了想你的信。你能写一封信给她吗？我要烧给她——我是信耶稣的，我想耶稣一定会拿给她的。"

　　她是那样天真，我是要写给你的，我一直想着要写的，我把我的信交给她，但是，我想你已经不需要它了。你此刻在做什么呢？正在和鼓翼的小天使嬉戏吧？或是拿软软的白云捏人像吧？（你可曾塑过我？）再不然就一定是在茂美的林园里倾听金琴的轻拨了。

　　另芳，想象中，你是一个纤柔多愁的影子，皮肤是细致的浅黄，眉很浓，眼很深，嘴唇很薄（但不爱说话），是吗？常常穿着淡蓝色的衣裙，喜欢望着帘外的落雨而出神，是吗？另芳，或许我们真是不该见面的，好让我想象中的你更为真切。

　　另芳，雨仍下着，淡淡的哀愁在雨里飘零。遥想你墓地上的草早该绿透了，但今年春天你却没有看见。想象中有一朵白色的小花开在

张　晓　风
散　文　精　选

你的坟头，透明而苍白，在雨中幽幽地抽泣。

而在天上，在那灿烂的灵境上，是不是也正落着阳光的雨，落花的雨和音乐的雨呢？另芳，请俯下你的脸来，看我们，以及你生长过的地方。或许你会觉得好笑，便立刻把头转开了。你会惊讶地自语："那些年，我怎么那么痴呢？其实，那些事不是都显得很滑稽吗？"

另芳，你看，我写了这么多，是的，其实写这些信也很滑稽，在永恒里你已不需要这些了。但我还是要写，我许诺过要写的。

或者，明天早晨，小天使会在你的窗前放一朵白色的小花，上面滚动着无数银亮的小雨珠。

"这是什么？"

"这是我们在地上发现的，有一个人，写了一封信给你，我们不愿把那样拙劣的文字带进来，只好把它化成一朵小白花了——你去念吧，她写的都在里面了。"

那细碎质朴的小白花遂在你的手里轻颤着。另芳，那时候，你怎样想呢？它把什么都说了，而同时，它什么也没有说。那一片白，乱簌簌地摇着，模模糊糊地摇着你生前曾喜爱过的颜色。

那时候，我愿看到你的微笑，隐约而又浅淡，映在花丛的水珠里——那是我从来没有看见，并且也没有想象过的。

二

细致的湘帘外响起潺潺的声音，雨丝和帘子垂直地交织着，遂织出这样一个朦胧黯淡而又多愁绪的下午。

山径上两个顶着书包的孩子在跑着、跳着、互相追逐着。她们不像是雨中的行人，倒像是在过泼水节了。一会儿，她们消逝在树丛后面，我的面前重新现出湿湿的绿野，低低的天空。

手里握着笔，满纸画的都是人头，上次念心理系的王说，人所画的，多半是自己的写照。而我的人像都是沉思的，嘴角有一些悲悯的笑意。那么，难道这些都是我吗？难道这些身上穿着曳地长裙，右手握着檀香折扇，左手擎着小花阳伞的都是我吗？咦，我竟是那个样

子吗？

　　一张信笺摊在玻璃板上，白而又薄。信债欠得太多了，究竟今天先还谁的呢？黄昏的雨落得这样忧愁，那千万只柔柔的纤指抚弄着一束看不见的弦索，轻挑慢捻，触着的总是一片凄凉悲怆。

　　那么，今日的信寄给谁呢？谁愿意看一带灰白的烟雨呢？但是，我的眼前又没有万里晴岚，这封信却怎么写呢？

　　这样吧，寄给自己，那个逝去的自己。寄给那个听小舅讲"灰姑娘"的女孩子，寄给那个跟父亲念"新丰折臂翁"的中学生。寄给那个在水边静坐的织梦者，寄给那个在窗前扶头的沉思者。

　　但是，她在哪里呢？就像刚才那两个在山径上嬉玩的孩童，倏忽之间，便无法追寻了。而那个"我"呢？你隐藏到哪一处树丛后面去了呢？

　　你听，雨落得这样温柔，这不是你所盼的雨吗？记得那一次，你站在后庭里，抬起头，让雨水落在你张开的口里，那真是很好笑的。你又喜欢一大早爬起来，到小树叶下去找雨珠儿。很小心地放在写算术用的化学垫板上，高兴得像是得了一满盘珠宝。你真是很富有的孩子，真的。

　　什么时候你又走进中学的校园了，在遮天的古木下，听隆隆的雷声，看松鼠在枝间乱跳，你忽然欢悦起来。你的欣喜有一种原始的单纯和热烈，使你生起一种欲舞的意念。但当天空陡然变黑，暴风夹雨而至的时候，你就突然静穆下来，带着一种虔诚的敬畏。你是喜欢雨的，你一向如此。

　　那年夏天，教室后面那棵花树开得特别灿美，你和芷同时都发现了。那些嫩枝被成串的黄花压得低垂下来，一直垂到小楼的窗口。每当落雨时分，那些花串儿就变得透明起来，美得让人简直不敢喘气。

　　那天下课的时候，你和芷站在窗前。花在雨里，雨在花里，你们遂被那些声音，那些颜色颠倒了。但渐渐地，那些声音和颜色也悄然退去，你们遂迷失在生命早年的梦里。猛回头，教室竟空了。才想起那一节是音乐课，同学们都走光了。那天老师没骂你们，真是很幸运的——不过他本来就不该骂你们，你们在听夏日花雨的组曲呢！

张晓风
散文精选

渐渐地，你会忧愁了。当夜间，你不自禁地去听竹叶滴雨的微响；当初秋，你勉强念着"留得残荷听雨声"，你就模模糊糊地为自己拼凑起一些哀愁了。你愁着什么呢？你不能回答——你至今都不能回答。你不能抑制自己去喜欢那些苍凉的景物，又不能保护自己不受那种愁绪的感染。其实，你是不必那么善感的，你看，别人家都忙自己的事，偏是你要愁那不相干的愁。

年齿渐长，慢慢也会遭逢一点人事了，只是很少看到你心平气和过，并且总是带着鄙夷，看那些血气衰败到不得不心平气和的人。在你，爱是火炽的，恨是死冰的，同情是渊深的，哀愁是层叠的。但是，谁知道呢？人们总说你是文静的，只当你是温柔的。他们永远不了解，你所以爱阳光，是钦慕那种光明；你所以爱雨水，是向往那份淋漓。但是，谁知道呢？

当你读到《论语》上那句"知其不可而为之"时，忽然血如潮涌，几天之久不能安坐。你从来没有经过这样大的暴雨——在你的思想和心灵之中。你仿佛看见那位圣人的终生颠沛，因而预感到自己的一部分命运。但你不能不同时感到欣慰，因为许久以来，你所想要表达的一个意念，竟在两千年前的一部典籍上出现了。直到现在，一想起这句话，我心里总激动得不能自已。你真是傻得可笑，你。

凭窗望去，雨已看不分明，黄昏竟也过去了。只是那清晰的声音仍然持续，像乐谱上一个延长符号。那么，今夜又是一个凄冷的雨夜了。你在哪里呢？你愿意今宵来入梦吗？带我到某个旧游之处去走走吧！南京的古老城墙是否已经苔滑？柳州的峻拔山水是否也已剥落？

下一次写信是什么时候呢？我不知道。当有一天我老的时候，或许会写一封很长的信给你呢！我不希望你接到一封有谴责意味的信，我是多么期望能写一封感谢和赞美的信啊！只是，那时候的你配得到它吗？

雨声滴答，寥落而美丽。在不经意的一瞥中，忽然发现小室里的灯光竟这般温柔；同时，在不经意的回顾里，你童稚的光辉竟也在遥远的地方闪烁。而我呢？我的光芒呢？真的，我的光芒呢？在许多年之后，当我桌上这盏灯燃尽了，世人还有没有其他的光呢？哦，我的朋友，我不知道那么多，只愿那时候你我仍发着光，在每个黑暗凄冷的雨夜里。

戈壁行脚

> 大漠，即大沙漠，蒙古语曰额伦，满洲语曰戈壁，广漠无垠，浩瀚如海，古亦称为瀚海。
>
> ——中文大辞典

1

"你说，我们是不是疯了？"慕蓉转脸问我，当时车窗外约五百公尺的地方正跑过一群蒙古黄羊，蹄子上仿佛一一长了翅膀，飞快，"顶着这七月中旬正午的大太阳，我们居然跑到这南戈壁的碎石滩上来。"

"对，我们是疯了！"我回答她，眼睛仍不离那上百只的野生黄羊。据说它们有四十万头。

"在蒙古草原旅行看到黄羊，是表示幸运！"有人向我们解释。

"可是，"有人抗议，"刚才一大早看到两只灰鹤的时候，你不是也这么说的吗？请问有没有什么动物看到了是不顺的？"

解说的人一时语塞，不知怎么接话——我很想替他回答：在蒙古，只要碰见的不是老虎、熊和豹、蛇那些会伤人的动物就是幸运的。这块土地比台湾大五十倍，人口却只有我们的十分之一，尤其在南戈壁，车行五六小时却不见一人并不稀奇。因此，如果碰到驯良的生物，应该都叫幸运。

黄羊屁股上一圈白,很像小鹿。我起先看它们飞奔,以为它们在躲避汽车。后来看它们跑过了汽车还一直跑个不停,才觉得它们是有点起哄好玩的意思,也许它们正在争相传告:

"今天一定幸运,因为碰上了一辆汽车。"

那群黄羊大概也疯了——乐疯了。

2

"一川碎石大如斗"唐人的诗是这样说的。

以前总以为诗人夸张,此刻站在碎石滩上,才知道,事情其实是可能的。此地的碎石仅仅"大如拳",也许是经过一千二百年的风霜雨露,它们纷纷解体了吧?

这样的碎石滩渺远孤绝,四顾茫然若失,人往大地上一站,只觉自己也成了满地碎石里的一块,凝固、硬挺,在干和热里不断消减成高密度的物质。

沙海终于到了。

我会溺死——若我在亿载之前来。方其时也,这里正是海底,珊瑚正在敷彩,年轻的三叶虫正在轻轻试划自己的肢体。而我会溺死于那片黛蓝,若我来,在亿载之前。

而此刻,在同一坐标,我会干涸而死。若我再枯晒一天。背包里只有一瓶水、一包杏脯和几片饼干。只要我在此站上一天,我就会永远站在这里了。

沙上冷不防地会冒出一二具动物的尸体,不知怎么死的?是因为老病或负伤?是由于殴斗和饥饿?看来他们都一样了,安静地侧卧着,和黄沙同色——一半已埋在沙下,只等待下一场风暴把它们掩埋得更深更不落形迹。

生活过,奔驰过,四顾茫然过,在偶雨时欢欣若狂过——这就是那具骆驼或那具马尸的一生吧?不,这就是一切有情有识的生物的一生吧?

死亡从四面八方虎视眈眈地逼视着这片土地，逼视着我向大化借来的这微贱如蚁的生命——可是，就在这水滴下来都会嗤一声冒起白烟的沙海上，居然还长得出一丛丛卧在地上的小灌木。灌木上还结着小浆果，浆果粒大如黄豆，揉开来是黏稠的汁液，令人迷惑不知所解。仿佛有什么魔法师用幻术养出了这批植物。

风吹来，在沙海，我在沙纹间重绘亿万年前波浪的线条，在风声中复习亿万年前涛声的节拍。望着自己明日即会消失的脚迹，感到这卑微的生存和巨大无常间不成比例的抗衡。

沙海上有一块刺猬的皮，C把它捡起来——那小动物的身体已不知何处去了，却只在一丛小灌木前留下那片芒刺戟张的皮。肉体已经销蚀尽了。那护卫着柔弱肉体的尖锐芒刺却空自糊里糊涂地继续执行任务。如出鞘之剑，森森寒芒，不知要向何方劈刺。

我原以为C捡拾那片刺猬皮是随捡随丢的，却不料他竟拎回去了。我很愕然，呆呆瞪着那密密麻麻的刺，觉得有什么东西穿心而过。

3

我们躺在临时搭成的蒙古包里。那时，已近午夜十二点。

包有一个拱顶，圆圆的，像罗马城的"万神祠"大教堂。那教堂的圆顶大剌剌地开着个大洞，伸手就可以擒来云之白与天之蓝，连飞鸟与天风也是招之即来，挥之即去。那万神祠对我而言远比圣彼得大教堂华美庄严。

而这蒙古包的顶也有一半是开向天空的。

尘沙上有一张薄褥，我就躺在那上面。仰头看天，天上有几粒星，刚好从那半圆形的天窗洒下，因为洞小，容不得满天星斗，但也因为只有那几粒，仿佛分外暗含无穷天机。

如果我能再多清醒一会，我就会看到小洞里的星光如何移位。我就能看到时光诡秘的行踪。然而，我睡去了，我无法偷窥一部时光的演义——反而，在暴露的半圆小穴里，我容整张大漠的天空俯视着我的睡容，且让每一颗经过的星星在窥视时轻轻传呼着："看啊，那女子和我们一样,她正一个时辰一个时辰地老去。一如我们,有一天一觉醒来,我们都将烟消云散,恰如那一夜拔营的蒙古包,不留一丝痕迹。"

我睡去,在不知名的大漠上,在不知名的朋友为我们搭成的蒙古包里。在一日疾驰,累得倒地即可睡去的时刻。我睡去,无异于一只羊、一匹马、一头骆驼、一株草。我睡去,没有角色,没有头衔,没有爱憎,只是某种简单的沙漠生物,一时尚未命名。我沉沉睡去。

4

"这是阿尔泰山。"她简单地说。

"阿尔泰山。"我简单地重复。

好像没有什么可说的,对,这就是阿尔泰山天山的北支。李白的诗啊!明月出天山,苍茫云海间。它当然是,它一直就在那里,它一直就是。

我读过它的名字,在小学的教科书里,对我来说,它和"地球是圆的""1+1=2"都属于童年时代牢不可破的真理的一部分。此时见它,只觉是地理书页里少掉的一页插图,现在又补上了,一切是如此顺理成章。

而这插图却一直展现在车子的正前方,我要怎么办呢?它如此美丽、安然而又不动声色。你的眼睛无法移开,因为广大的荒漠中再没有什么其他的视线焦点了。其实它并不抢眼,像古代恐龙一列长长的背脊,而龙正低头吃草,不想惊人,也不想被惊。四野亦因而凝静如太古。

阿尔泰山。我不知该怎么办。

我若能挥鞭纵马,直攀峰头,我若能逐草而居,驱羊到溪涧中去痛饮甘泉,我若能手拨马头琴,讲述悠古的战史,我若能身肩绫罗绸缎去卖给四方好颜色的女子……是的,我若是草原上的战士、牧人、行吟诗人或商贾,则阿尔泰山于我便如沙地的长枕,可以狎热亲腻。但我不是,我是必须离去的过客。

终于我们下了车,去走"约珥峡谷"。七月的山色如江南荷田,那绿色是上天一时的恩旨,所以格外矜贵。野花蔓开,使人不禁羡慕山径上的地鼠,它们把每个小山丘都钻满了洞穴,探头探脑,来看这一夏好景。

　　山沟的水慢悠悠地流过。

　　敖包立在路旁。是一堆碎石头叠成的一人高的小丘。

　　"经过敖包,骑者必须下马,行者必须伫足,顺时针方向绕一圈,然后前列。而且,不要忘了为敖包加一块石头。"

　　"蒙古人只记得他们是从大兴安岭上下来的,所以到了草原,他们还是想垒个小石堆来思念一下。敖包上方有时会插上许多根树枝,那是象征大兴安岭上的森林。"

　　原来,一个人在堆敖包的时候,他正肩负着整个民族的记忆!

　　一只砂雁飞起,羽色如砂,倏忽间消失了。

　　一路行来,我一直问自己一个问题:"这块土地,究竟是属于谁的?"然而,此刻,我忽然明白,"不,土地不属人类,不要问它属于谁,该问'谁属于它',黄羊属它,灰鹤属它,砂雁属它,天鹰属它,地鼠属它,牧民属它,如果我爱它,我也属它……"

5

　　人在峡谷里走,左颊是山,右眉是山,两者仿佛立刻都要擦撞过来,不免惊心动魄。脚下又每是野花,走起路来就有点蹦蹦跳跳的意味,怕踩坏了一路芳华。生命在极旺盛极茂美之际也每每正是最堪痛惜的时分。

　　想起昨天在戈壁博物馆里看一支"银龙笛",笛子镶银,银子打造成龙的形状,但整个笛身却是由一根腿胫骨削成的。

　　"这是一根十八岁女子的腿胫骨。"解说员说。

　　"为什么单单要用十八岁女子的腿胫骨?"我问。

　　"因为,十八岁就死去的女子,腿胫骨的声音最好听。"那解说员回答得斩钉截铁。她是一个大眼睛的女子,她回答的时候并无"据闻""听说"等缓冲词,仿佛那腿胫骨的声音是她亲耳所闻。

我把眼睛贴在博物馆凉凉的玻璃上,看那致密呈象牙色的骨管。十八岁女子的腿骨又如何呢?从科学上说,十八岁女子是不致骨质疏松的,但这一定不是真正的理由,真正的理由是——我走开去,一直想。

而此刻在七月的阿尔泰山山麓,在野花如毡的约珥山谷,我仍在想,那管属于十八岁女子银龙笛的音色。我想那声音中必然有清扬和呜咽,有委屈和畅直,有对生命的迟疑和试探,也有情不得已的割舍和留恋——是这一切令人想起十八岁的女子,是某个年代草原上某些牧人对某个女子骤然逝去深感不舍吧?他们于是着手把她装饰成一截永恒的回音。

峡谷如甬道,算不算一管箫笛呢?流泉淙淙,算不算"阳春白雪"之音呢?我行其间,算不算知音之人呢?

峡谷深处竟是幽幽玄冰,千年相积而不化,想此冰当年曾见铁木真的铁骑,铁木真却不能重睹今夕这莹蓝晶闪的冰雪之眸了。六十五岁,大汗天子在围猎野马时从坐骑上摔下,从此他自这漠漠草原上消失。而积冰却千年万年,在山谷的曲径深处放其幽幽的蓝光。

牦牛在吃草,地鼠作其鼠窜,溪在流,阿尔泰山(原文系"有金之山")仍然炫耀着夕阳的赤金,"杭盖"(原文指有山有水之处)仍然很杭盖。这一切,好得不能再好。七点了,天仍蓝,云仍白,不安的砂雁仍飞来飞去想找一个更安全的草丛,草原上的夏天有用不完的精力,即使到九点钟,亦仍有堂堂皇皇的天光。

6

第一天,黄昏微雨,戈壁上出现了长虹——那样绝对的平面加上绝对圆弧,几何上最简单却又最慑人的美。而我没有带照相机,于是稍稍有些后悔。第二天,没有雨,因此有艳丽的夕阳,于是,我又有些后悔。

但是我还是坚持不带相机,对环保而言,照相多少是一项污染。

如果真有艺术杰作，或者可以稍稍弥过。但我又是个极端蹩脚的摄影人，不如去借别人的来加洗。何况我一向啰嗦，旅行起来，连咖啡都带着，能勒令自己少受相机的打扰也总是好事。

由于没有照相机，我也许只能记得很少，我也许会忘记很多。但我已明白，如果我会忘记，那么，就让能记住的被记住，该遗忘的被遗忘。人生在世，也只能如此了。

——夕阳仍浮在山上，我们傻傻地坐在草地上，连一向拍照最忙碌的 H 也安详地抱膝而坐。

"快拍呀！"有人催他。

"不，不要拍夕阳，"他神秘一笑，"我干过太多次这种事了。每次看到夕阳漂亮就拍，拍出来，却不怎么样。下一次，又看到，又拍，洗出来，还是不怎么样……现在，不拍了！"

他一副"上当多了"的表情，我忽然不后悔了，了解真正碰到大美景的时候，有相机在手跟没相机在手一样无助。

"总不能什么好东西都被你拍光了！"我的语气仿佛有点幸灾乐祸似的，"上帝总还是留一两招是你没办法的！"

7

我对歌者布鲁博·道尔济说：

"给我们唱一首歌吧！"那时候我们的车子正驰向归途，夕阳尚衔在山间，"给我们唱一首跟马有关的歌，好吗？"

"啊！蒙古的歌有一半都跟马有关呢！"

我从没想到，原来只打算提他一下，好让他比较容易选一首歌，不料竟有一半的歌都和马有关。

道尔济是文化协会派来与我们同行的，他办起事来阴错阳差，天昏地暗，可是他只要一开腔唱歌，我们就立刻原谅了他。他使我们了解什么是"大漠之音"。和西南民族比较，西南民族是"山之音"，其声仄逼直行，细致凄婉。草原之音却亮烈宏阔。欢怀处如万马齐鸣，哀婉时则是白杨悲风。

"你们是两条腿走来的，"歌手说，"所以也要学会两首蒙古歌带回去。"

奇怪的逻辑，但我们都努力地跟他学会了一首情歌。

车在草原上疾驰，也算是一种马吧。布鲁博·道尔济真的唱了一首骏马的歌，新月如眉，俯视着大草原。

我把整个头都伸向车外，仰看各就各位的星光，有人警告说："不可将头手伸出车外。"

怕什么呢？整个南戈壁千里万里的碎石滩上，就只我们一辆车。没有电线杆，没有路、没有人，这伸出来的头颅唯一会撞上的东西只是夹着草香的清风罢了。

8

他们在溪畔生了火。我们到达的时候只见他们不断地找些拳头大的溪石来烤。烤到石头开始发红，他们就在一个密封的锅子里丢了一层羊肉块加一层石头。再一层羊肉，再一层石头。然后锅子密封，放在余火上，大家微微摇动那锅，好让锅里的石头不断去烫肉，大约半小时吧，肉就熟了。

开了锅，先把石头夹出，石头先遭火烤，又被羊肉汤浸，弄得乌黑油亮的，每人发一块，放在手心里，因为烫，只好在左右手之间抛来丢去，据说这是活血的，于身体大有好处。戏罢石头才开始吃肉。肉锅旁还有一桶溪水煮的粗茶，倒也消渴。大伙儿就大碗茶大块肉地吃起来。

前两天，宴客的桌上有一瓶法国白葡萄酒，当时大家都被极烈性的伏特加镇住了，C眼尖，叫我把这瓶葡萄酒留着。此刻拿来泡在溪水里，不一会就冷沁入脾了。当时靠着山壁还铺着一张大被子，大约是六英尺乘十五英尺吧！其实不是被，是蒙古包外围的围毡。大家或坐或倒，喝一口半口葡萄酒，吃刚刚宰杀刚刚烘熟热的蒙古种土羊（蒙人亦认为"洋种羊"较腥膻），这种大尾羊极其纯正鲜美。溪水在峡谷间流，云则在峡谷上飘，世上也竟有这种好日子。

"这是成吉思汗餐，"当地人解释，"成吉思汗出征前都是这样吃的。"

其实用这种热石头来烫热的煮法跟台湾乡间"烘番薯"的道理相近，出征前这样吃倒是对的，行军伙食总以简便实惠为上。

此刻我们并不要出征，却也享尽美福，不禁愧然——然而生命中的好事都是在惶愧中承受的吧？我没有开天辟地，我没有凿一条溪或种一朵野花，我不曾喂一头羊酿一瓶酒，却能一一拥有，人在大化前，在人世的种种情分前也只有死皮赖脸去承恩罢了。

啊！不知道生命本身算不算一种光荣的出征？不知道和岁月且杀且走边缠边打算不算一种悲激的巷战？与时间角力，和永恒徒手肉搏，算来都注定要伤痕累累的。如果这样看，则大英雄出征前这一锅犒军的"贺尔贺德"（指带汁烘肉），我或者也有资格猛喝一口白酒而大嚼一番吧？

甘醴

1

天寒地冻，大雪弥望。

我和朋友从日本北海道的札幌出发，要去一个名叫洞爷的湖区。

一路上大巴士里面还算暖和，一下车，立刻就觉得自己要冻成一根用"急冻法"结冻的冰棒。于是很自然的，连想都不想，拔腿便向店家的大门冲去。

店家也好像早有先见，一见我们跌跌撞撞地奔进室内，立刻双手捧上一大杯热饮，我们正冻得浑身打颤，一见了冒热气的东西，便急急接了，比接圣旨还恭敬。

喝下一大口，哇！怎么味道这么熟悉？再喝一口，答案出来了，是甜酒酿！奇怪，这甜酒酿原是吃惯的，怎么此刻喝来竟像琼浆玉液？在寒冻只合冬眠的此刻，一碗甘醴令人彻底醒了过来，活了过来，觉得人生还是值得熬下去的。

等喝到第三口，就开始有了美食家的鉴赏品味了。你会为那浓浊的白色而忘神，是牛乳的颜色呢！然而牛乳是孩童级的饮料，健康而纯洁。甘醴却是成年人的饮料，在纯洁馥郁中隐隐潜藏着堕落和沉沦，

它是温柔的激动,甜蜜的辛辣,安谧的骚动,沉潜的疯狂。

啊,我多么希望手中的这只酒碗恰如北欧神话里那只暗通着海洋的酒盏,可以永汲不尽。

从来不好酒,但此刻,大雪千里,我是在雪中随时可以冻毙的旅人。然而,此处有一檐可以容我,有一碗酒可供我暖身,我不免贪起杯来,贪那严寒世界的一点温度,贪那一点芳馨,贪那超乎买卖双方商业关系之外的一缕体贴的善意。

《庄子》上说"君子之交淡若水,小人之交甘若醴",我想,我却愿意自己既是小人也是君子。我甚至希望我的朋友也如此。全然淡若水也不见得有意思,我喜欢有时候在滴水成冰的寒天里痛饮一碗滚烫的甘醴。

2

孩子小时候迷上一个问题,他喜欢问:"最——"例如:

"什么鱼最大?"

"什么鸟最小?"

但是当他问:"什么东西最好吃?"的时候,我便答不上来了。对我而言最好吃的东西并不存在,存在的其实只是当时的一番情境。例如在蒙古牧民的帐篷里喝一碗待客的酸奶、在泰北山乡扒一碗用木桶蒸出来的柔韧的旱稻米饭、在阳光炙热的澎湖滨海小店里吃新鲜的海胆。或者,在严寒的北海道旅程中喝一碗甘醴。动人的其实是整个环境氛围,而不是那一小口味觉。

3

生命中一切的好也合该如此吧?"云在青天水在瓶",好的不只是云,而是在青天之上的云,纯美的不只是水,而是在净瓶中的水。

但愿我也是一盏可以化解寒冻的甘醴,在千里雪原中酽然香暖。

同色

　　船在长江上走，两岸风景逼人而来简直是一场美的夹杀。

　　跟风景同来的是历史，一会儿是楚襄王梦中的神女，一会儿是屈原浮尸的秭归，一会儿是兵书宝剑，一会儿是"朝辞白帝彩云间"的白帝城，一会儿是王昭君生长的香溪，我站在船头，来不及地张望。

　　远远的，江边一块大砾石，没什么来历，没名字，也没什么附会的故事，只是一块简单的大石头，附上一些小石头，如此而已，但衬着江水朝阳，却也有一分庄严美丽，我为它的简单质朴而感动。

　　行到近处，突然，看见矶石上有人站起，他钓到一尾鱼，此刻正站起来收线，我吓了一跳，为什么我看这石头看了这么久竟没有发现石上有人？细看去，原来是个老人，大概由于他穿着灰青的衫子，手脚又是淡褚石的颜色，他整个人和石头竟是一体的，他们简直同色又同质，难怪他不动的时候，我就没看出来。

　　土地不属于人，人属于土地。

　　真属于土地的人，是和江水和石头同色同质的人。

——原载 1997 年 1 月 17 日《联合报》副刊

蚩尤汉代画像石刻

魔季

蓝天打了蜡,在这样的春天。在这样的春天,小树叶儿也都上了釉彩。世界,忽然显得明朗了。

我沿着草坡往山上走,春草已经长得很浓了。唉,春天老是这样的,一开头,总惯于把自己藏在峭寒和细雨的后面。等真正一揭了纱,却又谦逊地为我们延来了长夏。

山容已经不再是去秋的清瘦了,那白茸茸的芦花海也都退潮了。相思树是墨绿的,荷叶桐是浅绿的,新生的竹子是翠绿的,刚冒尖儿的小草是黄绿的。还是那些老树的苍绿,以及藤萝植物的嫩绿,熙熙攘攘地挤满了一山。我慢慢走着,我走在绿之上,我走在绿之间,我走在绿之下。绿在我里,我在绿里。

阳光的酒调得很淡,却很醇,浅浅地斟在每一个杯形的小野花里。到底是一位怎样的君王要举行野宴呢?何必把每个角落都布置得这样豪华雅致呢?让走过的人都不免自觉寒酸了。

那片大树下的厚毡是我们坐过的,在那年春天。今天我走过的时候,它的柔软仍似当年,它的鲜绿仍似当年,甚至连织在上面的小野花也都娇美如昔。啊,春天,那甜甜的记忆又回到我的心头来了——其实不是回来,它一直存在着的!我禁不住怯怯地坐下,喜悦的潮音低低地回响着。

清风在细叶间穿梭,跟着它一起穿梭的还有蝴蝶。啊,不快乐真

张　晓　风
散　文　精　选

是不合理的——在春风这样的旋律里。所有柔嫩的枝叶都被邀舞了，窸窣地响起一片搭虎绸和细纱相擦的衣裙声。四月是音乐季呢！（我们有多久不闻丝竹的声音了?）宽广的音乐台上，响着甜美渺远的木箫，古典的七弦琴，以及琮琮然的小银铃，合奏着繁复而又和谐的曲调。

我们已把窗外的世界遗忘得太久了，我们总喜欢过着四面混凝土的生活。我们久已不能像那些溪畔草地上执竿的牧羊人，以及他们仅避风雨的帐篷。我们同样也久已不能想象那些在垄亩间荷锄的庄稼人，以及他们只足容膝的茅屋。我们不知道脚心触到青草时的恬适，我们不晓得鼻腔遇到花香时的兴奋。真的，我们是怎么会痴骏得那么厉害的！

那边，清澈的山涧流着，许多浅紫、嫩黄的花瓣上下飘浮，像什么呢？我似乎曾经想画过这样一张画——只是，我为什么如此想画呢？是不是因为我的心底也正流着这样一带涧水呢？是不是由于那其中也正轻搅着一些美丽虚幻的往事和梦境呢？啊，我是怎样珍惜着这些花瓣啊，我是多么想掬起一把来作为今早的晨餐啊！

忽然，走来一个小女孩。如果不是我看过她，在这样薄雾未散尽，阳光诡谲闪烁的时分，我真要把她当作一个小精灵呢！她慢慢地走着，好一个小山居者，连步履也都出奇地舒缓了。她有一种天生的属于山野的纯朴气质，使人不自已地想逗她说几句话。

"你怎么不上学呢？凯凯。"

"老师说，今天不上学，"她慢条斯理地说，"老师说，今天是春天，不用上学。"

啊，春天！噢！我想她说的该是春假，但这又是多么美的语误啊！春天我们该到另一所学校去念书的。去念一册册的山，一行行的水。去速记风的演讲，又数骤云的变化。真的，我们的学校少开了许多的学分，少聘了许多的教授。我们还有许多值得学习的，我们还有太多应该效法的。真的呢，春天绝不该想鸡兔同笼，春天也不该背盎格鲁撒克逊人的土语，春天更不该收集越南情势的资料卡。春天春天，春天来的时候我们真该学一学鸟儿，站在最高的枝柯上，抖开翅膀来，

晒晒我们潮湿已久的羽毛。

那小小的红衣山居者很好奇地望着我,稍微带着一些打趣的神情。

我想跟她说些话,却又不知道该讲些什么。终于没有说——我想所有我能教她的,大概春天都已经教过她了。

慢慢地,她俯下身去,探手入溪。花瓣便从她的指间闲散地流开去,她的颊边忽然漾开一种奇异的微笑,简单的、欢欣的、却又是不可捉摸的笑。我又忍不住叫了她一声——我实在仍然怀疑她是笔记小说里的青衣小童。(也许她穿旧了那袭青衣,偶然换上这件的吧!)我轻轻地摸着她头上的蝴蝶结。

"凯凯。"

"嗯?"

"你在干什么?"

"我,"她踌躇了一下,茫然地说,"我没干什么呀!"

多色的花瓣仍然在多声的涧水中淌过,在她肥肥白白的小手旁边乱旋。忽然,她把手一握,小拳头里握着几片花瓣。她高兴地站起身来,将花瓣往小红裙里一兜,便哼着不成腔的调儿走开了。

我的心像是被什么击了一下,她是谁呢?是小凯凯吗?还是春花的精灵呢?抑或,是多年前那个我自己的重现呢?在江南的那个环山的小城里,不也住过一个穿红衣服的小女孩吗?在春天的时候她不是也爱坐在矮矮的断墙上,望着远远的蓝天而沉思吗?她不是也爱去采花吗?爬在树上,弄得满头满脸的都是乱扑扑的桃花瓣儿。等回到家,又总被母亲从衣领里抖出一大把柔柔嫩嫩的粉红。她不是也爱水吗?她不是一直梦想着要钓一尾金色的鱼吗?(可是从来不晓得要用钓钩和钓饵)每次从学校回来,就到池边去张望那根细细的竹竿。俯下身去,什么也没有——除了那张又圆又憨的小脸。啊,那个孩子呢?那个躺在小溪边打滚,直揉得小裙子上全是草汁的孩子呢?她隐藏到什么地方去了呢?

在那边,那一带疏疏的树荫里,几只毛茸茸的小羊在啮草,较大的那只母羊很安详地躺着。我站得很远,心里想着如果能摸摸那羊毛该多么好。它们吃着、嬉戏着、笨拙地上下跳跃着。啊,春天,什么

张　晓　风
散　文　精　选

都是活泼泼的，都是喜洋洋的，都是嫩嫩的，都是茸茸的，都是叫人喜欢得不知怎么是好的。

稍往前走几步，慢慢进入一带浓烈的花香。暖融融的空气里加调上这样的花香真是很醉人的。我走过去，在那很陡的斜坡上，不知什么人种了一株栀子花。树很矮，花却开得极璀璨，白莹莹的一片，连树叶都几乎被遮光了。像一列可以采摘的六角形星子，闪烁着清浅的眼波。这样小小的一棵树，我想，她是拼却了怎样的气力才绽出这样的一树春华呢？四下里很静，连春风都被甜得腻住了——我忽然发现自己已经站了很久，哦，我莫不是也被腻住了吧！

乍酱草软软地在地上摊开，浑朴、茂盛，那气势竟把整个山顶压住了。那种愉快的水红色，映得我的脸都不自觉地热起来了！

山下，小溪蜿蜒。从高处俯视下去，阳光的小镜子在溪面上打着明晃晃的信号。啊，春天多叫人迷惘啊！它究竟是怎么回事呢？是谁负责管理这最初的一季呢？他想来应该是一个神奇的魔术师了，当他的魔术棒一招，整个地球便美妙地缩小了，缩成一束花球，缩成一方小小的音乐匣子。他把光与色给了世界，把爱与笑给了人类。啊，春天，这样的魔术季！

小溪比冬天涨高了，远远看去，那个负薪者正慢慢地涉溪而过。啊，走在春水里又是怎样的滋味呢？或许那时候会恍然以为自己是一条鱼吧？想来做一个樵夫真是很幸福的，肩上挑着的是松香，（或许还夹杂着些山花野草吧！）脚下踏的是碧色琉璃，（并且是最温软、最明媚的一种。）身上的灰布衣任山风去刺绣，脚下的破草鞋任野花去穿缀。嗯，做一个樵夫是很叫人嫉妒的。

而我，我没有溪水可涉，只有大片大片的绿罗裙一般的芳草，横生在我面前。我雀跃着，跳过青色的席梦思。山下阳光如潮，整个城布都沉浸在春里了。我遂想起我自己的那扇红门，在四月的阳光里，想必正焕发着红玛瑙的色彩吧！

他在窗前坐着，膝上放着一本布瑞克的《国际法案》，看见我便迎了过来。我几乎不能相信，我们已在一个屋顶下生活了一百多个日子。恍惚之间，我只觉得这儿仍是我们共同读书的校园。而此刻，正

是含着惊喜在楼梯转角处偶然相逢的一刹那。不是吗？他的目光如昔，他的声音如昔，我怎能不误认呢？尤其在这样熟悉的春天，这样富于传奇气氛的魔术季。

前庭里，榕树抽着纤细的芽儿。许多不知名的小黄花正摇曳着，像一串晶莹透明的梦。还有古雅的蕨草，也善意地沿着墙角滚着花边儿。啊，什么时候我们的前庭竟变成一列窄窄的画廊了。

我走进屋里，扭亮台灯，四下便烘起一片熟杏的颜色。夜已微凉，空气中沁着一些凄迷的幽香。我从书里翻出那朵栀子花，是早晨自山间采来的，我小心地把它夹入厚厚的大字典里。

"是什么？好香，一朵花吗？"

"可以说是一朵花吧，"我迟疑了一下，"而事实上是一九六五年的春天——我们所共同盼来的第一个春天。"

我感到我的手被一只大而温热的手握住，我知道，他要对我讲什么话了。

远处的鸟啼错杂地传过来，那声音纷落在我们的小屋里，四下遂幻出一种林野的幽深——春天该是很深很浓了，我想。

一钵金

　　乡居的日子是一钵闪烁的黄金，在贫乏的生活里流溢着旧王族的光辉。

　　过完了整个没有花的春，过完了半个只有热风没有蝉鸣的夏，我们遂把行囊携到这一排密生的丛竹之下。竹影中有一幢小屋，小屋前有绕宅的七里香，小屋后有老去的葡萄藤。

　　这里是一所安静的学院，暑假中学生都离去了，空留下大片美丽的红土操场，和校园中盘旋的清风。而风过时满屋生香，把我们借住的小屋弄得像一个搅拌中的草莓冰淇淋桶。

　　将诗诗放在一张大木床上，他清亮的眼睛便惊讶地转动着，满足而又欢欣。他的满足使我们悲哀了好一阵，我们禁锢你太久，诗诗，我们也禁锢自己太久，在都市的黑尘里。

　　多么喜欢那些竹子，在窗外撑起万竿青葱。整个安静的下午，那些长长的尖叶在微风中优美地翻动，风便由竹丛那边的世界滤了过来，没有人能想像过滤后的风是怎样地充满了绿意和凉意。落雨的夜里，竹叶也负责过滤雨声。把雨依次漏下，听来像什么人在临轩纵击羯鼓。翌日黎明，许多小笋便悄然出土，露出尖尖的骄傲，像一个埋藏了许多世纪而乍被掘出的城市。

　　走着走着，便想起在远古的时代里，有一个僧人，专喜欢在清晨时分去摘取竹叶上的露水，研为墨汁，以作书画。又想起东坡，在放

逐流浪的岁月中，却永远能拥有几竿翠竹。竹是一种怎样的树啊！竹是五言诗，原始而古典，美丽而苍凉。

那时候，你会觉得。汉很近，唐很近，竹林七贤不过就在几尺以外的地方饮酒。

靠窗的地方放着我的小桌，仅容一盏灯，一卷书和一杯茶的小桌。当我偶然铺开纸的时候，就有那么多美好的东西令我掷笔。没有围墙也没有门扉，我们的小屋因此看来便像一辆偶然停在林荫下的跑车，可以憩息，也可以观望。太多的风景重叠着，最远的一幅是蓝天，其次是如烟的平林，再其次是草地，再其次是瘦竹。偶然间杂其中，成为流动的画面的，则是一些低飞的麻雀和一群跳跃的孩童——这一切使文学成为笨拙而多余。

而在我背后，小诗诗朗声地笑着，叫着。长久以来，我们不曾如此地接近，不曾如此地以整日的时间什么都不做而只是谈那些轻柔的、语言之外的语言。五个月的他是那样的兴奋，那样的忙碌。时而望着窗外的浓荫，时而去捉墙上自己的影子，时而摇响他的玩具铃，时而抢爸爸的阔边眼镜，又时而煞有介事地倾听远方火车的长鸣。

当我向前瞭望，当我向后俯视，我就默无一言。我已被夹在自然和婴儿之间，世间还有什么可羡慕的幸福？

有一天清晨，当我醒来，小室里摇漾着淡淡的阳光，葡萄藤的影子在雕镂着粉墙。而当我抬头看窗外，我惊讶地发现竹林上开遍了蓝紫色的牵牛花。

"这是什么奇迹，"我披衣而起，"昨天还没有的，是什么精灵在一夜之间幻出这样的花蔓。"

而当我走出室外，牵牛花全不见了，蓝紫色的小点仍在——原来是致密的竹叶所遮不住的细碎碎的八月晴空。

但我仍然相信那是一些牵牛花，在我今晨睁开眼睛，不知身在何处的那一霎间，某些善良的小仙就将竹影间的蓝天点化成花。为了给我一些温柔的回忆，一些孩提时代甜蜜而伤感的回忆，让我复习我生命初期那幢满篱牵牛花的老屋。

那天，整个早晨，我的胸中便鼓荡着那些神圣的余响。

张　晓　风
散 文 精 选

又有无数黄昏，我们推着流苏四垂的婴儿车，走在松枝交映的红砖道上。学校的伙食团五点就让我们吃了晚饭，我们变得好像是在时间方面得到一笔横财的暴发户，可以挥霍地掷出。夏日的傍晚，在乡间竟同时是这样的安恬而又这样喧闹。整个晚间我们便什么也不做地扶车而行，不时肃立道旁，凝视着烧霞的长天。渐渐地，暮色被田野的虫声淹没。渐渐地，虫声被灌溉渠的水响淹没。渐渐地，水响被初生的月华淹没。而小诗诗的推车微微地颠簸着，颠满车的暮色，颠满车的虫声，颠满车的水响，颠满车的月华。当我们俯身而视的时候，小诗诗不知在什么时候已经睡去了，带着满足与信任，垂下他细密的黑睫毛。他的小手搭在车子的两侧，如同夏夜中两茎散香的莲花。

"我不相信婴儿没有梦，虽然他们没有语言。"有一天我对心理系的刘教授说，"他总是在笑，他必是梦见什么了。"

"他们会有很简单的梦。"他说，"但他们分不清楚，在梦与现实之间他们找不到分界。"

那么，睡吧，诗诗。乡居的日子自有迷人的摇篮曲——在梦中，以及现实中。

最爱那些傍晚的阵雨，雨收之后，小园里的茉莉白得如一把新采出水的珠子。校园里的红土红得发沉，绿树绿得透明，我们便走在恍恍惚惚的往事里。仿佛仍是昨天，那些在大学念书的美好日子，而梦和现实是这样的混淆。

走到那排松树下，我们忽然怔住了，放射形的松针上，遍生着晶亮的小雨珠。那些细细尖尖的青针，有着比花瓣更美好的形状，每一枝都指向一个崭新的方向。而那些雨珠，像一把撒自天际的晶莹的梦，被兜在松针的网里。对着月亮，每一个梦都闪烁生辉。那两侧枝柯相接的松径，在此刻看来竟像是一道碎冰砌成的拱门，清冷而华贵，令人在敬畏中却步。我们肃立良久，感到一种宗教的庄穆。

学校后面有一曲湖水，湖边水浅的地方丛生着大片浅紫色的花串。隔着湖水回望校园中的小教堂，便有那么朴拙可爱的意味。湖畔有一些苦苓树，恣意横生的枝子竟伸到水中去了，树影下憩息着垂钓的人，一次次地换他们的饵。

如果我有一根钓竿，我就钓那些花，我就钓那些水中的云影，我就钓那些失去了的闲情。

而事实上乡居的日子，一切都满着、溢着，我不禁窃笑起自己来了。我何需钓些什么呢？我竟那样不可救药地怀着都市人的想法。我何需花呢？这些日子本来就如同花心中的小憩。我何需云影？它们在我窗前日夜周游。我何需额外的闲情。我早已拥有它——在我心灵的深处。

让日子周而复始，让生活如一枝七节鞭笞打我们，我们能忍受——我们曾有炳耀的今夏。

乡居的日子是一钵黄金，在我们贫乏的生活中流溢着旧王族的光辉。

愁乡石

到"鹅库玛"度假去的那一天,海水蓝得很特别。

每次看到海,总有一种瘫痪的感觉,尤其是看到这种碧入波心的、急速涨潮的海。这种向正前方望去直对着上海的海。

"只有四百五十海里。"他们说。

我不知道四百五十海里有多远,也许比银河还要迢遥吧?每次想到上海,总觉得像历史上的镐京或是洛邑那么幽渺,那样让人牵起一种又凄凉又悲怆的心境。我们面海而立,在浪花与浪花之间追想多柳的长安与多荷的金陵,我的乡愁遂变得又剧烈又模糊。

可惜那一片江山,每年春来时,全交付给了千林啼鴂。

明孝陵的松涛在海浪中来回穿梭,那种声音、那种色泽,恍惚间竟有那么相像。记忆里那一片乱映的苍绿已经好虚幻好飘渺了,但不知为什么,老忍不住要用一种固执的热情去念诵它。

有两三个人影徘徊在柔软的沙滩,拣着五彩的贝壳。那些炫人的小东西像繁花一样地开在白沙滩上,给发现的人一种难言的惊喜。而我站在那里,无法让悲激的心怀去适应一地的色彩。

蓦然间,沁凉的浪打在我的脚上,我没有料到那一下冲撞竟有那么裂人心魄。想着海水所来的方向,想着上海某一个不知名的滩头,我便有一种嚎哭的冲动。而哪里是我们可以恸哭的秦庭?哪里是申包胥可以流七日泪水的地方?此处是异国,异国寂凉的海滩。

他们叫这一片海为中国海，世上再没有另一个海有这样美丽沉郁的名字了。小时候曾经多么神往于爱琴海，多么迷醉于想象中那抹灿烂的晚霞，而现在，在这个无奈的多风下午，我只剩下一个爱情，爱我自己国家的名字，爱这个蓝得近乎哀愁的中国海。

而一个中国人站在中国海的沙滩上遥望中国，这是一个怎样咸涩的下午！

遂想起那些在金门的日子，想起在马山看对岸的角屿，在湖井头看对岸的何厝。望着那一带山峦，望着那块使东方人骄傲了几千年的故土，心灵便脆薄得不堪一声海涛。那时候忍不住想到自己为什么不是一只候鸟，犹记得在每个江南草长的春天回到旧日的梁前，又恨自己不是鱼，可以绕着故国的海滩岩岸而流泪。

海水在远处澎湃，海水在近处澎湃，海水徒然地冲刷着这个古老民族的羞耻。

我木然地坐在许多石块之间，那些灰色的，轮流着被海水和阳光煎熬的小圆石。

那些岛上的人很幸福地过着他们的日子，他们在历史上从来不曾辉煌过，所以他们不必痛心。他们没有骄傲过，所以无须悲哀。他们那样坦然地说着日本话、给小孩子起日本名字，在国民学校的旗杆上竖着别人的太阳旗，他们那样怡然地顶着东西、唱着歌，走在美国人为他们铺的柏油路上。

他们有他们的快乐。那种快乐是我们永远不会有也不屑有的。我们所有的只是超载的乡愁。只是世家子弟的那份茕独。

海浪冲逼而来，在阳光下亮着残忍的光芒。海雨天风，在在不放过旅人的悲思。我们向哪里去躲避？我们向哪里去遗忘？

小圆石在不绝的浪涛中颠簸着，灰白的色调让人想起流浪者的霜鬓。我拣了几个，包在手绢里，我的臂膀遂有着十分沉重的感觉。

忽然间，就那样不可避免地忆起了雨花台，忆起那闪亮了我整个童年的璀璨景象。那时候，那些彩色的小石曾怎样地令我迷惑。有阳光的假日，满山的拣石者挑剔地品评着每一块小石子。那段日子为什么那么短呢？那时候我们为什么不能预见自己的命运？在去国离乡的

101

张 晓 风
散 文 精 选

岁月里，我们的箱箧里没有一撮故国的泥土。更不能想象一块雨花台石子的奢侈了。

灰色的小圆石一共是七块，它们停留在海滩上想必已经很久了，每一次海浪的冲撞便使它们更浑圆一些。

雕琢它们的是中国海的浪花，是来自上海的潮汐，日日夜夜，它们听着遥远的消息。

把七块小石转动着，它们便发出琅然的声音，那声音里有着一种神秘的回响，呢喃着这个世纪最大的悲剧。

"你拣的就是这个？"

游伴们从远远近近的沙滩走了回来，展示着他们彩色缤纷的贝壳。

而我什么也没有，除了那七颗黯淡的灰色石子。

"可是，我爱它们。"我独自走开去，把那七颗小石压在胸口上，直压到我疼痛得淌出眼泪来。在流浪的岁月里我们一无所有，而今，我却有了它们。我们的命运多少有些类似，我们都生活在岛上，都曾日夜凝望着一个方向。

"愁乡石！"我说，我知道这必是它的名字，它决不会再有其他的名字。

我慢慢地走回去，鹅库玛的海水在我背后蓝得叫人崩溃，我一步一步艰难地摆脱它。而手绢里的愁乡石响着，响着久违的乡音。

无端的，无端的，又想起姜白石，想起他的那首八归。

最可惜的那一片江山，每年春来时，全交付给了千林啼鴂。

愁乡石响着，响一片久违的乡音。

后记： 鹅库玛系冲绳岛极北端之海滩，多有异石悲风。西人设基督教华语电台于斯，以其面对上海及广大的内陆地域。余今秋（一九六七年）曾往一游，去国十八年。虽望乡亦情怯矣。是日徘徊低吟，黯然久之。

衣履篇

——人生于世，相知有几？而衣履相亲，亦薄凉世界中之一聚散也——

睡　袍

我认识一个杰出的女人，在纽约，她是她那行里顶尖拔萃的人物。但有一个夜晚，她的小女儿拦腰抱住她说：

"妈妈，我最喜欢你穿这件衣服。"

她当时身上穿的是一件简单的睡袍。

当她穿着白色的工作服，她是一个极有效率的科学家，当她穿上晚礼服，她是宴会上受人尊敬的上宾。但此刻，她什么也不是，只是一个平凡的女人，安详地穿着一件旧睡袍，把自己圈在落地灯小小的光圈里。不去做智慧的驰骋，不去演讲给谁听，不去听别人演讲，没有头衔，没有掌声，没有崇拜，只把自己裹在柔软的睡袍里。

可是她的孩子却说：

"妈妈，我最喜欢你穿这件衣服。"

因为，只要穿上那件衣服，她便不会出门了。她们可以共享一个夜晚。

我听了那个故事觉得又辛酸又美丽，每次，晚饭后，我换上那件旧睡袍的时候，我总想起那故事，我好像穿上一袭故事。

不管明晨有多长远的路要走，不管明天别人尊我们为英雄为诗人，今夜且让我们夫妻儿女共守一盏灯，做个凡人。

我们疲倦了，我们即将安息，让一家人一起换上睡袍。或看一本书，或读一份报，或摸摸索索地找东西吃，或坐在那里胡乱画一张画，在一个屋顶之下，整个晚上，我感到我们一直在无声地互说：

"晚安、晚安。"

或者有一天，当我太疲倦，我需要一次极长极长的长眠，那时，亲爱的，请给我最后一件睡袍，柔软的，敝旧的，直垂到脚踝的，我将恬然睡去，像我们同在一起的那些美好的时光一样。

油纸伞

我有时会忘记，竟会将那把伞看成一件衣服。

那天我在泰国街头逛庙，忽然，下了雨，我顺手买了一把油纸伞。

那些庙宇，都有一个尖斜的金黄色的顶，而我，撑着伞，走在众庙宇之间，我的伞也给了我一个尖斜的土黄色的顶，我俨然也是一座辉煌的会行走的殿堂。

经典上说："我是上帝的殿堂。"

天神如果有居所，那居所必是人心，而不是泥瓦土砖雕梁画栋间的所谓圣殿。

衣服蔽我，伞蔽我衣，在异国的雨季里，伞给我一片干燥。我没有办法不承认它也是一件衣服。

回台后，我把它吊在前廊，或晴或雨，我不时把它撑开来，看看，再收起。我仍然呆里呆气地在想，它实在并不是一件衣服，但我实在又觉得它是，如果它是一顶斗笠，也许比较说得过去。但斗笠其实是戴在额上的伞，而伞，其实是撑在手里的斗笠，别的伞也许不算衣服，但这一把，我们曾如此相倚走过一段陌生的旅途的，总应该是吧。

这样想着，我又满心贴切地把它归入我的衣服类里去了。

花鸟门额

萧给我做了一件礼服,大红,当胸一幅花鸟绣。

我爱极了那件衣服,差不多到了不敢穿的程度。那花鸟是他祖母的老古董,当年是挂在新娘门额上的,有一种快要溢出来的凡俗的喜气。

那是我们带团出去表演的前夕他巴巴地赶着送来的,那幅绣花他剪作两块,一块给他的新婚妻子,一块给我。

"你这次出去,说不定会遇上应酬场合,外国人的礼服式样太多了,"他说,"一个比一个漂亮,但是,只要你有一块绣花,你就赢了。"

那夜,我哪有心情看礼服,我忙着站在锅炉前熬到凌晨五点,把表演用的衣服一一染好,他抱了回家去烘干,我抢时间睡了两个小时,七点钟他回来把烘好的衣服包成一个大包塞给我,我跳上车直奔桃园机场,一路抱着那刚烘好的热衣服上飞机——并且就那样一路抱着,绕了一整个地球。

我每在衣橱里摸摸那件礼服,一件件事情便来到眼前,我这半生到处碰见的友谊和真情有多么多啊,萧所给我的,岂止是一件礼服呢?

贴近我的心胸,当我呼吸时,让我感觉你古典花鸟的细腻和繁富,让我听见你柔和的鸣声,看见你安详地低飞,每件衣服都牵扯起许多联想、许多回忆,我会忽然感到自己尊贵美好,像过新年时的孩子——只因我穿着一件尊贵美好的衣服。

羊毛围巾

所有的巾都是温柔的,像汗巾、丝巾和羊毛围巾。

巾不用剪裁,巾没有形象,巾甚至没有尺码,巾是一种温柔得不会坚持自我形象的东西。它被捏在手里,包在头上,或绕在脖子上,巾是如此轻柔温暖,令人心疼。巾也总是美丽的,那种母性的美丽,或抽纱或绣花，或泥金或描金，或是织棉，或是钩纱，巾总是一径那么细腻娴雅。

而这个世界是越来越容不下温柔和美丽了，罗勃·泰勒死了，史都华·格兰杰老了，费雯丽消失了，取代的是查理士·布朗，是007，是冷硬的珍·芳达和费·唐娜薇，是科幻片里的女超人。

唯有围巾仍旧维持着一份古典的温柔，一份美。

我有一条浅褐色的马海羊毛围巾，是新春去了壳的大麦仁的颜色，错觉上几乎嗅得到麸皮的干香。

即使在不怎么冷的日子，我也喜欢围上它，它是一条不起眼的围巾，但它的抚触轻暖，有如南风中的琴弦，把世界遗留在恻恻轻寒中，我的项间自有一圈暖意。

忽有一天，我在惯行的山径上走，满山的芒草柔软地舒开，怎样的年年菁芒啊！这才发现芒草和我的羊毛围巾有着相同的色调和触觉。秋山寂清，秋容空寥，秋天也正自搭着一条围巾吧，从山巅绕到低谷，从低谷拖到水涯，一条古旧温婉的围巾啊！

以你的两臂合抱我，我的围巾，在更冷的日子你将护住我的两耳焐着我的发，你照着我的形象而委屈地重叠你自己，从左侧环护我，从右侧萦绕我，你是柔韧而忠心的护城河，你在我的坚强梗硬里纵容我，让我也有些小小的柔弱，小小的无依，甚至小小的撒娇作痴。你在我意气风发飘然上举几乎要破躯而去的时候，静静地伸手挽住我，使我忽然意味到人世的温情，你使我猝然间软化下来，死心塌地留在人间。如山，留在茫茫扑扑的秋芒里。

巾真的是温柔的，人间所有的巾，如我的那一条。

穿风衣的日子

香港人好像把那种衣服叫成"干湿褛"，那实在也是一个好名字，但我更喜欢我们在台湾的叫法——风衣。

每次穿上风衣，我会莫名其妙地异样起来，不知为什么，尤其刚扣好腰带的时候，我在错觉上总怀疑自己就要出发去流浪。

穿上风衣，只觉风雨在前路飘摇，小巷外有万里未知的长路等着，我有着"一蓑烟雨任平生"的莽莽情怀。

穿风衣的日子是该起风的，不管是初来乍到还不惯于温柔的春风，或是绿色退潮后寒意陡起的秋风。风在云端叫你，风透过千柯万叶以苍凉的颤音叫你，穿风衣的日子总无端地令人凄凉——但也因而无端地令人雄壮。

穿了风衣，好像就该有个故事要起头了。

必然有风在，吹绿了两岸，拉开两岸的杨柳帷幕……

必然有风在塞北，拨开野草，让你惊见大漠的牛羊……

必然有风像旧戏中的流云彩带，圆转柔和地圈住那死也忘不了的一千一百万平方公里的海棠残叶。

必然有风像歌，像笛，一夜之间遍洛城。

曾翻阅汉高祖的白云的，曾翻阅唐玄宗的牡丹的，曾翻阅陆放翁的大散关的，那风，今天也翻阅你满额的青发，而你着一袭风衣，走在千古的风里。

风是不是天地的长喟？风是不是大地在血气涌腾之际搅起的不安？

风鼓起风衣的大翻领，风吹起风衣的下摆，刷刷地打我的腿。我瞿然四顾，人生是这样辽阔，我觉得有无限渺远的天涯在等我。

种种有情

有时候，我到水饺店去，饺子端上来的时候，我总是怔怔地望着那一个个透明饱满的形体，北方人叫它"冒气的元宝"，其实它比冷硬的元宝好多了，饺子自身是一个完美的世界，一张薄茧，包覆着简单而又丰盈的美味。

我特别喜欢看的是捏合饺子边皮留下的指纹，世界如此冷漠，天地和文明可能在一刹那之间化为炭劫，但无论如何，当我坐在桌前，上面摆着的某个人亲手捏合的饺子，热雾腾腾中，指纹美如古陶器上的雕痕，吃饺子简直可以因而神圣起来。

"手泽"为什么一定要拿来形容书法呢？一切完美的留痕，甚至饺皮上的指纹不都是美丽的手泽吗？我忽然感到万物的有情。

巷口一家饺子馆的招牌是正宗川味山东饺子馆，也许是一个四川人和一个山东人合开的，我喜欢那招牌，觉得简直可以画入清明上河图，那上面还有电话号码，前面注着 TEL，算是有了三个英文字母，至于号码本身，写的当然是阿拉伯文，一个小招牌，能涵容了四川、山东、中文、阿拉伯（数）字、英文，不能不说是一种可爱。

校车反正是每天都要坐的，而坐车看书也是每天例有的习惯，有一天，车过中山北路，劈头栽下一片叶子竟把手里的宋诗打得有了声音，多么令人惊异的断句法。

原来是通风窗里掉下来的，也不知是刚刚新落的叶子，还是某棵

树上的叶子在某时候某地方，偶然憩在偶过的车顶上，此刻又偶然掉下来的，我把叶子揉碎，它是早死了，在此刻，它的芳香在我的两掌复活，我揸开微绿的指尖，竟恍惚自觉是一棵初生的树，并且刚抽出两片新芽，碧绿而芬芳，温暖而多血，镂饰着奇异的脉络和纹路，一叶在左，一叶在右，我是庄严地合着掌的一截新芽。

两年前的夏天，我们到堪萨斯去看朱和他的全家——标准的神仙眷属，博士的先生，硕士的妻子，数目"恰恰好"的孩子，可靠的年薪，高尚住宅区里的房子，房子前的草坪，草坪外的绿树，绿树外的蓝天……

临行，打算合照一张，我四下浏览，无心地说：

"啊，就在你们这棵柳树下面照好不好？"

"我们的柳树？"朱忽然回过头来，正色地说，"什么叫我们的柳树？我们反正是随时可以走的！我随时可以让它不是'我们的柳树'。"

一年以后，他和全家都回来了，不知堪萨斯城的那棵树的如今属于谁——但朱属于这块土地，他的门前不再有柳树了，他只能把自己栽成这块土地上的一片绿意。

春天，中山北路的红砖道上有人手拿着用粗绒线做的长腿怪鸟在兜卖，风吹着鸟的瘦胫，飘飘然好像真会走路的样子。

有些外国人忍不住停下来买一只。

忽然，有个中国女人停了下来，她不顶年轻，大概三十岁左右，一看就知是由于精明干练日子过得很忙碌的女人。

"这东西很好，"她抓住小贩，"一定要外销，一定赚钱，你到××路××巷×号二楼上去，进门有个×小姐，你去找她，她一定会想办法给你弄外销！"

然后她又回头重复了一次地址，才放心走开。

台湾怎能不富，连路上不相干的路人也会指点别人怎么做外销，其实，那种东西厂商也许早就做外销了，但那女人的热心，真是可爱得紧。

暑假里到中部乡下去，弯入一个岔道，在一棵大榕树底下看到一

张　晓　风
散 文 精 选

个身架特别小的孩子，把几根绳索吊在大树上，他自己站在一张小板凳上，结着简单的结，要把那几根绳索编成一个网花盆的吊篮。

他的母亲对着他坐在大门口，一边照顾着杂货店，一边也编着美丽的结，蝉声满树，我停下来搭讪着和那妇人说话，问她卖不卖，她告诉我不能卖，因为厂方签好契约是要外销的。带路的当地朋友说他们全是不露声色的财主。

我想起那年在美国逛梅西公司，问柜台小姐那架录音机是不是台湾做的，她回了一句：

"当然，反正什么都是日本跟台湾来的。"

我一直怀念那条乡下无名的小路，路旁那一对富足的母子，以及他们怎样在满地绿荫里相对坐编那织满了蝉声的吊篮。

我习惯请一位姓赖的油漆工人，他是客家人，哥哥做木工，一家人彼此生意都有照顾。有一年我打电话找他们，居然不在，因为到关岛去做工程了。

过了一年才回来。

"你们也是要三年出师吧。"有一次我没话找话跟他们闲聊。

"不用，现在两年就行。"

"怎么短了？"

"当然，现代人比较聪明！"

听他说得一本正经，顿时对人类前途都觉得乐观了起来，现代的学徒不用生炉子，不用倒马桶，不用替老板娘抱孩子，当然两年就行了。

我一直记得他们一口咬定现代人比较聪明时脸上那份尊严的笑容。

老王是一个包工头，圆滚滚的身材加上圆头圆脸圆眼睛——甚至还有个圆鼻子。

可是我一直觉得他简直诗意得厉害。

一张估价单，他也要用毛笔写，还喜欢盯着人问："怎么？这笔字不顶难看吧？"

碰到承包大工程，他就要一个人躲到乌来去，在青山绿水之间仔细推敲工和料的盈亏。

有一次，偶然闲谈，他兴高采烈地提到他在某某地方做过工程。那是一个军事单位。

"有人说那里有核子弹，你看到没有？"

"当然有！"

"有，又怎么会让你看见？"我笑了起来。

"老实说，我也没看见，"他也笑起来，不过仍是理直气壮的，"不过，有，我也说有，没有，我也说有，反正我就是硬要说它有。我们做老百姓的就是这样。"

有没有核子弹忽然变得不重要，有老王这样的人才是件可爱的事。

学校下面是一所大医院，黄昏的时候，病人出来散步，有些探病的人也三三两两地散步。

那天，我在山径上便遇见了几个这样的人。

习惯上，我喜欢走慢些去偷听别人说话。

其中有一个人，抱怨钱不经用，抱怨着抱怨着，像所有的中老年人一样，话题忽然就回到四十年前一块钱能买几百个鸡蛋的老故事上去了。

忽然，有一个人憋不住地叫了起来：

"你知道吗，抗战前，我念初中，有一次在街上捡到一张钱，哎呀，后来我等了一个礼拜天，拿着那张钱进城去，又吃了馆子，又吃了冰淇淋，又买了球鞋，又买了字典，又看了电影，哎呀，钱居然还没有花完呐……"

山径渐高，黄昏渐冷。

我驻下脚，看他们渐渐走远，不知为什么，心中涌满了对黄昏时分霜鬓的陌生客的关爱，四十年前的一个小男孩，曾被突来的好运弄得多么愉快，四十年后山径上薄凉的黄昏，他仍然不能忘记……不知为什么，我忽然觉得那人只是一个小男孩，如果可能，我愿意自己是那掉钱的人，让人世中平白多出一段传奇故事……

无论如何，能去细味另一个人的惆怅也是一件好事。

元旦的清晨，天气异样的好，不是风和日丽的那种好，是晴朗见底毫无渣滓的一种澄澈。我坐在计程车上赶赴一个会，路遇红灯时，

张晓风
散文精选

车龙全停了下来,我无聊地探头窗外,只见两个年轻人骑着机车,其中一个说了几句话忽然兴奋地大叫起来:"真是个好主意啊!"我不知他们想出了什么好主意,但看他们阳光下无邪的笑脸,也忍不住跟着高兴起来,不知道他们的主意是什么主意,但能在偶然的红灯前遇见一个以前没见过以后也不会见到的人真是一个奇异的机缘。他们的脸我是记不住的,但那不重要,重要的是我记得他们石破天惊的欢呼,他们或许去郊游,或许去野餐,或许去访问一个美丽的笑面如花的女孩,他们有没有得到他们预期的喜悦,我不知道,但我至少得到了,我惊喜于我能分享一个陌路的未曾成形的喜悦。

有一次,路过香港,有事要和乔宏的太太联络,习惯上我喜欢凌晨或午夜打电话——因为那时候忙碌的人才可能在家。

"你是早起的还是晚睡的?"

她愣了一下。

"我是既早起又晚睡的,孩子要上学,所以要早起,丈夫要拍戏,所以要晚睡——随你多早多晚打来都行。"

这次轮到我愣了,她真厉害,可是厉害的不止她一个人。其实,所有为人妻为人母的大概都有这份本事——只是她们看起来又那样平凡,平凡得自己都弄不懂自己竟有那么大的本领。

女人,真是一种奇怪的人,她可以没有籍贯、没有职业,甚至没有名字地跟着丈夫活着,她什么都给了人,她年老的时候拿不到一文退休金,但她却活得那么有劲头,她可以早起可以晚睡,可以吃得极少可以永无休假地做下去。她一辈子并不清楚自己是在付出还是在拥有。

资深主妇真是一种既可爱又可敬的角色。

文艺会谈结束的那天中午,我因为要赶回宿舍找东西,午餐会上迟到了三分钟,慌慌张张地钻进餐厅,席次都坐好了,大家已经开始吃了,忽然有人招呼我过去坐,那里刚好空着一个座位,我不加考虑地就走过去了。

等走到面前,我才呆了,那是谢东闵主席右首的位子,刚才显然是由于大家谦虚而变成了空位,此刻却变成了我这个冒失鬼的位子,

我浑身不自在起来，跟"大官"一起总是件令人手足无措的事。

忽然，谢主席转过头来向我道歉：

"我该给你夹菜的，可是，你看，我的右手不方便，真对不起，不能替你服务了。你自己要多吃点。"

我一时傻眼望着他，以及他的手，不知该说什么。那只伤痕犹在的手忽然美丽起来，炸得掉的是手指，炸不掉的是一个人的风格和气度。我拼命忍住眼泪，我知道，此刻，我不是坐在一个"大官"旁边，而是一个温煦的"人"的旁边。

经过火车站的时候，我总忍不住要去看留言牌。

那些粉笔字不知道铁路局允许它保留半天或一天，它们不是宣纸上的书法，不是金石上的篆刻，不是小笺上的墨痕，它们注定立刻便要消逝——但它们存在的时候，它是多好的一根丝绦，就那样绾住了人间种种的牵牵绊绊。

我竟把那些句子抄了下来：

缎：久候未遇，已返，请来龙泉见。

春花：等你不见，我走了（我两点再来）。荣。

展：我与姨妈往内埔姐家，晚上九时不来等你。

每次看到那样的字总觉得好，觉得那些不遇、焦灼、愚痴中也自有一份可爱。一份人间的必要的温度。

还有一个人，也不署名，也没称谓，只扎手扎脚地写了"吾走矣"三个大字，板黑字白，气势好像要突破挂板飞去的样子。也不知道究竟是写给某一个人看的，还是写给过往来客的一句诗偈，总之，令人看得心头一震！

《红楼梦》里麻鞋鹑衣的疯道人叫以一路唱着《好了歌》，告诉世人万般"好"都是因为"了断"尘缘，但为什么要了断呢？每次我望着大小驿站中的留言牌，总觉万般的好都是因为不了不断，不能割舍而来的。

天地也无非是风雨中的一座驿亭，人生也无非是种种羁心绊意的事和情，能题诗在壁总是好的！

再跟我们讲个笑话吧！

——怀念世棠

不知怎么开的头，他谈起他小时候，在上海弄堂里住，对面有一家义学，夜间上课，来的人都是目不识丁的三轮车夫或苦力之类的。夜晚，对面亮着灯，那些汉子诚心诚意地扮起乖乖的小学生来，一个个拉长调子念道：

"晋太元中，武陵人……"

他一边说，一边就吟起那调子。

我立刻为之五内震动，并且牢牢记住那吟法——我为什么如此？大约是为那些劳力者对知识的崇敬和感触万端。黄昏，拉了一天的车，扛了一天的货，那些人必然累了，但他们勉力来上学，来读《桃花源记》，美丽的晋代的桃花源对他们的现实生活能产生什么好处？大约什么都没有吧？但他们仍虔诚地大声吟诵，觉得那里有点什么可攀的高贵，什么可及的梦想……

我可怜徐世棠——这个说故事给我听的友人，他必须曾是一个富厚之家的寂寞小男孩吧？他为什么凭窗而望，并且牢牢记住那些汗污的面孔和书声？他重述那场景时为什么眼中有湿意，声中有悲悯？

认识世棠，是我大一那年，到最后一次和他通电话（在他死前二十天），这段友谊共是三十九年。

世棠在艺专读音乐，擅钢琴，所以在教会担任司琴的工作。他的钢琴在我听来简直是出神入化，像他的人，雄辩，滔滔不绝，而又娓

娓动听。大伙隐约知道他家世不错，住在中山北路不知几条通里，反正那是某些有钱人住的地方。但世棠的穿着却刻意邋遢，大概那是他年轻时叛逆的一种方式吧！一张肥头而又半张嘴的旧鞋尤其令人印象深刻。教会里向例都有个奉献箱，供人投进金钱，某次奉献箱里有位不知名的好心人提供了一笔钱，上面注明"供司琴弟兄买鞋之用"。他居然被当成济贫的对象了，朋友闻了，无不绝倒。

又有一次，下雨天，他不知哪里弄到一件又旧又大的斗篷式黑雨衣穿着，站在许昌街上，竟有路人把他当成三轮车夫，问他：

"××路去不去？"

那种款式的雨衣的确是车夫常穿的。我想他努力要在衣着上让自己摆脱那个有钱的家。他想做他自己，很普罗大众的自己，其实，只此一件事，大概就把他累得半死。

世棠圆脸圆眼睛，鼓胀的腮颊充满可爱的喜感。圣诞节扮起圣诞老人来非他莫属，我现在还能忆起他背上的礼物袋，他这一世也真像个圣诞老人，到处去散播好东西，只是，他似乎忘了留一件给自己了。

世棠天生有老人和小孩缘，读大学的时候，他有一次和朋友一起赴深山，到原住民的村落去，他背着一架手风琴，走到哪里便拉到哪里，每到一个村子，总能把一村的小孩迷死。

朋友相聚的时候世棠的角色永远不变，他是负责逗大家快乐的人，他总有说不完的笑话，又极善模仿人，大家笑得滚做一团的时候，他一径保持木木的一张脸，死撑着不笑，现在回想起来，不知道那里面有没有一种成分叫寂寞。

世棠有个奇怪的嗜好，是做蛋糕，当时很少人家里有烤箱，即使有，做蛋糕也该是女孩子的事——当然，这件事多少也和他的英文好有关系，当年并没有什么中文蛋糕食谱，要看懂英文食谱在当年来说是件难事。

世棠是梁实秋迷，梁教授是他的父执辈，他一提起梁教授便话题不绝：

"刚来台湾的时候，他就借住在我们家呀！逃难，到台湾，梁先生心情并不好。可是，晚上，梁师母在白灯罩上点了几点红点，梁先

115

张晓风
散文精选

生便加上枝干,一幅红梅图就蹦出来了。"

我又一惊,和三轮车夫的故事一样动人,一个是劳力阶级对知识的虔敬信仰,一个是读书人对困厄环境的夷然眼神。两者都令我默然久之。

世棠后来一直常去梁家做客,梁家当年座上客不少,但能得梁先生的冷隽和幽默之传的,似乎只世棠一人。

世棠的父母和冰心夫妇也熟,他小时候甚至是冰心的干儿子,前些年他还去访问过这位干妈。

世棠在艺专读书似乎不是什么乖乖牌的学生,但由于英文好,他倒是常被选作学生代表,去美国开些国际性的会。

"啊!美国有一种冰的点心,叫'火烧阿拉斯加',一块雪糕,浇上酒,点上火一烧,立刻端上来。还有一种饮料叫 Root Bear,厚厚的玻璃杯,事先冰得透透的,杯上结了霜,把饮料倒进去,一喝,哇!……"我垂涎三尺,立志在有生之年一定要吃到这两种好东西。

由于爱英文,继艺专之后他又去读了辅仁外文。他的梦想是做个口译员,后来他果真考上联合国英翻中的口译员。不料才刚开始做,我们就退出了联合国,世棠不想留在那里做事,便毅然辞了职回台湾,供职于新闻局。

"呀!"见他回来,我说,"你不就是人家说的黑官吗?"

"哼,黑得厉害呢!"

由于没有正式的公务员铨叙资格,他的薪水极低,到了难以维生的程度。绝处逢生,倒也被他想出了一个办法,就是下班后到餐厅去弹钢琴,一方面赚外快,另一方面,勉强算是公余的休息——一个人想要拥抱自己的土地和人民,从现实层面来说有时也真是很艰难的。

那段时间世棠也回辅仁教书,倒是发生一件特别的事。有位女生,从南部来,读大一,是他英文班上的,她对老师的课十分入迷。不料到了下学期,她被学校分到第二班,而世棠教的是第一班,这女生很失望,打算不修这门课了,宁可去世棠班上旁听,世棠知道此事后力劝女孩照规定选课,女孩忖度,以为选了课之后,或者老师有什么神通把她调到第一班也未可知——不料没有。但等上课的时候,她才赫

然发现世棠已经把自己调到第二班来了！这女孩说：

"我当时从南部来台北，土土的，从来不知道重视自己——而这件事改变了我的一生，我知道我得做好，免得让老师为我这样做却不值得。"

这女孩名叫黄迺毓，目前是师大家政研究所的教授。

世棠后来转去文建会工作，那是在申学庸教授主掌文建会的时候。

之后他又参与外贸协会的工作，前后共十三年，最近八年一直驻伦敦，也许由于年龄，他非常渴望回台湾，无奈未蒙许可，他有时候短期回来——只为听几场昆剧，真是手法豪奢。

他死后有人为他没能早离英国回到台湾惋惜，我则说："如果我是他长官，我也不放他，这种中英文俱佳的人才到哪里去找！"

有一件事，世棠曾多次谢我，因为我一度对他说：

"你，那么能说的人，怎么可能不会写呢？试试看写点什么吧！"

世棠写了，果真文笔爽飒明亮，如短笛信吹，自成佳趣。

"都是晓风叫我写的呀！她说的，'能言者必能文'！"

我每次都想订正他的话，但都没说——其实，不是所有擅长说话的人都能写好文章。是那些说完故事能令人心神震动如山崩海啸的高手才能。世棠其实很像英文所形容的"讲故事的人"（storyteller），他永远能把故事陈述得那么好！奇怪的是有时候他那么孤傲难踪，但有时候他又那么认真卑微地用故事和笑话来取悦于人，什么场合只要有世棠在便热闹融洽，这种令人愉悦的才分不是常人轻易可以拥有的。

有时候世棠也试用文言文写文章，我惊奇之余才悟到他有些地方是十分古典的。例如他爱写信。其实这一点，颇令人难以招架。古老的书信艺术不是一般人能身体力行的，因而不免让自己陷入"欠信"的不义状态。欠信不比欠债好受，尤其在世棠过去后，我每次想到自己常不回他信，就内疚不已。

近五年来我一直希望世棠做一件事，我希望他能录一卷录音带，他讲的故事那么活灵活现，他不只属于我们这个时代，下个世纪的孩子应该也有权利分享他的声音。他立刻就被说动了，也许他本来即有此意吧？

张 晓 风
散 文 精 选

最后一个暑假,他真的走进录音室,要为孩子们讲一个故事,什么故事呢?他想起自己八岁起就极爱的故事——王尔德的《快乐王子》。五十年过去了,他坐在录音室里娓娓地复述起这故事,他的声音干净敦实,充满感情:

——但是,他还没有张开翅膀,第三滴水又落了下来,他仰起头去看,他看见——啊!他看见了什么?

快乐王子的眼里装满了泪水,泪珠沿着他的黄金的脸颊流下来。他的脸在月光里显得这么美,叫小燕子的心里也充满了怜悯。
"你是谁?"他问道。
"我是快乐王子。"
"那么你为什么哭呢?"燕子又问,"你看,你把我一身都打湿了。"
"从前我活着,有一颗人心的时候,"王子慢慢地答道,"我并不知道眼泪是什么东西,因为我那时候住在无愁宫里,悲哀是不能进去的——"

"我觉得,他自己就是那个'快乐王子'!"他去世之后一位朋友斩钉截铁地说。

我想的确是吧?那个悲愁的快乐王子。

世棠走后我曾和他的老母亲通过电话,据她老人家说,世棠年少时曾立志当牧师,母亲以为不可,说他生性太爱说笑取闹,有所不宜。我听了不免吓一跳,因为三十多年的老友,我竟不知他当年有此心愿,当年一起长大的朋友中有几个看来特别虔诚深稳的,他们后来倒也的确不负众望做了牧师,但大家万万没有想到这位每次聚会都负责把大家肚子笑痛的一位,内心深处竟期望自己是一位驻堂牧师。

现在想来,也许他这一生所做的事都只是在实践他少年时期的梦想:他做口译员,他去新闻局、文建会,他做台湾驻英国的贸协主任,他写文章,他为孩童录音,他勤于给朋友写信并鼓励他们,这一切全等于在牧养这个世代,在服役这些人群。他终于做了另一种意义的

牧师。

　　世棠独居在伦敦市郊，十二月廿六日有人还看见他，他可能死于十二月廿七日的心脏病，十二月三十日同事破门而入，才发现他已远行，得年五十九岁。死前他似乎正要出门，所以西装领带俨然，这样有尊严而不受苦的死法当然值得羡慕，悲伤的是我们这群还留在世上的朋友。谁能来跟我们再讲个笑话呢？人生的欢乐原来是这样稀少易逝，讲笑话的人一走，场子岂不立刻冷了。

　　什么时候，再跟我们讲个笑话吧！世棠！

不识

两个人坐着谈话，其中一个是高僧，另一个是皇帝，皇帝说："你识得我是谁吗？我——就是这个坐在你对面的人。"

"不，不识。"

他其实是认识并了解那皇帝的，但是他却回答说"不识"。也许在他看来，人与人之间其实都是不识的。谁又曾经真正认识过另一个人呢？传记作家也许可以把翔实的资料一一列举，但那人却并不在资料里——没有人是可以用资料来加以还原的。

而就连我们自己，也未必识得自己吧？杜甫，终其一生，都希望做个有所建树出民水火的好官。对于自己身后可能以文章名世，他反而是不无遗憾的。他似乎从来不知道自己是有唐一代最优秀的诗人，如果命运之神允许他以诗才来换官位，他是会换的。

家人至亲，我们自以为极亲爱极了解的，其实我们所知道的也只是肤表的事件而不是刻骨的感觉。刻骨的感觉不能重现，它随风而逝，连事件的主人也不能再拾。

而我们面对面却瞠目不相识的，恐怕是生命本身吧？我们活着，却不知道何谓生命？更不知道何谓死亡？

父亲的追思会上，我问弟弟：

"追述平生，就由你来吧？你是儿子。"

弟弟沉吟了一下，说：

"我可以，不过我觉得你知道的事情更多些，有些事情，我们小的没赶上。"

然而，我真的知道父亲吗？

五指山上，朔风野大，阳光辉丽，草坪四尺下，便是父亲埋骨的所在。我站在那里一面看山下红尘深处密如蚁垤的楼宇，一面问自己："这墓穴中的身体是谁呢？"虽然隔着棺木隔着水泥，我看不见，但我也知道那是一副溃烂的肉躯。怎么可以这样呢？一个至亲至爱的父亲怎么可以一霎时化为一堆陌生的腐肉呢？

也许从宗教意义言，肉体只是暂时居住的房子，屋主终有搬迁之日。然而，与原屋之间总该有个徘徊顾却之意吧。造物怎可以如此绝情，让肉体接受那化作粪壤的宿命？

我该承认这一抔黄土中的腐肉为父亲呢？或是那优游于蒙鸿中的才是呢？我曾认识过死亡吗？我曾认识过父亲吗？我愕然不知怎么回答。

"小的时候，家里穷，除了过年，平时都没有肉吃，如果有客人来，就去熟肉铺子切一点肉，偶然有个挑担卖花生米小鱼的人经过，我们小孩子就跟着那人走。没得吃，看看也是好的，我们就这样跟着跟着，一直走，都走到隔壁庄子去了，就是舍不得回头。"

那是我所知道的，他最早的童年故事。我有时忍不住，想掏把钱塞给那九十年前的馋嘴小男孩。想买一把花生米小鱼填填他的嘴，并且叫他不要再跟着小贩走，应该赶快回家去了……

我问我自己，你真的了解那小男孩吗，还是你只不过在听故事？如果你不曾穷过饿过，那小男孩巴巴的眼神你又怎么读得懂呢？

我想，我并不明白那贫穷的小孩，那傻乎乎地跟着小贩走的小男孩。

读完徐州城里的第七师范的附小，他打算读第七师范，家人带他去见一位堂叔，目的是借钱。

堂叔站起身来，从一把旧铜壶里掏出二十一块银圆，那只壶从梁柱上直吊下来，算是家中的保险柜吧？

121

张　晓　风
散　文　精　选

　　读师范不用钱，但制服棉被杂物却都要钱，堂叔的那二十一块钱改变了父亲的一生。

　　我很想追上前去看一看那目光炯炯的少年，渴于知识渴于上进的少年。我很想看一看那堂叔看着他的爱怜的眼神。他必是族人中最聪明俊发的孩子，堂叔才慨然答应借钱的吧！听说小学时代，他每天上学都不从市内走路，嫌人车杂沓。他宁可绕着古城周围的城墙走，城墙上人少，他一面走，一面大声背书。那意气飞扬的男孩，天下好像没有可以难倒他的事。他走着、跑着，自觉古人的智慧因背诵而尽入胸中，一个志得意满的优秀小学生。

　　然而，我真认识那孩子吗？那个捧着二十一块银圆来向这个世界打天下的孩子。我平生读书不过只求随缘尽兴而已，我大概不能懂得那一心苦读求上进的人，那孩子，我不能算是深识他。

　　"台湾出的东西，有些我们老家有，像桃子。有些我们老家没有，像木瓜芭乐。"父亲说，"没有的，就不去讲它，凡是有的，我们老家的就一定比台湾好。"

　　我有点反感，他为什么一定要坚持老家的东西比这里好呢？他离开老家都已经这么多年了，为什么还坚持老家的最好？

　　"譬如说这香椿吧？"他指着院子里的香椿树，台湾的，"长这么细细小小一株。在我们老家，那可是和榕树一样的大树咧！而且台湾是热带，一年到头都能长新芽，那芽也就不嫩了。在我们老家，只有春天才冒得出新芽来，所以那个冒法，你就不知道了。忽然一下，所有的嫩芽全冒出来了，又厚又多汁，大人小孩全来采呀，采下来用盐一揉，放在格架上晾，一面晾，那架子上腌出来的卤汁就呼噜——呼噜——的一直流，下面就用盆接着，那卤汁下起面来，那个香呀——"

　　我吃过韩国进口的盐腌香椿芽，从它的形貌看来，揣想它未腌之前一定也极肥厚，故乡的香椿芽想来也是如此。但父亲形容香椿在腌制的过程中竟会"呼噜——呼噜——"流汁，我被他言语中的状声词所惊动，那香椿树竟在我心里成为一座地标，我每次都循着那株香椿树去寻找父亲的故乡。

黄帝汉代画像石刻

但我真的明白那棵树吗？我真的明白在半个世纪之后，坐在阳光璀璨的屏东城里，向我娓娓谈起的那棵树吗？

父亲晚年，我推轮椅带他上南京中山陵，只因他曾跟我说过：

"总理下葬的时候，我是军校学生，上面在我们中间选了些人去抬棺材。我被选上了，事先还得预习呢！预习的时候棺材里都装些石头……"

他对总理一心崇敬——这一点，恐怕我也无法十分了然。我当然也同意孙中山是可敬佩的，但恐怕未必那么百分之百的心悦诚服。

"我们那时候的学生总觉得共产党比较时髦，我原来也想做共产党，后来读了总理的书，觉得他讲的才是真有道理……"

能有一人令你死心塌地，生死追随，不作他想，父亲应该是幸福的。——而这种幸福，我并不能体会。

父亲说，他真正的兴趣在生物，我听了十分错愕。我还一直以为是军事学呢！抗战前后，他加入了一个国际植物学会，不时向会里提供全国各地植物的讯息，我对他惊人的耐心感到不解。由于职业的关系，他跑遍大江南北，他将各地的萝卜、茄子、芹菜、白菜长得不一样的情况——汇集报告给学会。在那个时代，我想那学会接到这位中国会员热心的讯息，也多少要吃一惊吧？

啊，他究竟是怎样的一个人呢？我对他万分好奇，如果他晚生五十年，如果他生而为我的弟弟，我是多么愿望好好培植他成为一个植物学家啊！在那一身草绿色的军服下面，他其实有着一颗生物学者的心。我小时候，他教导我的，几乎全是生物知识，我至今看到螳螂的卵仍十分惊动，那是我幼年行经田野时父亲教我辨认的。

每次他和我谈生物的时候，我都惊讶，仿佛我本来另有一个父亲，却未得成长践形。父亲也为此抱憾吗？或者他已认了？

而我不知道。

年轻时的父亲，有一次去打猎。一枪射出，一只小鸟应声而落，他捡起小鸟一看，小鸟已肚破肠流，他手里提着那温暖的肉体，看着那腹腔之内一一俱全的五脏；忽然决定终其一生不再射猎。

张晓风
散文精选

父亲在同事间并不是一个好相处的人，听母亲说有人给他起个外号叫"杠子手"，意思是耿直不转转，他听了也不气，只笑笑说"山难改，性难移"，他是很以自己的方正棱然自豪的，从来不屑于改正。然而这个清晨，在树林里，对一只小鸟，他却生慈柔之心，誓言从此不射猎。

父亲的性格如铁如砧，却也如风如水——我何尝真正了解过他？

《红楼梦》第一百二十回，贾政眼看着光头赤脚身披红斗篷的宝玉向他拜了四拜，转身而去，消失在茫茫雪原里，说：

"竟哄了老太太十九年，如今叫我才明白——"

贾府上下数百人，谁又曾明白宝玉呢？家人之间，亦未必真能互相解读吧？

我于父亲，想来也是如此无知无识。他的悲喜、他的起落、他的得意与哀伤、他的憾恨与自足，我哪里都能一一探知、一一感同身受呢？

蒲公英的散蓬能叙述花托吗？不，它只知道自己在一阵风后身不由己地和花托相失相散了，它只记得叶嫩花初之际，被轻轻托住的安全的感觉。它只知道，后来，就一切都散了，胜利的也许是生命本身，草原上的某处，会有新的蒲公英冒出来。

我终于明白，我还是不能明白父亲。至亲如父女，也只能如此。世间没有谁识得谁，正如那位高僧说的。

我觉得痛，却亦转觉释然，为我本来就无能认识的生命，为我本来就无能认识的死亡，以及不曾真正认识的父亲。原来没有谁可以彻骨认识谁，原来，我也只是如此无知无识。

——原载1997年1月12日《中国时报》人间副刊

一半儿春愁，一半儿水
——溪城忆旧

那年，她十七岁，我也是。夏天放榜，她考取了东吴，我也是。她读会计，我读中文，我们都很快乐。

我们相约去看新校区，南部乡下来的同班同学——真的很南部，比高雄还南，我们是屏东来的小孩。

同学叫她"狮子"，倒不是因为她凶恶，而是因为她名叫师瑾，"师""狮"同音，大家就叫她"狮子"。

"狮子"长得美，一双大眼睛，慧黠灵动，莹澈渊深，仿佛一串说不完的谜面，令人沉吟费猜。狮子且清瘦，腰肢一把，轻盈若无，穿起那时代流行的蓬裙，直如云中仙子。

我们终于找到外双溪，那时是一九五八年，住在台北的人一时还没有学会污染的本领。我们站在溪边，我惊异于碧涧濑石之美——啊，教我怎么说呢，我只能说，那时候的水，真是水。没有杂质的水。

我当时忍不住跟"狮子"胡扯：

"我们去弄件游泳衣，下去游泳吧！"

其实，我只是说说，因为，第一，我根本不会游泳。第二，水也太浅，不可能施展身手。

但"狮子"这个人一向认真，她立刻很淑女地骂了一句：

"你神经啦！"

我懂她的意思，她是指光天化日，众目睽睽，一个女孩子只穿一

张　晓　风
散　文　精　选

件游泳衣便去戏水，岂不有伤风化？

而我当时那么说，无非想表达，此水清清，清到值得我们跳进去嬉戏！

四十年后的今天，我每周去东吴上小说课，经过溪边，总不免扼腕叹息。溪水啊！你昔日的美丽呢？虽然也有胆大的钓鱼者继续钓鱼，虽然也有一两只白鹭穿梭其间。但，那曾经澄澈如玉的溪水却早已不见了。

"狮子"，继续着她在人世间循规蹈矩的步伐，继续流盼她的美目，但乳癌却攫住她。她抗拒，她去开刀，她去复健，她认真地前往大陆寻求医疗，然而，三年前她终于走了。灵堂布满白色的姬百合，她连葬礼都规划得一丝不苟。

我该向谁去讨回我误撞异域的朋友呢？

一九五八年，东吴在外双溪的第一栋校舍落成，中文系一年级在"第一教室"上课（那位置，现在是注册组在使用）。班上同学只有十人，如果用成本会计的眼光来看，真是浪费。但小班上课实在是令人难忘的好经验，认真的教授甚至可以记得我们作品中的某些句子，像张清徽（张敬）老师，三十年后她偶然还能当面背诵我大四"曲选习作"的句子：

"沟里波澜拥又推，乱成堆，一半儿春愁一半儿水。"

令我又喜又愧。

然而，清徽老师也走了，祭吊时播放的不是哀乐而是她生前最喜欢的昆曲。啊！真是奇异的告别式啊！

"袅晴丝，吹来闲庭院……"

幽缓的《水磨调》，人生却是如此匆匆啊！

老师是旧式才女，有才华，又用功，连她的字我也是极喜欢的（虽然，不太有人知道她的书法）。她的古诗更写得好，浑茂质朴，情深意切，当今之日，华文世界，能写出这种水准的人，想来也不超过十个啊！

忆起清徽师，常忍不住恻恻而痛，因为同为女性，也因为疼惜，疼惜她这样的才女，却生不逢辰。她对自己的婚姻啧有烦言。但据我

看，师丈并不坏。我有次在老师家中看到一帧佩剑少年的旧照片，那美少年英姿飒爽，足以令任何女子怦然心动，我问师丈：

"咦！这人是谁呀？"

"就是我呀！"

我当时大吃一惊！原来这不修边幅，说起话来颠三倒四的师丈，曾是早期台湾清华的高材生，他英挺俊俏，眼神如电，令人形惭。他且又因抗战投身空军，可谓是才子又是英雄。老师当年倾心此人，本来应该可成一段佳话，但才子往往不容易与人相处，至于逢迎阿谀，当然更为不屑。在事业饱受挫折之余，他变得成天谈玄说命，不事生产。老师于是自怨自艾起来，词曲于她不失为一种及时的救赎。

啊！如果老师晚生五十年或者六十年，命运会不会好些？女性主义的大纛是不是让她可以活得更理直气壮一点？但反过来说如果她晚生六十年，那些来自书香世家的良好旧学根底也就没了——唉，人生实难啊！

何况，多年后，老师告诉我，她原为家计困窘，才在台大之外寻求兼课东吴的。那么，倒是我捡到便宜了，让我有一年之久领略她风趣隽永的授课。世事的凶吉休咎原是如此难卜，她的不幸，不料反而成就了我的幸运。

当这世上你可以称之为老师的人越来越少，学生却愈来愈多，真是件可悲的事。你眼看老成凋谢，却阻止不了他们的消失。于是你渐渐了解，原来，学者也不是永恒的，如果你不趁可请益的时候请益，将来，总有一天，你再也无法向他们请益了。

汪薇史（汪经昌）老师是我另一位恩师，不料在香港教书时发生车祸谢世。命运真是很奇怪的东西，汪老师和大多数外省老辈一样，对台湾的政治定位没什么把握。刚好，香港有意延聘他教书，他是希望能终老香港的，却不意为一辆不负责任的车子断了命。那司机何曾知道这一撞，撞碎了多少宝贵的曲学传承啊！

汪老师是曲学大师吴瞿安（吴梅）先生的弟子，在台湾曲学界可算得一代宗师。但奇怪的是他当初受聘中文系，所授的课程竟是"社会学"。

张　晓　风
散 文 精 选

　　有一次，我请教汪老师要学词曲应该如何入手，他说应从《花间词》读，我再问从《花间词》读起如何读，他说，你来我家，我讲给你听。我从此每周两次去老师家听《花间词》，他讲给我一个人听，免费，而且供应晚餐。甚至我后来结了婚，仍赖皮如故。有时在老师家谈得兴起，不觉已至午夜。忽听得日式房子的矮墙外，有人用压低的清亮男高音的嗓子在叫：

　　"晓风！"

　　我一惊而起，推开抑扬清激的工尺谱，完了完了，一定又过了十二点了。于是乖乖出门，跟来"捉"我的丈夫一起回家。从龙泉街到永康街，坐在脚踏车后座上，一路犹想着老师婉转的笛声。这种情节一路上演到我生了孩子，实在脱不了身，才算罢休。而那时候，老师也正打算赴香港上任去了。

　　我如今每次打开《花间词集》都不敢久读，因为一想起往事，就要流泪。

　　溪声千回，前尘如烟。连当年那可爱的会写情诗的学弟林炯阳也走了（至于他曾取得博士学位，当过中文系主任，算来都属"末节"，他的诗人履历还是最可敬的）。我想，如今我只能珍惜活着的师友，并期待下一世纪的江山代出的人才。钟灵毓秀的溪城当能回应我的祈愿吧？

——原载 1990 年 5 月 26 日《中华日报》副刊

重读一封前世的信

做编辑的，催起人来，几乎令人可以想见未来某一日死神来催命的情势。当然，往好处想，我今日既有本事死皮赖脸抵御编辑相催，他日，也许就不怎么怕死神的凌逼了。

我平日因疏懒成性，文债渐积渐多，只是，债多不愁，反正能躲则躲，能赖则赖，实在躲不掉也赖不掉的，就先应付一下。最近的债主是某报，人家要专案介绍我，不向我找资料又跟谁要资料呢？我很想哀告一声，说：

"喂，关于张晓风的资料，未必我张晓风就是权威呀！谁规定我该研究我自己？收集我自己？谁说我该提供有关张晓风的资料？我又不是给张晓风管资料的。"

如果要我在这世上找出少数几件我没什么大兴趣的事，"研究张晓风"一定会是其中的一项。想想，世上好玩的事有多么多呀！值得去留意一下的事有千桩万桩哩！譬如说，可以拿来做意大利面的特别小麦叫"杜兰小麦"，只有"杜兰"可以构成那迷人的韧劲。而且，意大利文有句"阿尔甸特"，意思便专指那份韧韧的嚼头。又譬如说马来人过新年的时候，晚辈跪拜父母，说"敏达玛阿夫"（minta maaf），意思是"请饶恕我过去一年得罪你的地方"（啊，我多么希望普天下的人过新年的时候都互道这句话，它比"新年快乐"要有意思得多了）。又譬如台湾有种开在冬天的白色兰花叫"阿妈兰"（即祖母兰），开得天长地久，总也不谢，让人几乎以为它是永恒的。而开在春天的小朵紫色兰花却叫"小男孩"，一副顽皮又闯荡的样子。还有初夏时节，紫霞满树，危耸耸开遍洛杉矶和南美洲的那种"美死了人不偿命"的花树有个绕口的名字叫"夹卡润达"（GACARANTA），中文有个文绉绉的翻译叫"蓝花楹"……世上"杂学"无限，叫张晓风去搬弄张晓风的资料，一方面是无趣，一方面也是胜之不武吧？

但人家在催，我也只好去找。"找自己"是件蛮累的事，而且往往并无收获。倒是有一天木匠阿陈来修衣橱，抖出一包信，我正打算拿去丢掉，不料却发现那泛黄的纸页上有一片熟悉的笔迹。凑近一看，几乎昏倒。天哪！那是朱桥的信啊！朱桥死了有三十年了吧？他曾经是多么优秀的一个编辑啊！而他是自杀死的，"自杀"在当年是个邪恶的不干净的字眼。他所服务的单位（幼狮系统）大概因而非常不以为然，所以他连身后该有的哀荣也没有捞到。丧礼上的亲属只有他的老姨妈，她用江北口音有腔有调地哭数着：

"朱家骏呀！你妈把你交给了我带来台湾呀！叫我以后回去怎么向你妈交代呀！"

过一会，想起来，她又补唱几句：

"你的志向高呀，平常的女孩子你都不要呀！至今还没成家呀！"

我非常惊讶，因为老姨妈似乎在用哭腔哭调告诉众亲朋好友：

"对于他的死，我是无罪的。不要以为我不照顾他，他没有成婚，他眼界高，他看上的女孩子人家看不上他，他的婚姻不是我耽误的……"

三十年后我才逐渐了解晚期的朱桥其实是在精神耗弱的状态下，产生了极度的"沮丧"。这事如果发生在今天，医生会认为这只不过是极平常的"忧郁症"，每天早晨吃一颗"百忧解"也就过去了。可怜当年的朱桥虽一度皈依佛门，却仍然二度自杀，似乎下定必死的决心。

曾经，为了催稿，他在作者家中整夜苦苦守候。曾经，他自掏腰包预付某些作者的稿费。他曾经把《幼狮文艺》办得多么叫好又叫座啊！

此刻，这封三十三年前来自编者案头的信竟忽然出现在我眼底，令我惊悚流泪。是前世的信吗？真的有点像，古人是以三十年为一世的。虽然，所谓的三十年，其实，也只像一瞬。

那时代穷，还没有发明什么用五万十万的巨额奖金去鼓励文学青年的事（文学青年一概皆靠编者的信来加以鼓励）。1996年，我参加了奖金千元的"学艺竞赛"，并且得了奖。我当时廿五岁，翌年，我获得中山文艺奖（奖金五万元），以后又曾获得十万的或四十万的奖金——奇怪的是，我最最难忘的却是这奖额千元的奖，只因评审会中有人因我的文章而哭泣。那泪水，胜过千万金银。

台湾刚解严的那阵子，有外国电视记者来访问，他提出的问题是："尚未解严的时候，你的写作是不是很不自由？"

我说：

"不，我一向都是自由的，我想写什么就写什么——问题是编辑，看他敢不敢登而已。"

1966年，我写了《十月的哭泣》，算是当时威权能忍受的极限吧？而朱桥在《幼狮文艺》上刊登此文，其实也冒着掼掉总编头衔的危险吧？我当时少不更事，哪里知道自己痛快驰文之际，竟会害别人要赌上自己的前程。当今之世，肯为作者而一掷前程的编者又有几人呢？

朱桥的那封信是这样写的：

晓风小姐：

　　我愿意向你致最大的敬意，当我读完《十月的哭泣》之后，正和你含着泪写一样，我也含着泪读。今天，我给魏子云先生看，他比我更为激动，他不竟（仅）是热泪盈眶，而且他说要找一座山痛哭一场。

　　尼采说："余最爱读以血泪写成的作品"，唯有以真诚的情感，才能打动人，特别是在我们今天处于这个惨痛的悲剧时代，本着这分感知，就我一个平凡的人而言，多少年的清晨与长夜，我都是为着一点爱国热忱，贡献了我能贡献的。就我编《幼狮文艺》后，虽然不如理想，但也看得出这分努力的心意。对于当前

张晓风
散文精选

　　文坛上那些享受虚名与渔利之徒，时常令我齿冷，目前风气所趋，也是徒唤奈何的，因此，我对你抱着"那个题材不感动你的，而不遽尔下笔"是非常对的，希望你保持这分难得的态度。

　　学艺竞赛收稿已截止，就我观察而言，你的大作"获奖"是绝无问题的了。你信中说，你在情绪激动之下完成此作，有些小地方需要斟酌，我和魏子云先生研究很久，略为改动几处几个字，同时把题目拟改为《十月的阳光》。我们也知道，一字不改最好，因为你已用得很妥切了。为了免得被一些肤浅之辈断章取义，还是略加更改的为好，虽然，我们的刊物政治立场鲜明，但比任何民营报刊更不八股，别人不敢刊登的，我们反而敢刊登，我们敢刊登的别人亦未见得敢刊登，所以，改动数字几乎是必须的，尚请卓裁！

　　我非常快慰，能获得大作参加学艺竞赛，谢谢您给我们这篇好文章！敬祝

　　大安

　　　　　　　　　　　　　朱桥　1966年10月17日

　　以今天的标准来看，那篇文章只不过大胆真实，并没有忤逆之处。但是事隔几年，当齐邦媛教授和余光中教授两人要把该文选入某文选的时候，两人也彼此作壮语道：

　　"管他的，杀头就杀头，选是一定要选的。"

　　我很庆幸，齐余两人的大好头颅都安全无恙。而我，其实我并没有做什么坏事，我只不过在三十三年前的十月庆典上哭泣，当局一向要的是山呼万岁——而我却哭泣，不料竟引动众人与我一同哭泣……

　　啊！三十三年前，那曾是一个怎样的时代啊！

　　我曾于两年前为隐地的书写序，其中有段论述是这样写的：

　　　　曾经听一位老作家用十分羡慕的口吻说起现代年轻一辈的作者：

"我觉得他们真了不起,他们又聪明又有学问,又有文笔。他们以后的成就一定不得了——不像我们当年,没有科班出身,只好瞎摸!"

我反驳说:

"也不见得,这一代,他们的确比较精明干练,但要说文学上的成就,那又是另一回事了。"

"怎么说呢?"

"文学这东西,"我说:"太聪明的人根本碰不得,聪明人就会分心,就会旁骛。老一辈的作者,文学对他们而言就好像风雪暗夜荒原行路人手中所拿的那根小火炬,因为风大,你只好用手护着火苗——而护得急了,连手都差点烧烂。但你不能不好好护着它,因为在群狼当道的原野中,一旦火熄了,你就完了。那火炬成了你的唯一,你忍着手心的疼痛,抵死护好那小小的蹿动的火苗。"

"现在的作者不是,写作是他众多本领中的一项,他靠此吃饭,或者不靠此吃饭,他表演,他享受掌声和金钱,他游走,他回来,他在排行榜上。他翻阅这个月的新书,他的心不痛,从来不痛,因为他是个快乐的书写作业员。"

"而老一辈的作者,他们手中捧着火苗前行,那火苗便是文学。那烫得人手心灼痛欲焦的文学。你忍受,只因在茫茫荒郊、漫漫长夜、风雪相侵、生死交扣的时刻,舍此之外,你一无所有。"

"相较之下,今日的文学是众多消费品中的一项,是琳琅市场上和肥皂和电池和冰箱除臭剂和洋芋片和保险套一起贩售的东西。一旦退货,立刻变成纸浆。"

"现代的作者也许更有才华,但文学女神要的祭品却是你的痴狂和忠贞。"

我今天重读三十三年前一个编辑、一个文学人对年轻作者的殷殷期许,内心惶愧交煎。所有的生者对死者其实都欠着一副担子,因为

133

张　晓　风
散　文　精　选

死者谢世之际，无形中等于说了一句：

"担子，该由你们来挑了。"

当年曾经受人祝福，受人包容，受人期许的我，此刻，总该像地心的融雪之泉，为自己流经的土地而喷珠溅玉吧？

我真的肯做一个乐人之乐、苦人之苦、因别人的伤口而流血、因远方的哭声而倾泪的人吗？手中捏着前世的信，我逼问我自己。

——原载 1999 年 7 月 18 日《联合报》副刊

劫 后

那天早晨大概是被白云照醒的,我想。云影一片接一片地从窗前扬帆而过,带着秋阳的那份特殊的耀眼。

阳光是真的出现了,阳光差不多可以嗅得出来——在那么长久的风雨和阴晦之后。我没有带伞便走了出去,澄碧的天空值得信任。

琉公圳的水退了,两岸的垂柳仍沾惹着黯淡的黑泥,那一夜它们必然曾经浸在泥泞的大水中。还有那些草,不知它们那一夜曾以怎样的荏弱去抗拒怎样的坚强。我只知道——凭着今天的阳光我知道——有一天,柳丝仍将氆氇如金,芳草将仍萋萋胜碧,生命永不会被击倒。

有些孩子,赤着脚在退去的水中嬉玩,手里还捏着刚捉到的泥腥的小鱼。欢乐仍在,游戏仍在,贫困中自足的怡情仍在。

巷子里,巷子外,快活的工人爬在屋顶和墙头上。调水泥的声音,砌砖块的声音,钉木桩的声音,那么协调地响在发亮的秋风里。受创的记忆忽然间变得很遥远,眼前只有音乐 这灾劫之后美丽的重建之声。于是便想起战争,想起使人类恐惧了很久却未出现的战争。忽然觉得并没有什么可怕,如果在那时只剩下一对男女,他们仍将削木为梳,裁叶为衣,并且举火为炊。生活的弦将永不辍断。

局促的瓦屋前,人人将团花的旧被撑在椅子上。微温的阳光下,那俗艳的花朵竟也出奇的动人。今夜,松香的软褥上,将升起许多安恬的梦。今夜将无风,今夜将无雨,今夜是可预料的甜蜜。

张晓风
散文精选

　　街头重新有了拥挤不堪的车辆和人群，车子停滞不前，大家都耐心地等着。灾劫之后，似乎人性变得和善了一些，也不十分在乎这几分钟的耽延了。交通车里，平常不交一言的同事也开始互相问询：

　　"府上还好吗？"

　　"还好，没有什么。"

　　"只进了一尺水。"

　　"我们家的水已经齐胸了。"

　　话题很愉快，余痛已不再写在脸上。每个人都高高兴兴地像负了伤仍然自豪的战士，去努力于恢复旧有的秩序。似乎大家都发现能有一张餐桌可供食，有一张干燥的旧床可供憩息是多么美好幸福的事。

　　菜场里再度熙攘起来，提着篮子的主妇愉快地穿梭着，并且重新有了还价的兴致。我第一次发现满筐的鸡蛋看来竟有那么圆润可爱。那微赤带褐的洛岛红，那晶莹欲穿的来亨，都像是什么战争中赢来的珠宝，被放在显要的位置上炫耀它所代表的胜利——在十一级的风之后，在十二级的水之后。

　　隔楼的琴声在久久的沉寂后终于响起，那既不成熟又不动听的旋律却令人几乎垂泪。在灾变之后，我忽然关心起那弹琴的小女孩，想她必然也曾惊悸过，哭泣过。而此刻，她的琴声里重新响起稳定而幸福的感觉，像一阕安眠曲，平复了日间的忧伤。

　　简单的琴声里，我似乎渐渐能看见那些山石下的死者，那些波涛中的生者，一刹那间，他们仿佛都成了我的弟兄。我与那些素未谋面的受难者同受苦难，我与那些饥寒的人一同饥寒。有时候，我甚至能亲切地想到几万年前的古人，在那个落地玻璃被吹破，黑暗中榉木地板上流着雨水的夜里，我便那么确实地感到他们的颤栗，以及他们的不屈。我第一次稍稍了解那些在矿灾之后地震之余的手足。我第一次感到他们的眼泪在我的眼眶中流转，我第一次感到他们的悲哀在我的血管中翻腾。

　　于是学会了为阳光感谢——因为阴晦并非不可能。学会了为平静而索味的日子感谢——因为风暴并非不可能。学会了为粗食淡饭感谢——因为饥饿并非不可能。甚至学会了为一张狰狞的面目感谢——

因为有一天，我们中间不知谁便要失去这十分脆弱的肉体。

并且，那么容易地便了解了每一件不如意的事，似乎原来都可以更不如意。而每一件平凡的事，都是出于一种意外的幸运。日光本来并不是我们所应得的。月光也未曾向我们索取过户税。还有那些焕然一天的星斗，那些灼热了四季的玫瑰，都没有服役于我们的义务。只因我们已习惯于它们的存在，竟至于习惯得不再激动，不再觉得活着是一种恩惠，不再存着感戴和敬畏。但在风雨之后，一切都被重新思索，这才忽然惊喜地发现，一年之中竟有那么多美好的日子——每一天，都是一个欢欣的感恩节。

有一天，当许多许多年之后，或许在一个多萤的夏夜，或许在一个炉火半温的冬天黄昏，我们会再提起艾尔西和芙劳西，会提起那交加的风灾雨劫，但我们会欢欣地复述，不以它为祸，只以它为一则奇妙耐听的老故事。

我们将淡忘那些损失，我们不复记忆那些恐惧。我们只将想到那停电的夜里，家人共围着一支小红烛的美好画面。我们将清晰地记起在四方风雨中，紧拥着一个哭泣的孩童，并且使他安然入睡的感觉，那时候那孩子或许已是父亲。我们更将记得灾劫之后的阳光，那样好得无以复加地落在受难者的门楣上。

一碟辣酱

有一年，在香港教书。

港人非常尊师，开学第一周校长在自己家里请了一桌席，有十位教授赴宴，我也在内。这种席，每周一次，务必使校长在学期中能和每位教员谈谈。我因为是客，所以列在首批客人名单里。

这种好事因为在台湾从未发生过，我十分兴头地去赴宴。原来菜都是校长家的厨子自己做的，清爽利落，很有家常菜风味。也许由于厨子是汕头人，他在诸色调味料中加了一碟辣酱，校长夫人特别声明是厨师亲手调制的。那辣酱对我而言稍微嫌甜，但我还是取用了一些。因为一般而言广东人怕辣，这碟辣酱我若不捧场，全桌粤籍人士没有谁会理它。广东人很奇怪，他们一方面非常知味，一方面却又完全不懂"辣"是什么。我有次看到一则比萨饼的广告，说："热辣辣的"，便想拉朋友一试，朋友笑说："你错了，热辣辣跟辣没有关系，意思是指很热很烫。"我有点生气，广东话怎么可以把辣当作热的副词？仿佛辣本身不存在似的。

我想这厨子既然特意调制了这独家辣酱，没有人下箸总是很伤感的事。汕头人是很以他们的辣酱自豪的。

那天晚上吃得很愉快也聊得很尽兴，临别的时候主人送客到门口，校长夫人忽然塞给我一个小包，她说："这是一瓶辣酱，厨子说特别送给你的。我们吃饭的时候他在旁边巡巡看看，发现只有你一个人欣

赏他的辣酱，他说他反正做了很多，这瓶让你拿回去吃。"

我其实并不十分喜欢那偏甜的辣酱，吃它原是基于一点善意，不料竟回收了更大的善意。我千恩万谢受了那瓶辣酱——这一次，我倒真的爱上这瓶辣酱了，为了厨子的那份情。

大约世间之人多是寂寞的吧？未被击节赞美的文章，未蒙赏识的赤忱，未受注视的美貌，无人为之垂泪的剧情，徒然地弹了又弹却不曾被一语道破的高山流水之音。或者，无人肯试的一碟食物……

而我只是好意一举箸，竟蒙对方厚赠，想来，生命之宴也是如此吧？我对生命中的涓滴每有一分赏悦，上帝总立即赐下万道流泉。我每为一个音符凝神，他总倾下整匹的音乐如素锦。

生命的厚礼，原来只赏赐给那些肯于一尝的人。

包子

有个亲戚死了，在遥远的故土。消息传来，已是半年之后，我的悲伤也因不合节拍而显得有些荒谬。何况彼此是远亲，毫无血缘关系。但毕竟我握过她枯纤如柴的老手，感觉过她泪水滴落在我腕上的温度，也曾惊讶地看她住在黑如地穴的破屋里，手捧一把小炭篮与之相依为命。毕竟我也曾为她去买她视为仙丹的西洋参丸，听她说凄凉的晚境……

然而，这个生命却消失了，微贱如蚁。

好些日子以来，我昼思夜梦的常是那老妇人被儿子恶吼一声的悲怔。

那天，我和丈夫去看她，时间是上午，我们谈了两小时的话，赶在中午以前离去。她依依不舍，抵死要留我们吃饭，但环堵萧然，她哪里有饭可供我们吃？不得已，她说：

"这么远来，不吃饭就走，怎么行？我到巷子口买包子……"

忽然，她的儿子回过头来，愤然大骂一声：

"哼，包子！台湾来的人会吃你那包子!?"

老妇人立刻噤声了，我和丈夫一时也不敢回腔。那年轻人，西装笔挺，骑着威风的摩托车，时不时地跑深圳做一票生意，有时赔有时赚，但老不够他花用。老母，则丢在那里任她自生自灭。

这老妇人，因为待客的盛情，一时忘了的那份自卑感，此刻给儿

子一吼,全部不安又惶愧,仿佛她真说错了话做错了事似的。

我当时心中暗怒激涌,恨不得大声骂回去,说:

"怎么样,我是台湾来的,但我就偏要吃这包子!我的嘴巴可能因为富裕的生活养刁了,我可能看这包子又肥又粗不堪入口,可是我还懂得礼数,我还知道对长辈的好意理该恭敬接受!"

但我终于按捺住,毕竟人家是母子,我若骂回去,虽逞了一时之快,恐怕长辈觉得连我这外人都如此贴心,想起儿子就更伤感了。我只好说:

"下次吧!"

"你看,第一次来,什么都没吃,就要走……"她捉住我的手不放,老泪爬满一脸,"晓风,我第一次看到你呀,我一看你就知道你这人好,我是真喜欢你,唉,我也没东西送你,你看,饭也不吃,就要走……"

对她而言,我大概等于她所有在台湾的已死的和未死的亲戚,而那些亲戚长辈又代表着一切逝去的再也不肯回来的美好岁月。

我一面拍着她的背,一面喃喃保证:

"会再来的,会的、会的,你留步,下回来,我们去吃包子。"

"今天有事要走,下次来,一定吃你这包子。"

然而,有些事,是没有下次的了。老人撒手而去。

如果,有一天,你在某个大陆巷落里,你在穿过公厕穿过破檐人家的窄道上,遇见一个奇怪的远方女子,手里拿着一团热腾腾的包子,一面流泪,一面咀嚼,那人,就是我。

酿酒的理由

春天，柠檬还没有上市，我就赶不及地做了两坛柠檬酒。

封坛的那天，心情极其郑重，我把那未酿成的汁液谛视良久，终于模糊地搞清楚自己为什么那么急，那么疯。

理由之一是自己刚从国外回来，很想重新拥有一份本土的芳醇。记得有一天，起得极早，只为去小店里喝一碗豆浆，并且吃那种厚实的菱形烧饼，或者在深夜到合适的露店里吃一份烤味噌鱼的消夜。每走在街上，两侧是复杂而"多元化"的食物的馨香。多么喜欢看见蒙古烤肉在素食店的隔壁，多么喜欢意大利饼和饺子店隔街对望，多么喜欢汉堡和四神汤各有其食客。对我而言，这种尊重各种胃纳的世界几乎已经就是大同世界的初阶了。爱一个地方的方法极多，其中最简单而直接的方法之一是"吃那个地方的食物"。对我而言，每一种食物都有如南洋的榴梿——那里的华人相信，只有爱上那种异味的人，才会真正甘心在那里徘徊流连。

如果一个人不爱上万峦猪脚、新竹贡丸、埔里米粉以及牛肉面、芒果、莲雾、百香果，我总不相信他真能踏实地爱台湾。

酿一坛酒就是把本土的糖、红标米酒和芳香噗人的柠檬搅和在一起，等待时间把它凝定成自己本土的气味。

理由之二是由于酿一坛酒的时候几乎觉得自己就是一个雏形的上帝——因为手中有一项神迹正在进行。古人以酒礼天，以酒奠亡灵，

以酒祝婚姻，想必即是因为每一坛酒都是一项奥秘一度神迹一种介乎可成与可败之间，介乎可掌握与不可掌握之间的万般可能。凡人如我，怎么可能"参天地之化育""缔造化之神功"？但亲手酿一坛酒却庶几近之。那时候你会回到太古，创世纪才刚刚写下第一行，整个故事呼之欲出，一支笔蓄势待发，整张羊皮因等待被书写一段情节而无限地舒伸着……

理由之三是由于酒是一种"时间的艺术"，家中有了一坛初酿的酒，岁月都因期待而变得滉漾不安乃至美丽起来。人虽站在厨房的油烟里，眼睛却望着那坛酒，如同望着一个约会，我终于断定自己是一个饮与不饮都不重要的半吊子饮者。对我而言重要的反而是那份"期待的权利"，在微微的焦灼、不耐和甜蜜感中我日复一日隔着玻璃凝视封口之内的酒的世界。

仅仅只需着手酿一坛酒，居然就能取得一个国籍——在名为"希望"的那个国度里，世间还有比这种投资更划得来的事吗？

想当年那些绍兴人，在女儿一出世的时候便做下许多坛米酒埋在地窖里，好等女儿出嫁时用来待客，那其间有多么深婉的情意啊！那酒因而叫"女儿红"，真是好得不能再好的名字，令人想起桃花之坞，想起新荷之塘，想起水上琴弦以及故意俯身探到窗前来的月光，一样的使人再多一丝触想便要成泪。

想那些酿酒的母亲，心情不知是如何的？当酒色初艳，母亲的心究竟是乍喜抑是乍悲？当女儿的头发愈来愈乌黑浓密，发下的脸愈来愈灿若流霞，大自然中一场大酝酿已经完成。酒已待倾，女儿正待嫁，待倾之酒明丽如女子的情泪，待嫁之女亦芳醇如乍启的激滟，当此之时，做母亲的心情又是怎样的？

而我的柠檬酒并没有这等"严重性"，它仅仅只是六个礼拜后便可一试的浅浅的芳香。没有那种大喜大悲的沧桑，也不含那种亦快亦痛的宕跌——但也许这样更好一点，让它只是一桩小小的机密，一团悠悠的期待，恰如一叠介于在乎与不在乎之间可发表亦可不发表的个人手稿。

酿一坛酒使我和"时间"处得更好，每一个黄昏，当我穿过市馨

张　晓　风
散　文　精　选

与市尘回到这一小方宁馨的所在，我会和那亲爱的酒坛子打一声招呼说："嗨，你今天看起来比昨天更漂亮了！"

拥有一坛酒的人把时间残酷的减法演算成了仁慈的加法。这样看来一坛酒不只是一坛饮料，而且也是一件法器，一旦有了它，便可以玩出一套奇异的法术：让一切的消失返身重现，让一切的飞逝反成增加。拥有一坛酒的人是古代的史官，站在日日进行的情节前，等待记录一段历史的完成。

酿酒的理由之四是可以凭此想起以前的乃至以后的和此酒有关的友人，这样淡薄的饮料虽不值识者一笑，却也是许多欢聚中的一抹颜色，朋友的幽默，朋友的歌哭，朋友的睿智，乃至于他们的雄辩和缄默，他们的激扬和沉潜，他们的洒脱和朴质，都在松子色的酒光里一一重现。酒在未饮之前是神奇的预言书，在既饮之后则又是耐读的历史书。沿着酒杯的矿苗挖下去，你或者掘到朋友的长歌，或者触到朋友的泪痕，至少，你也会碰到朋友的恬淡——但无论如何你总不会碰到"空白"。

如此一来，还不该酿一坛酒吗？

酿酒的理由之五非常简单——我在酒里看到我自己，如果孔子是待沽的玉，则我便是那待斟的酒，以一生的时间去酝酿自己的浓度，所等待的只是那一刹的倾注。

安静的夜里，我有时把玻璃坛搬到桌上，像看一缸热带鱼一般盯着它看，心里想，这奇怪的生命，它每一秒钟的味道都和上一秒钟不同呢！一旦身为一坛酒，就注定是不安的、变化的、酝酿的。如果酒也有知，它是否也会打量皮囊内的我而出神呢？它或者会想："那皮囊倒是一具不错的酒坛呢！只是不知道坛里的血肉能不能酝酿出什么来？"

那时候我多想大声地告诉它：

"是啊，你猜对了，我也是酒，酝酿中，并且等待一番致命的倾注！"

也许酿一坛酒，在四月，是一件好得根本可以不需要理由的事，可是，我恰好拣到一堆理由，特别记述如上，提供作为下次想酿酒时的借口。

初雪

诗诗,我的孩子:

如果五月的花香有其源自,如果十二月的星光有其出发的处所,我知道,你便是从那里来的。

这些日子以来,痛苦和欢欣都如此尖锐,我惊奇在他们之间区别竟是这样的少。每当我为你受苦的时候,总觉得那十字架是那样轻省。于是我忽然了解了我对你的爱情,你是早春,把芬芳秘密地带给了园。

在全人类里,我有权利成为第一个爱你的人。他们必须看见你,了解你,认识你而后才决定爱你,但我不需要。你的笑貌在我的梦里翱翔,具体而又真实。我爱你没有什么可夸耀的,事实上没有人能忍得住对孩子的爱情。

你来的时候,我开始成为一个爱思想的人,我从来没有这样深思过生命的意义,这样敬重过生命的价值,我第一次被生命的神圣和庄严感动了。

因着你,我爱了全人类,甚至那些金黄色的雏鸡,甚至那些走起路来摇摆不定的小狗,它们全都让我爱得心疼。

我无可避免地想到战争,想到人类最不可抵御的一种悲剧。我们这一代人像菌类植物一般,生活在战争的阴影里。我们的童年便在拥塞的火车上和颠簸的海船里度过。而你,我能给你怎样的一个时代?我们既不能回到诗一般的十九世纪,也不能隐向神话般的阿尔卑斯山,

张　晓　风
散 文 精 选

我们注定生活在这苦难的年代，以及苦难的中国。

孩子，每思及此，我就对你抱歉，人类的愚蠢和卑劣把自己陷在悲惨的命运里。而今，在这充满核子恐怖的地球上，我们有什么给新生的婴儿？不是金锁片，不是香槟酒，而是每人平均相当一百万吨TNT的核子威力。孩子，当你用完全信任的眼光看这个世界的时候，你是否看得见那些残忍的武器正悬在你小小的摇篮上？以及你父母亲的大床上？

我生你于这样一个世界，我也许是错了。天知道我们为你安排了一段怎样的旅程。

但是，孩子，我们仍然要你来，我们愿意你和我们一起学习爱人类，并且和人类一起受苦。不久，你将学会为这一切的悲剧而流泪——而我们的时代多么需要这样的泪水和祈祷。

诗诗，我的孩子，有了你我开始变得坚韧而勇敢。我竟然可以面对着冰冷的死亡而无惧于它的毒钩。我正视着生产的苦难而仍觉傲然。为你，孩子，我会去胜过它们。我从没有像现在这样热爱过生命。你教会我这样多成熟的思想和高贵的情操，我为你而献上感谢。

前些日子，我忽然想起新约上的那句话："你们虽然没有见过他，却是爱他。"我立刻明白爱是一种怎样独立的感情。当油加利的梢头掠过更多的北风，当高山的峰巅开始落下第一片初雪的莹白，你便会来到。而在你珊瑚色的四肢还没有开始在这个世界挥舞以前，在你黑玉的瞳仁还没有照耀这个城市之先，你已拥有我们完整的爱情。我们会教导你在孩提以前先了解被爱。诗诗，我们答应你要给你一个快乐的童年。

写到这里，我又模糊地忆起江南那些那么好的春天，而我们总是伏在火车的小窗上，火车绕着山和水而行，日子似乎就那样延续着，我仍记得那满山满谷的野杜鹃！满山满谷又凄凉又美丽的忧愁！

我们是太早懂得忧愁的一代。

而诗诗，你的时代未必就没有忧愁，但我们总会给你一个丰富的童年，在你所居住的屋顶下没有属于这个世界的财富，但有许多的爱，许多的书，许多的理想和梦幻。我们会为你砌一座故事里的玫瑰花床，

你便在那柔软的花瓣上游戏和休息。

当你渐渐认识你的父亲,诗诗,你会惊奇于自己的幸运,他诚实而高贵,他亲切而善良。慢慢地你也会发现你的父母相爱得有多么深。经过这样多年,他们的爱仍然像林间的松风,清馨而又新鲜。

诗诗,我的孩子,不要以为这是必然的,这样的幸运不是每一个孩子都有的。这个世界不是每一对父母都相爱的。曾有多少个孩子在黑夜里独泣,在他们还没有正式投入人生的时候,生命的意义便已经否定了。诗诗,诗诗,你不会了解那种幻灭的痛苦,在所有的悲剧之前,那是第一出悲剧。而事实上,整个人类都在相残着,历史并没有教会人类相爱。诗诗,你去教他们相爱吧,像那位诗哲所说的:他们残暴地贪婪着,嫉妒着,他们的言辞有如隐藏的刀锋正渴于饮血。

去,我的孩子,去站在他们不欢之心的中间,让你温和的眼睛落在他们身上,有如黄昏的柔霭淹没那日间的争扰。

让他们看你的脸,我的孩子,因而知道一切事物的意义,让他们爱你,因而彼此相爱。

诗诗,有一天你会明白,上苍不会容许你吝守着你所继承的爱。诗诗。爱是蕾,它必须绽放。它必须在疼痛的破拆中献出芳香。

诗诗,你也教导我们学习更多更高的爱。记得前几天,一则药商的广告使我惊骇不已,那广告是这样说的:"孩子,不该比别人的衰弱。下一代的健康关系着我们的面子。要是孩子长得比别人的健康、美丽、快乐,该多好多荣耀啊。"诗诗,人性的卑劣使我不禁齿冷。诗诗,我爱你,我答应你,永不在我对你的爱里掺入不纯洁的成分。你就是你,你永不会被我们拿来和别人比较,你不需要为满足父母的虚荣心而痛苦。你在我们眼中永远杰出,你可以贫穷、可以失败、甚至可以潦倒。诗诗,如果我们骄傲,是为你本身而骄傲,不是为你的健康美丽或者聪明。你是人,不是我们培养的灌木,我们决不会把你修剪成某种形态来使别人称赞我们的园艺天才。你可以照你的倾向生长,你选择什么样式,我们都会喜欢——或者学习着去喜欢。

我们会竭力地去了解你,我们会慎重地俯下身去听你述说一个孩童的秘密愿望。我们会带着同情与谅解帮助你度过忧闷的少年时期。

张 晓 风
散 文 精 选

而当你成年，诗诗，我们仍愿分担你的哀伤，人生总有那么些悲怆和无奈的事，诗诗，如果在未来的日子里你感觉孤单，请记住你的母亲，我们的生命曾一度相系，我会努力使这种系联持续到永恒。我再说，诗诗，我们会试着了解你，以及属于你的时代。我们会信任你——上帝从未赐下坏的婴孩。

我们会为你祈祷，孩子，我们不知道那些古老而太平的岁月会在什么时候重现。那种好日子终我们一生也许都看不见了。

如果这种承平永远不会再重现，那么，诗诗，那也是无可抗拒无可挽回的事。我只有祝福你的心灵，能在苦难的岁月里有内在的宁静。

常常记得，诗诗，你不单是我们的孩子，你也属于山，属于海，属于五月里无云的天空——而这一切，将永远是人类欢乐的主题。

你即将长大，孩子，每一次当你轻轻地颤动，爱情便在我的心里急速涨潮。你是小芽，蕴藏在我最深的深心里，如同音乐蕴藏在长长的箫笛中。

前些日子，有人告诉我一则美丽的日本故事。说到每年冬天，当初雪落下的那一天，人们便坐在庭院里，穆然无言地凝望那一片片轻柔的白色。

那是一种怎样虔敬动人的景象！那时候，我就想到你，诗诗，你就是我们生命中的初雪。纯洁而高贵，深深地撼动着我。那些对生命的惊服和热爱，常使我在静穆中有哭泣的冲动。

诗诗，给我们的大地一些美丽的白色。诗诗，我们的初雪。

替古人担忧

同情心，有时是不便轻易给予的，接受的人总觉得一受人同情，地位身份便立见高下，于是一笔赠金，一句宽慰的话，都必须谨慎。但对古人，便无此限，展卷之余，你尽可痛哭，而不必顾到他们的自尊心，人类最高贵的情操得以维持不坠。

千古文人，际遇多苦，但我却独怜蔡邕，书上说他："少博学，好辞章……妙操音律，又善鼓琴，工书法，闲居玩古，不交当世……"后来又提到他下狱时"乞黥首刖足，续成汉史，不许。士大夫多矜救之，不能得，遂死狱中。"

身为一个博学的、孤绝的、"不交当世"的艺术家，其自身已经具备那么浓烈的悲剧性，及至在混乱的政局里系狱，连司马迁的幸运也没有了！甚至他自愿刺面斩足，只求完成一部汉史，也竟而被拒，想象中他满腔的悲愤直可震陨满天的星斗。可叹的不是狱中冤死的六尺之躯，是那永不为世见的焕发而饱和的文才！

而尤其可恨的是身后的污蔑，不知为什么，他竟成了民间戏剧中虐待赵五娘的负心郎，陆放翁的诗里曾感慨道：

> 古道斜阳赵家庄，盲翁负鼓正作场。
> 身后是非谁管得，满城争唱蔡中郎。

张 晓 风
散 文 精 选

让自己的名字在每一条街上被盲目的江湖艺人侮辱，蔡邕死而有知，又怎能无恨！而每一个翻检历史的人，每读到这个不幸的名字，又怎能不感慨是非的颠倒无常。

李斯，这个跟秦帝国连在一起的名字，似乎也沾染着帝国的辉煌与早亡。

当他年盛时，他曾是一个多么傲视天下的人，他说："诟莫大于卑贱，而悲莫甚于贫困，久处卑贱之位，困苦之地，非世而恶利，自托于无为，此非士之情也！"他曾多么贪爱那一点点醉人的富贵。

但在多舛的宦途上，他终于付出自己和儿子作为代价，临刑之际，他黯然地对儿李由说："吾欲与若复牵黄犬，俱出上蔡东门，逐狡兔，岂可得乎？"

幸福被彻悟时，总是太晚而不堪温习了！

那时候，他会想起少年时上蔡的春天，透明而脆薄的春天！

异于帝都的春天！他会想起他的老师荀卿，那温和的先知，那为他相秦而气愤不食的预言家，他从他那儿学了"帝王之术"，却始终参不透他的"物禁太盛"的哲学。

牵着狗，带着儿子，一起去逐野兔，每一个农夫所可触及的幸福，却是秦相李斯临刑的梦呓。

公元前二〇八年，咸阳市上有被腰斩的父子，高踞过秦相，留传下那么多篇疏壮的刻石文，却不免予那样惨烈的终局！

看剧场中的悲剧是轻易的，我们可以安慰自己"那是假的"，但读史时便不知该如何安慰自己了。读史者有如屠宰业的经理人，自己虽未动手杀戮，却总是以检点流血为务。

我们只知道花蕊夫人姓徐，她的名字我们完全不晓，太美丽的女子似乎注定了只属于赏识她的人，而不属于自己。

古籍中如此形容她："拜贵妃，别号花蕊夫人，意花不足拟其色，似花蕊翾轻也，又升号慧妃，如其性也。"

花蕊一样的女孩,怎样古典华贵的女孩,由于美丽而被豢养的女孩!

而后来,后蜀亡了,她写下那首有名的亡国诗:

> 君王城上竖降旗,妾在深宫哪得知。
> 十四万人齐解甲,更无一个是男儿。

无一个男儿,这又奈何?孟昶非男儿,十四万的披甲者非男儿,亡国之恨只交给一个美女的泪眼,交给那柔于花蕊的心灵。

国亡赴宋,相传她曾在薛萌的驿壁上留下半首《采桑子》,那写过百首宫词的笔,最后却在仓皇的驿站上题半阕小词:

> 初离蜀道心将碎,离恨绵绵,春日如年,马上时时闻杜鹃……

半阕!南唐后主在城破时,颤抖的腕底也是留下半首词。半阕是人间的至痛,半阕是永劫难补的憾恨!马上闻啼鹃,其悲竟如何?那写不下去的半阕比写出的更是哀绝。

蜀山蜀水悠然而清,寂寞的驿壁在春风中穆然而立,见证着一个女子行过蜀道时凄于杜鹃鸟的悲鸣。

词中的《何满子》,据说是沧州歌者临刑时欲以自赎的曲子,不获免,只徒然传下那一片哀结的心声。

《乐府杂录》中曾有一段有关这曲了的戏剧性记载:

> 刺史李灵曜置酒,坐客姓骆唱《何满子》,皆称其绝妙。白秀才曰:"家有声妓,歌此曲,音调。"召至,令歌,发声清越,殆非常音,骆遽问曰:"是宫中胡二子否?"妓熟视曰:"不问君岂梨园骆供奉邪?"相对泣下,皆明皇时人也。

151

张　晓　风
散　文　精　选

异地闻旧音，他乡遇故知，岂都是喜剧？白头宫女坐说"天宝"固然可哀，而梨园散失沦落天涯，宁不可叹？

在伟大之后，渺小是怎样地难忍，在辉煌之后，黯淡是怎样地难受，在被赏识之后，被冷落又是怎样地难耐，何况又加上那凄恻的《何满子》，白居易所说的"一曲四词歌八叠，从头便是断肠声"的《何满子》！

千载以下，谁复记忆胡二子和骆供奉的悲哀呢？人们只习惯于去追悼唐明皇和杨贵妃，谁去同情那些陪衬的小人物呢？但类似的悲哀却在每一个时代演出，"天宝"总是太短，渔阳鼙鼓的余响敲碎旧梦，马嵬坡的夜雨滴断幸福，新的岁月粗糙而庸俗，却以无比的强悍逼人低头。玄宗把自己交给游仙的方士，胡二子和骆供奉却只能把自己交给比永恒还长的流浪的命运。

灯下读别人的颠沛流离，我不知该为撰曲的沧州歌者悲，还是该为唱曲的胡二子和骆供奉悲——抑或为自己悲。

第一幅画

　　中学的年纪，我住在南部一个阳光过盛的小城。整个城充满流动的色彩。春天，稻田一直澎澎湃湃涨到马路边，那浓绿，绿得滞人。稻子一旦熟了就更过分，晒稻子可以纷纷晒上柏油路来，骑车经过，仿佛辗过黄金大道。轮到晒辣椒的日子，大路又成了名副其实的"红场"。至于凤凰树，那就更别提了，年年要演一回"暴君焚城录"，烈焰腾腾，延烧十里，和这城里艳红的凤凰花相比，其他城市的凤凰只能算是病恹恹的野鸡。

　　太炫丽了，少年时的我对色彩竟有点麻木起来。

　　那城而且充满气味，一块块的甘蔗田是多么甜蜜的城堡啊！大桔上的砂地仿佛专为长西瓜而存在的。结实累累的芒果树则在每个人家的前庭后院里负责试探好的和坏的孩子。野姜花何必付钱去买呢？那种粗生贱长的玩意，随便哪个沟圳旁边不长它一大排？

　　然而，我却是一个有几分忧郁的小孩。二张双层床，我们四个姐妹挤在五坪大小的屋子里。在拥挤的九口之家里，你还能要求什么？院子倒是大的，大约近百坪，高大的橄榄树落下细白的花，像碎雪。橄榄熟时，同学都可以讨点"酸头"去尝，但我恨那酸。觉得连牙齿都可以酸成粉齑。

　　渐渐地，我找到一点生活下去的门道，首先我为自己的上铺空间取了个名字，叫"桃源居"，这事当然不可以给几个妹妹知道，否则，

153

张　晓　风
散　文　精　选

她们会大惊小怪，捧个肚子笑得东倒西歪，但只要不说，也就万事太平，于是我就很阴险地擅自裂土独立了。反正，这是我的辖区，我要叫它桃源居，别人又奈得我何？

然后，不知道从哪里，好像是银行，我弄到一份月历，月历上有张莫内的画，我当然也不知这莫内是何许人也，把 Monet 用英文念了几次（法文当然是不懂的），觉得怪好听的，何况那画面灰蓝灰蓝的，有光，光却幽柔浮动，跟我住的那个城里晒得人会冒油的太阳截然不同。

欧洲，那是个怎么样的地方呢？在那年代，异国也几乎等于月球那么遥不可及。

我去配了一个镜框，把画挂在我那疆域只及一块榻榻米的"桃源居"里，心里充满慎重敬谨的感觉，仿佛一下之间，我就和这个文明世界挂钩起来了。有一幅名画挂在我的墙上了，我觉得我的上铺跟妹妹她们的铺位显然不同了，她们的床只是床——而我的，是悬有名画的"艺苑"。

这是我拥有的第一张画，其后在很长一段时期里，它也是我惟一的一张画。莫内，也成了我那阶段最急于打探的一个名字。后来，果然看到他的资料，原来是"印象派画家"，"印象派画家"是什么？对三十年前南方小城的中学生来说好像太艰涩了，但我已经很满意了，原来我一眼看中的日历画，果真是件好东西呢！

那样灰蓝灼白的画面，现在想来，好像忽然有点懂了。其中灰蓝部分透露出的是无比的沉静安详，好像只有欧洲才能那么安静。但由于灰蓝之外，有那么一点仿佛立刻要抓到而又立刻要逃跑的光，所以画面便有那么些闪闪忽忽像夏天萤火虫般的光质。东方的绘画美在线条，但对那无可奈何的光，便只好用大片金色去弥补，可惜金色富丽斑斓，像温庭筠的词里所写的"画屏金鹧鸪"。日本人也爱用金色敷抹屏风，但太炫丽的东西，最后总不免落入装饰趣味。一旦沦为装饰，就难免有"小气"的嫌疑。

莫内的光却是天光，十分日常，却又是长长一生中点点滴滴的大惊动，令人想起创世纪上简明如宣告的句子：

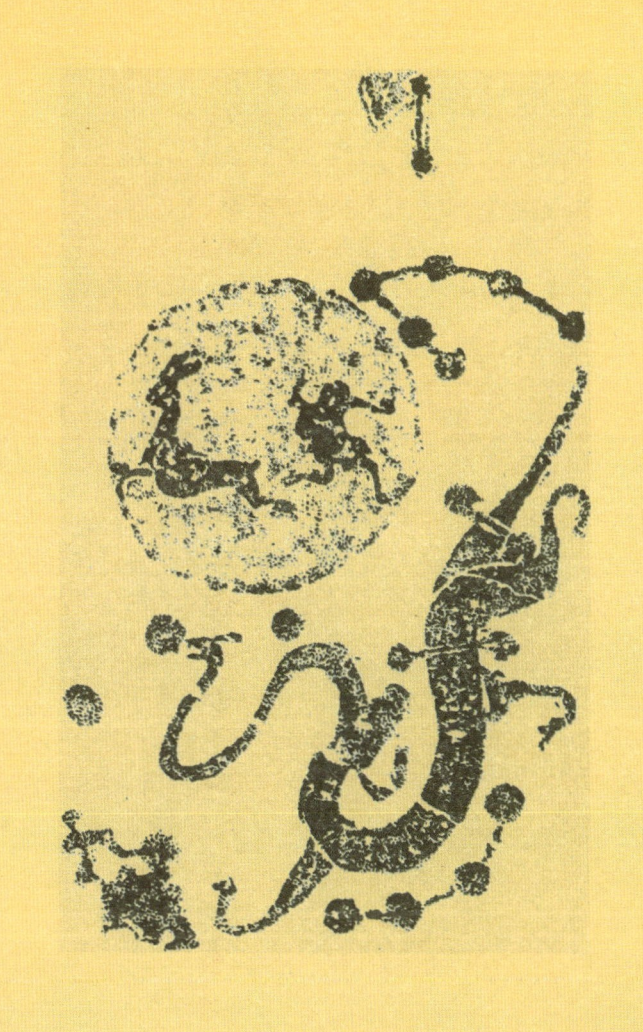

苍龙星座
（南阳蒲山乡阮堂出土画像石）

"神说，要有光，就有了光。"

是的，就有了光，当年那个小女孩，只拥有四分之一寝室的灰姑娘，竟因一幅复制的画，忽焉拥有了百年前黎明或正午的渊穆光华，拥有远方的莲池和池中的芬芳，她因挂了一幅画而发展出一片属于美的势力范围，她的世界从此变成一个无阻无碍的世界。

啊！我想今年春天我要去看看莫内，我要去博物馆里谢他一声。三十多年过去了。我仍然记得当年把钉子钉入墙壁，为自己挂上第一幅画的感觉。

月，阙也

"月，阙也"那是一本两千年前的文学专书的解释。阙，就是"缺"的意思。

那解释使我着迷。

曾国藩把自己的住所题作"求阙斋"，求缺？为什么？为什么不求完美？

那斋名也使我着迷。

"阙"有什么好呢？"阙"简直有点像古中国性格中的一部分，我渐渐爱上了阙的境界。

我不再爱花好月圆了吗？不是的，我只是开始了解花开是一种偶然，但我同时学会了爱它们月不圆花不开的"常态"。

在中国的传统里，"天残地缺"或"天聋地哑"的说法几乎是毫无疑问地被一般人所接受。也许由于长期的患难困顿，中国神话中对天地的解释常是令人惊讶的。

在《淮南子》里，我们发现中国的天空和中国的大地都是曾经受过伤的。女娲以其柔和的慈手补缀抚平了一切残破。当时，天穿了，女娲炼五色石补了天。地摇了，女娲折断了神鳌的脚爪垫稳了四极（多像老祖母叠起报纸垫桌子腿）。她又像一个能干的主妇，扫了一堆芦灰，止住了洪水。

中国人一直相信天地也有其残缺。

156

我非常喜欢中国西南部某些族的神话,他们说,天地是男神女神合造的。当时男神负责造天,女神负责造地。等他们各自分头完成了天地而打算合在一起的时候,可怕的事发生了:女神太勤快,她们把地造得太大,以至于跟天没办法合得起来了。但是,他们终于想到了一个好办法,他们把地折叠了起来,形成高山低谷,然后,天地才虚合起来了。

是不是西南的崇山峻岭给他们灵感,使他们想起这则神话呢?

天地是有缺陷的,但缺陷造成了皱褶,皱褶造成了奇峰幽谷之美。月亮是不能常圆的,人生不如意事十常八九;当我们心平气和地承认这一切缺陷的时候,我们忽然发觉没有什么是不可以接受的。

在另一则汉民族的神话里,说到大地曾被共工氏撞不周山时撞歪了——从此"地陷东南",长江黄河便一路浩浩淼淼地向东流去,流出几千里地惊心动魄的风景。而天空也在当时被一起撞歪了,不过歪的方向相反,是歪向西北,据说日月星辰因此哗啦一声大部分都倒到那个方向去了。如果某个夏夜我们抬头而看,忽然发现群星灼灼然的方向,就让我们相信,属于中国的天空是"天倾西北"的吧!

五千年来,汉民族便在这歪倒倾斜的天地之间挺直脊骨生活下去,只因我们相信残缺不但是可以接受的,而且是美丽的。

而月亮,到底曾经真正圆过吗?人生世上其实也没有看过真正圆的东西。一张油饼不够圆,一块镍币也不够圆。即使是圆规画的圆,如果用高度显微镜来看也不可能圆得很完美。

真正的圆存在于理念之中,而在现实的世界里,我们只能做圆的"复制品"。就现实的操作而言,一截圆规上的铅笔心在画圆的起点和终点时,已经粗细不一样了。

所有的天体远看都呈现球形,但并不是绝对的圆,地球是约略近于椭圆形。

就算我们承认月亮约略的圆光也算圆,它也是"方其圆时,即其缺时"。有如十二点正的钟声。当你听到钟声时,已经不是十二点了。

此外,我们更可以换个角度看。我们说月圆月阙其实是受我们有限的视觉所欺骗。有盈虚变化的是月光,而不是月球本身。月何尝圆,

157

张　晓　风
散　文　精　选

又何尝缺，它只不过像地球一样不增不减地兀自圆着——以它那不十分圆的圆。

　　花朝月夕，固然是好的，只是真正的看花人哪一刻不能赏花？在初生的绿芽嫩嫩怯怯地探头出土时，花已暗藏在那里。当柔软的枝条试探地在大气中舒手舒脚时，花隐在那里。当蓓蕾悄然结胎时，花在那里。当花瓣怒张时，花在那里。当香销红黦委地成泥的时候，花仍在那里，当一场雨后只见满叶绿肥的时候，花还在那里。当果实成熟时，花恒在那里，甚至当果核深埋地下时，花依然在那里……

　　或见或不见，花总在那里。或盈或缺，月总在那里。不要做一朝的看花人吧！不要做一夕的赏月人吧！人生在世哪一刻不美好完满？哪一刹不该顶礼膜拜感激欢欣呢？

　　因为我们爱过圆月，让我们也爱缺月吧——它们原是同一个月亮啊！

开卷和掩卷

X君,十八岁,神差鬼使,不知怎么选择了读中文系。X君也许是男孩,也许是女孩,也许是有志文学,也许只是分数不够高,读不成别的,只好到中文系来凑合。总之,他来了。

他既决定来中文系,对文学总有几分情意。而这几分情意不敢说一定能惊天动地,但总也不算虚情假意。他希望自己和文学之间的关系能渐入佳境。

然后,开学了。伟大堂皇的学分纷纷上场,他忽然发现自己像结婚礼堂里的新郎:他可以拜天地,拜高堂,他可以用印,可以敬酒,可以吃菜,甚至可以表演亲吻新娘。但他就是不能和新娘一起走开,一起走到花前月下的无人之处,倾心相谈。

X君的大一课程除去体育、英文、历史、宪法不算,剩下来的可能是国文、文字学、文学概论、理则学、文学史。等到二年级,他可能读历代文选、文学史、诗经、诗选、小说选、声韵学或训诂学……如果X君够警觉,他会发现一路下来所有的学分,所有的教法,都在塞给他一个东西,这个东西的名字叫"文学学"。

对,是文学学,而不是文学。

什么叫文学学呢?文学学是指文学的周边学问,例如修辞学,例如理则学,例如声韵训诂。

文学学也不算没有意义,像大城市之必须有卫星城镇,像大工业

张　晓　风
散　文　精　选

必有卫星工厂，文学也不妨有些基础工程，只是基础工程之后应该继之以亭台楼阁才对。平地架楼，因无根无基而脆弱无依，固所不宜，相反的，只挖一堆地基放在那里，而无以为继也未免可笑。

我们姑且假定 X 君一向很重视自己的学业成绩，（对在台湾长大的学生而言，这个假定不算过分乱猜吧？）因此他很努力地想考好他的每一门学科。譬如说，诗选这门课吧，考试之前，X 君努力要记清楚的资料很可能是：

一，仄志式的平仄是如何安排的？
二，初唐最重要的诗人是谁？
三，杜甫"香稻啄残鹦鹉粒"是什么意思？
四，"劝君更进一杯酒"和"与尔同销万古愁"之间算不算对句。是否动词对动词，名词对名词，虚词对虚词？

X 君在班上的成绩不错，运气好的话他还可能拿到某种奖学金。X 君毕业在即，正准备考硕士班研究所，大家都称赞他是中文系高材生——不过，有一个小小的秘密，那就是，X 君迄今都还没有碰到文学学。

X 君和其他好学生一样，从小深信一句话：
"开卷有益"。

他平生受这句话之惠不少。譬如说，等车的时候，排队等吃饭的时候，他都一卷在握，丝毫不敢浪费时间。他一点点学业上的成就都是靠这句话博取来的。

可惜 X 君不知道另外一句更重要的话：
"掩卷有功"。

掩卷有功四个字是我发明的，古人并未明言，虽然古人很善于掩卷。

李白诗中有言：
"片言苟会心，掩卷忽而笑。"（《翰林读书言怀呈集贤诸学士》）
苏辙的诗中也有一句：

"书中多感遇，掩卷辄长吁。"

"掩卷"就是把书合起来的意思。除了"掩卷"，古人也用其他的字眼来表示类似的动作，例如：

"阖卷""抛卷""阖书""掷书"。

除了关上书卷，其他类似的动作如：

"掷笔"。

其作用也类似。

开卷而读，是为了吸取资料，但吸取资料只不过把人变成"会走路的电脑光碟片"而已，并不能使我们摧心动容，使我们整个人变得文学化。

"掩卷长太息"才是"教书机"和"读书机"办不到的事情。X君如果"读书破万卷"，也未必有益，只待X君一旦"阖卷泪沾襟"，则他的文学教育就不算空白了。

建国中学长久以来流传着一则故事，有位同学，打开历史考卷一看，有道题目要求详述鸦片战争对近代中国的影响，他匆匆写了两行，忍不住，便掷下考卷，急奔到校园中去痛哭。那一天，他的历史考卷当然是不及格的，但当天其他考卷和成绩漂亮的同学能和他比历史感吗？相较之下能一字字冷静道出《马关条约》的同学反而显得残忍无情吧？

"伏卷"而书的乖乖牌学子何止千人，但"推卷"而起抚膺号啕的却只有那一位啊！

英国十八世纪的历史学家吉朋，写了卷帙浩渺的《罗马衰亡史》。从动念到完成，历时一十四载。所描述的时代则长达一千三百年，其规模气魄略近司马迁写《史记》。吉朋写此书言简意赅，纲举目张，为世所颂。但我真正心折的还是他一七六四年秋天站在卡比托尔的古罗马废墟中，对着断壁颓垣喟然而叹的那份千古历史兴亡感。

书写历史不是靠一个字母一个字母的死功，而是靠望着"大江东去"，油然兴起"浪淘尽，千古风流人物"的那声叹息！

身为中文系的老师，我深知同学诸生能做个"开卷人"的已经不多了——"不开卷的人"就更别提了，他们根本没资格来"掩卷"，可惜的是那些只知开卷而不知掩卷的学生。古人认为读《出师表》

张　晓　风
散 文 精 选

《陈情表》应该"有感觉"，否则不忠不孝。今天学生读此二文恐怕大多数的人只在意考试会考哪一题。其实，应该"有感觉"的篇章又何止《出师表》《陈情表》，读陈子昂《登幽州台》即使不怆然泪下，也该黯然久之吧？读张岱湖心亭饮茶一章，能不悠然意远吗？

不幸的是，属于文学的、感觉的境界往往难以传递，于是我们只好教授"平平仄仄仄仄平平"。后者客观、确实、有效率，也容易让学生佩服。当今之世，讲杜甫《兵车行》讲到哽咽泪下难以为继的老师恐怕多少会让学生看扁吧？

但我要强调的是，那些开卷读书却不曾掩卷叹息的人其实还不曾跨入文学的门槛。那些接触过客观资料，主观方面却不曾五内惊动的，仍然只算文学的门外汉。

下面我且举几例，来说明只要细心体会，其实感动无处不在。

譬如说，词牌。一般而言，词牌因为是音乐方面的调名，和文字内容未见得有密切关系，读的时候很容易就掠空而过低调处理，不去管它了。但词牌名仍有那极美的，耐人反复玩味。真的是"阖卷"之余茫然四顾，惋叹流连不能自已。

有两首词牌名，（现在很少听到）一名《惜花春起早》，一名《爱月夜眠迟》。每当花朝月夕，想起这两个词牌名，只觉其困境亦恰似人生：春朝花绽，怎能不勉力相从？月夜光盈，又怎忍遽舍清辉？然而活着原是一件艰辛的事，谁都能像王维诗中的神勇少年"一身能擘两雕弧"？而美，是如此浩渺不尽，我怎能既追踪"惜花春起早"又抓紧"爱月夜眠迟"？

只是词牌的名字，已足够令人掩卷失神。

另外生动逼人的词牌名还有，如：

《骤雨打新荷》，唉，如果是"雨打荷"也就罢了，"骤雨"打"新荷"却令人如闻土膏生腥的气息，如触及五月的清甜微润的池面薄烟。方其时也，新荷如青钱小小，比浮萍大不了多少，比雨滴大不了多少。小小的新荷，圈点着水面，圈点着初夏，而初夏这篇文章写得太好，造化神明不知不觉便多圈了几个圈。

此外《一痕沙》《一萼红》《隔浦莲》也都令人神往心悸，不胜低

回。而苏东坡的《无愁可解》则是一派顽皮,意欲挑战《解愁》。人生弄到要靠酒来解愁,则何如根本把自己活成"无愁可解"的境界。既然根本不愁,也就不必麻麻烦烦去想法子再来解什么愁。

不过是几个词牌,不过是三五个字的组句,却令人沉吟,迟疑,不能自拔于无边之美感。

除了词牌,斋名也颇有趣。古人动不动便有个堂皇的斋名,但现实生活中则未必真有什么楼什么轩什么庵什么室什么斋。所谓的斋,往往只在主人的方寸之间鸠工营造。

初中时就听到梁任公《饮冰室文集》,当时只以为饮冰室就是我们吃刨冰的冰果店,代表的是清凉的意思。及至读了《庄子》,才知道全然不是那么回事,原文是"今吾朝受命而夕饮冰,我其内热欤?"注疏中说"晨朝受诏,暮夕饮冰,是明怖惧忧愁,内心熏灼",原来饮冰是指内心焦灼不安。那么,梁任公原来在恣纵无碍的才华之外亦自有其生当乱世的忧怖,如此一想,也真是掩卷肃容一番。

至于曾国藩,他把自己的住处命名为"求阙斋"。世人无不爱求全,曾氏独求"缺"。以他当时位极人臣的显达背景,他当然比别人更了解居安思危的真谛。求缺,是全福全贵到极致之后的谦逊。对此简单明了的三个字,曾文正公一生风骨气度都毕现眼前,我因这三字而掩卷轻叹,终生俯首。

近人有"无求备斋""知不足斋",并皆引人深思。周弃子先生取名"未埋庵",令人思之不胜感伤。一切活着的人不都迟早要大去吗?把此刻的自己看做葬礼未举行前的自己,多少可以减少一些名利心、争逐意,虽然命意嫌衰飒了些。

以上举例重在可叹可感的美感,至于有情有趣可堪一笑的例子也是有的,此处且举苏轼《攓云篇》的诗序为代表:

"云气自山中来,以手拨开,笼收其中,归家云盈笼,开而放之,作《攓云篇》。"

如果读《出师表》不哭为不忠,读《攓云篇》不掩卷大笑也真可谓"不通气"了!东坡老儿实在无赖得可爱,把山云捉来放在竹笼中,倒好像那些烟岚云雾全是小白驯鸽似的,手到擒来,等笼子一张

163

开，全部白云亦如小鸟振翅而出，急扑扑的穿梭和满屋子都是。

世间宁有此事！但苏轼的谎撒得太可爱了，这一出他自导自演的"捉放云"几乎有些卡通趣味，你除了抚掌大笑之外还能有什么办法！

刚才所说的那位 X 君，如果在大四毕业之前只会开卷动读，而不会掩卷悲喜，他这一生就算做到中文系教授，也仍然是个"文学绝缘体"。

但愿读文学的 X 君不单读了些"文学学"，也早日碰触到"文学"。但愿 X 君和其他所有接触过文学的 Y 君，都既能因开卷而受益，亦能拥有掩卷一叹的灵犀。但愿他们不仅是"有脚光碟片"，而是有感应的"文学人"。

错误
——中国故事常见的开端

在中国，错误不见得是一件坏事，诗人愁予有首诗，题目就叫《错误》，末段那句"我达达的马蹄是美丽的错误"四十年来像一支名笛，不知被多少嘴唇呜然吹响。

《三国志》里记载周瑜雅擅音律，即使酒后也仍然轻易可以辨出乐工的错误。当时民间有首歌谣唱道："曲有误，周郎顾。"后世诗人多事，故意翻写了两句："欲使周郎顾，时时误拂弦。"真是无限机趣，描述弹琴的女孩贪看周郎的眉目，故意多弹错几个音，害他频频回首，风流俊赏的周郎哪里料到自己竟中了弹琴素手甜蜜的机关。

在中国，故事里的错误也仿佛是那弹琴女子在略施巧计，是善意而美丽的——想想如果不错它几个音，又焉能赚得你的回眸呢？错误，对中国故事而言有时几乎成为必须了。如果你看到《花田错》《风筝误》或《误入桃源》这样的戏目不要觉得古怪，如果不错它一错，哪来的故事呢！

有位德国戏剧家布莱希特写过一出《高加索灰阑记》，不但取了中国故事作蓝本，学了中国京剧表演方式，到最后，连那判案的法官也十分中国化了。他故意把两起案子误判，反而救了两造婚姻，真是彻底中式的误打误撞，而自成佳境。

身为一个中国读者或观众，虽然不免训练有素，但在说书人的梨花简嗒然一声敲响或书页已尽正准备掩卷叹息的时候，不免悠悠想起，咦？怎么又来了，怎么一切的情节，都分明从一点点小错误开始？

我们先来说《红楼梦》吧，女娲炼石补天，偏偏炼了三万六千五百〇一块。本来三万六千五百是个完整的数目，非常精准正确，可以刚刚补好残天。女娲既是神明，她心里其实是雪亮的，但她存心要让一向正确的自己错它一次，要把一向精明的手段错它一点。"正确"，只应是对工作的要求，"错误"，才是她乐于留给自己的一道难题，她要看看那块多余的石头，究竟会怎么样往返人世，出入虚实，并且历经情劫。

就是这一点点的谬错，于是大荒山无稽崖青埂峰下，便有了一块顽石，而由于有了这块顽石，又牵出了日后的通灵宝玉。

整一部《红楼梦》，原来恰恰只是数学上三万六千五百分之一的差误而滑移出来的轨迹，并且逐步演化出一串荒唐幽渺的情节。世上的错误往往不美丽，而美丽又每每不错误，唯独运气好碰上"美丽的错误"才可以生发出歌哭交感的故事。

《水浒传》楔子里的铸错则和希腊神话《潘朵拉的盒子》有些类似，都是禁不住好奇，去窥探人类不该追究的奥秘。

但相较之下，洪太尉"揭封"又比潘朵拉"开盒子"复杂得多。他走完了三清堂的右廊尽头，发现了一座奇特神秘的建筑：门缝上交叉贴着十几道封纸，上面高悬着"伏魔之殿"四个字，据说从唐朝以来八九代天师每一代都亲自再贴一层封条，锁孔里还灌着铜汁。洪太尉禁不住引诱，竟打烂了锁，撕了封条，踢倒大门，撞进去掘起石碣，搬走石龟，最后又扛起一丈见方的大青石板，这才看到下面原来是万丈深渊。刹那间，黑烟上腾，散成金光，激射而出。仅此一念之差，他放走了三十六座天罡星和七十二座地煞星，合共一百〇八个魔王……

《水浒传》里一百〇八个好汉便是这样来的。

那一番莽撞，不意冥冥中竟也暗合天道，早在天师的掐指计算中——中国故事至终总会在混乱无秩里找到秩序。这一百〇八个好汉毕竟曾使荒凉的年代有一腔热血，给邪曲的世道一副直心肠。中国的

历史当然不该少了尧舜孔孟,但如果不是洪太尉伏魔殿那一搅和,我们就是失掉夜奔的林冲或醉打出山门的鲁智深,想来那也是怪可惜的呢!

洪太尉的胡闹恰似顽童推倒供桌,把袅袅烟雾中的时鲜瓜果散落一地,遂令天界的清供化成人间童子的零食。两相比照,我倒宁可看到洪太尉触犯天机,因为没有错误就没有故事——而没有故事的人生可怎么忍受呢?

一部《镜花缘》又是怎么样的来由?说来也是因为百花仙子犯了一点小小的行政上的错误,因此便有了众位花仙贬入凡尘的情节。犯了错,并且以长长的一生去截补,这其实也正是大部分的人间故事吧!

也许由于是农业社会,我们的故事里充满了对四时以及对风霜雨露的时序的尊重。《西游记》里的那条老龙王为了跟人打赌,故意把下雨的时间延后两小时,把雨量减少三寸〇八点,其结果竟是惨遭斩头。不过,龙王是男性,追究起责任来动用的是刑法,未免无情。说起来女性仙子的命运好多了,中国仙界的女权向来相当高涨,除了王母娘娘是仙界的铁娘子以外,众女仙也各司要职。像"百花仙子",担任的便是最美丽的任务。后来因为访友下棋未归,下达命令的系统弄乱了,众花在雪夜奉人间女皇帝之命提前齐开。这一番"美丽的错误"引致一种中国仙界颇为流行的惩罚方式——贬入凡尘。这种做了人的仙即所谓"谪仙"(李白就曾被人怀疑是这种身份)。好在她们的刑罚与龙王大不相同,否则如果也杀砍百花之头,一片红紫狼藉,岂不伤心!

百花既入凡尘,一个个身世当然不同,她们佻侻美丽,不苟流俗,各自跨步走向属于她们自己的那一番人世历程。

这一段美丽的错误和美丽的罚法都好得令人艳羡称奇!

从比较文学的观点看来,有人以为中国故事里往往缺少叛逆英雄。像宙斯,那样弑父自立的神明,像雅典娜,必须拿斧头砍开父亲脑袋自己才跳得出来的女神,在中国是不作兴的。就算捣蛋精的哪吒太子,一旦与父亲冲突,也万不敢"叛逆",他只能"剔骨剜肉"以还父母罢了。中国的故事总是从一件小小的错误开端,诸如多炼了一块

张晓风
散文精选

石头,失手打了一件琉璃盏,太早揭开坛子上有法力的封口。(关公因此早产,并且终生有一张胎儿似的红脸。)不是叛逆,是可以谅解的小过小犯,是失手,是大意,是一时兴起或一时失察。"叛逆"太强烈,那不是中国方式。中国故事只有"错",而"错"这个字既是"错误"之错也是"交错"之错,交错不是什么严重的事,只是两人或两事交互的作用——在人与人的盘根错节间就算是错也不怎么样。像百花之仙,待历经尘劫回来,依旧是仙,仍旧冰清玉洁馥馥郁郁,仍然像掌理军机令一样准确地依时开花。就算在受刑期间,那也是一场美丽的受罚,她们是人间女儿,兰心蕙质,生当大唐盛世,个个"纵其才而横其艳",直令千古以下,回首乍望的我忍不住意飞神驰。

年轻,有许多好处,其中最足以傲视人者莫过于"有本钱去错"。年轻人犯错,你总得担待他三分——

有一次,我给学生订了作业,要他们每人念几十首诗,录在录音带上缴来。有的学生念得极好,有的又念又唱,极为精彩,有的却有口无心。苏东坡的"一年好景君须记,正是橙黄橘绿时",不知怎么回事,有好几个学生念成"一年好景须君记",我听了,一面摇头莞尔,一面觉得也罢,苏东坡大约也不会太生气。本来的句子是"请你要记得这些好景致",现在变成了"好景致得要你这种人来记",这种错法反而更见朋友之间相知相重之情了。好景年年有,但是,得要有好人物来记才行呀!你,就是那可以去记住天地岁华美好面的我的朋友啊!

有时候念错的诗也自有天机欲泄,也自有密码可索,只要你有一颗肯接纳的心。

在中国,那些小小的差误,那些无心的过失,都有如偏离大道以后的岔路。岔路亦自有其可观的风景,"曲径"似乎反而理直气壮地可以"通幽"。错有错着,生命和人世在其严厉的大制约和惨烈的大叛逆之外也何妨采中国式的小差错小谬误或小小的不精确。让岔路可以是另一条大路的起点,容错误是中国式故事里急转直下的美丽情节。

遇

> 遇者，不期而会也。——《论语义疏》

一

生命是一场大的遇合。

一个民歌手，在洲渚的丰草间遇见关关和鸣的雎鸠，——于是有了诗。

黄帝遇见磁石，蒙恬初识羊毛，立刻有了对物的惊叹和对物的深情。

牛郎遇见织女，留下的是一场恻恻然的爱情，以及年年夏夜，在星空里再版又再版的永不褪色的神话。

夫子遇见泰山，李白遇见黄河，陈子昂遇见幽州台，米开朗基罗在混沌未凿的大理石中预先遇见了少年大卫，生命的情境从此就不一样了。

我渴望生命里的种种遇合，某本书里有一句话，等我去读、去拍案。田间的野花，等我去了解、去惊识。山风与发，冷泉与舌，流云与眼，松涛与耳，他们等着，在神秘的时间的两端等着，等着相遇的一刹——旦相遇，就不一样了，永远不一样了。

我因而渴望遇合，不管是怎样的情节，我一直在等待着种种发生。

张晓风 散文精选

人生的栈道上,我是个赶路人,却总是忍不住贪看山色。生命里既有这么多值得伫足的事,相形之下,会不会误了宿头,也就不是那样重要的事了。

二

菲律宾机场意外的热,虽然,据说七月并不是他们最热的月份。房顶又低得像要压到人的头上来,海关的手续毫无头绪,已经一个钟头过去了。

小女儿吵着要喝水,我心里焦烦得要命,明明没几个旅客,怎么就是搞不完。我牵着她四处走动,走到一个关卡,我不知道能不能贸然过去,只呆呆地站着。

忽然,有一个皮肤黝黑,身穿镂花白衬衫的男人,提着个007的皮包穿过关卡,颈上一串茉莉花环。看他样子不像是中国人。

茉莉花是菲律宾的国花,串成几臂粗的花环白盈盈的一大嘟噜,让人分不出来是由于花太白,白出香味来,还是香太浓,浓得凝结成白色了。

而作为一个中国人,无论如何总霸道地觉得茉莉花是中国的,生长在一切前庭后院,插在母亲鬓边,别在外婆衣襟上,唱在儿歌里的:

"好一朵美丽的茉莉花……"

我挽着小女儿的手,凝望着那花串,一时也忘了溜出来是干什么的。机场不见了,人不见了,天地间只剩那一大串花,清凉的茉莉花。

"好漂亮的花!"

我不自觉地脱口而出。用的是中文,反正四面都是菲律宾人,没有人会听懂我在喃喃些什么。

但是,那戴花环的男人忽然停住脚,回头看我,他显然是听懂了。他走到我面前,放下皮包,取下花环,说:

"送给你吧!"

我愕然,他说中国话,他竟是中国人,我正惊诧不知所措的时候,花环已经套到我的颈上来了。

我来不及地道了一声谢,正惊疑间,那人已经走远了。小女儿兴奋地乱叫:

"妈妈,那个人怎么那么好,他怎么会送你花的呀?"

更兴奋的当然是我,由于被一堆光璨晶射的白花围住,我忽然自觉尊贵起来,自觉华美起来。

我飞快地跑回同伴那里去,手续仍然没办好,我急着要告诉别人,愈急愈说不清楚,大家都半信半疑以为我开玩笑。

"妈妈,那个人怎么那么好,他怎么会送你花的呀?"小女儿仍然誓不甘休地问。

我不知道,只知道颈间胸前确实有一片高密度的花丛,那人究竟是感动于乍听到的久违的乡音?还是简单地想"宝剑赠英雄",把花环送给赏花人?还是在我们母女携手处看到某种曾经熟悉的眼神?我不知道,他已经匆匆走远了,我甚至不记得他的面目,只记得他温和的笑容,以及非常白非常白的白衫。

今年夏天,当我在南部小城母亲的花圃里摘弄成把的茉莉,我会想起去夏我曾偶遇到一个人,一串花,以及魂梦里那圈不凋的芳香。

三

那种树我不知道是黄槐还是铁刀木。

铁刀木的黄花平常老是簇成一团,密不通风,有点滞人,但那种树开的花却松疏有致,成串地垂挂下来,是阳光中薄金的风铃。

那棵树被圈在青苔的石墙里,石墙在青岛西路上。这件事我已经注意很久了。

我真的不能相信在车尘弥天的青岛西路上会有一棵那么古典的树,可是,它又分明在那里,它不合逻辑,但你无奈,因为它是事实。

终于有一年,七月,我决定要犯一点小小的法,我要走进那个不常设防的柴门,我要走到树下去看那交枝错柯美得逼人的花。一点没有困难,只几步之间,我已来到树下。

不可置信的,不过几步之隔,市声已不能扰我,脚下的草地有如

张　晓　风
散 文 精 选

魔毯，一旦踏上，只觉身子腾空而起，霎时间已来到群山清风间。

这一树黄花在这里进行说法究竟有多少夏天了？冥顽如我，直到此刻直橛橛地站在树下仰天，才觉万道花光如当头棒喝，夹脑而下，直打得满心满腔一片空茫。花的美，可以美到令人恢复无知，恢复无识，美到令人一无依恃，而光裸如赤子。我敬畏地望着那花，哈，好个对手，总算让我遇上了，我服了。

那一树黄花，在那里说法究竟有多少夏天了？

我把脸贴近树干，忽然，我惊得几乎跳起来，我看到蝉壳了！土色的背上一道裂痕，眼睛部分晶凸出来，那样宗教意味的蝉的遗蜕。

蝉壳不是什么稀罕东西，但它是我三十年前孩提时候最爱拣拾的宝物，乍然相逢，几乎觉得是神明意外的恩宠。他轻轻一拨，像拨动一座走得太快的钟，时间于是又回到混沌的子时，三十年的人世沧桑忽焉消失，我再度恢复为一个一无所知的小女孩，沿着清晨的露水，一路去剥下昨夜众蝉新褪的薄壳。

蝉壳很快就盈握了，我把它放在地下，再去更高的枝头剥取。

小小的蝉壳里，怎么会容得下那长夏不歇的鸣声呢？那鸣声是渴望？是欲求？是无奈的独白？

是我看蝉壳，看得风多露重，岁月忽已晚呢？还是蝉壳看我，看得花落人亡，地老天荒呢？

我继续剥更高的蝉壳，准备带给孩子当不花钱的玩具。地上已经积了一堆，我把它背上裂痕贴近耳朵，一一于未成音处听长鸣。

而不知什么时候，有人红着眼睛从甬道走过。奇怪，这是一个什么地方？青苔厚石墙，黄花串珠的树，树下来来往往悲泣的眼睛？

我探头往高窗望去，香烟缭绕而出，一对素烛在正午看来特别黯淡的室内跃起火头。我忽然警悟，有人死了！然后，似乎忽然间我想起，这里大概就是台大医院的太平间了。

流泪的人进进出出，我呆立在一堆蝉壳旁，一阵当头笼罩的黄花下，忽然觉得分不清这三件事物，死，蝉壳以及正午阳光下亮得人眼眩的半透明的黄花。真的分不清，蝉是花？花是死？死是蝉？我痴立着，不知自己遇见了什么？

我后来仍然日日经过青岛西路，石墙仍在，我每注视那棵树，总是疑真疑幻。我曾有所遇吗？我一无所遇吗？当树开花时，花在吗？当树不开花时，花不在吗？当蝉鸣时，鸣在吗？当鸣声消歇，鸣不在吗？我用手指摸索着那粗粝的石墙，一面问着自己，一面并不要求回答。

然后，我越过它走远了。

然后，我知道那种树的名字了，叫阿勃拉，是从梵文译过来的，英文是 golden shower，怎么翻呢？翻成金雨阵吧！

秋千上的女子

我在备课——这样说有点吓人,仿佛有多模范似的,其实也不是,只是把秦少游的词在上课前多看两眼而已。我一向觉得少游词最适合年轻人读;淡淡的哀伤,怅怅的低喟,不需要什么理由就愁起来的愁或者未经规划便已深深坠入的情劫……

"秋千外,绿水桥平。"

啊,秋千,学生到底懂不懂什么叫秋千?他们一定自以为懂,但我知道他们不懂,要怎样才能让学生明白古代秋千的感觉。

这时候,电话响了,索稿的——紧接着,另一通电话又响了,是有关淡江大学"女性书写"研讨会的,再接着是东吴校庆筹备组规定要即交散文一篇,似乎该写点"话当年"的情节,催稿人是我的学生张曼娟,使我这犯规的老师惶惶无词……

然后,糟了,由于三案并发,我竟把这几件事想混了,秋千,女性主义,东吴读书,少年岁月,粘粘为一,撕扯不开……

汉族,是个奇怪的族类,他们不但不太擅长唱歌或跳舞,就连玩,好像也不太会。许多游戏,都是西边或北边传来的——也真亏我们有这些邻居,我们因这些邻居而有了更丰富多样的水果、嘈杂凄切的乐器、吞剑吐火的幻术……以及哎,秋千。

在台湾,每个小学,都设有秋千架吧?大家小时候都玩过它吧?

但诗词里"秋千"却是另外一种，它们的原籍是"山戎"，据说是齐桓公征伐山戎的时候顺便带回来的。想到齐桓公，不免精神为之一振，原来这小玩意儿来中国的时候正当先秦诸子的黄金年代。而且，说巧不巧的，正是孔老夫子的年代。孔子没提过秋千，孟子也没有。但孟子说过一句话："咱们儒家的人，才不去提他什么齐桓公晋文公之流的家伙。"

既然瞧不起齐桓公，大概也就瞧不起他征伐胜利后带回中土的怪物秋千了！

但这山戎身居何处呢？山戎在春秋时代住在河北省的东北方，现在叫作迁安县的一个地方。这地方如今当然早已是长城里面的版图了，它位在山海关和喜峰口之间，和避暑胜地北戴河同纬度。

而山戎又是谁呢？据说便是后来的匈奴，更后来叫胡，似乎也可以说，就是以蒙古为主的北方异族。汉人不怎么有兴趣研究胡人家世，叙事起来不免草草了事。

有机会我真想去迁安县走走，看看那秋千的发祥地是否有极高大夺目的漂亮秋千，而那里的人是否身手矫健，可以把秋千荡得特别高，特别恣纵矫健——但恐怕也未必，胡人向来决不"安于一地"，他们想来早已离开迁安县，迁安两字顾名思义，是鼓励移民的意思，此地大概早已塞满无往不在的汉人移民。

哎，我不禁怀念古秋千的风情起来了。

《荆楚岁时记》上说："秋千，本北方山戎之戏，以习轻趫，后中国女子学之，楚俗谓之施钩，涅槃经谓之罥索。"

《开元天宝遗事》则谓："天宝宫中，至寒食节，竞竖秋千，令宫嫔辈，戏笑以为宴乐，帝呼为半仙之戏，都市士民因而呼之。"

《事物纪原》也引《古今艺术图》谓："北方戎狄爱习轻趫之态，每至寒食为之，后中国女子学之，乃以条绳悬树之架，谓之秋千。"

这样看来，秋千，是季节性的游戏，在一年最美丽的季节——暮春寒食节（也就是我们的春假日）——举行。

试想在北方苦寒之地，忽有一天，春风乍至花鸟争喧，年轻的心

张　晓　风
散　文　精　选

一时如空气中的浮丝游絮飘飘飏飏，不知所止。

于是，他们想出了这种游戏，这种把自己悬吊在半空中来进行摆荡的游戏，这种游戏纯粹呼应着春天来时那种摆荡的心情。当然也许和丛林生活的回忆有关。打秋千多少有点像泰山玩藤吧？

然而，不知为什么，事情传到中国，打秋千竟成为女子的专利。并没有哪一条法令禁止中国男子玩秋千，但在诗词中看来，打秋千的竟全是女孩。

也许因为初传来时只有宫中流行，宫中男子人人自重，所以只让宫女去玩，玩久了，这种动作竟变成是女性世界里的女性动作了。

宋明之际，礼教的势力无远弗届，汉人的女子，裹着小小的脚，蹭蹬在深深的闺阁里，似乎只有春天的秋千游戏，可以把她们荡到半空中，让她们的目光越过自家修筑的铜墙铁壁，而望向远方。

那年代男儿志在四方，他们远戍边荒，或者，至少也像司马相如，走出多山多岭的蜀郡，在通往长安的大桥桥柱上题下：

"不乘高车驷马，不复过此桥。"

然而女子，女子只有深深的闺阁，深深深深的闺阁，没有长安等着她们去功名，没有拜将台等着她们去封诰，甚至没有让严子陵归隐的"登云钓月"的钓矶等着她们去度闲散的岁月（"登云钓月"是苏东坡题在一块大石头上的字，位置在浙江富阳，近杭州，相传那里便是严子陵钓滩）。

我的学生，他们真的会懂秋千吗？她们必须先明白身为女子便等于"坐女监"，所不同的是有些监狱窄小湫隘，有些监狱华美典雅。而秋千却给了她们合法的越狱权，她们于是看到远方，也许不是太远的远方，但毕竟是狱门以外的世界。

秦少游那句"秋千外，绿水桥平"，是从一个女子眼中看春天的世界。秋千让她把自己提高了一点点，秋千荡出去，她于是看见了春水。春水明艳，如软琉璃，而且因为春冰乍融，水位也提高了，那女子看见什么？她看见了水的颜色和水的位置，原来水位已经平到桥面

去了!

  墙内当然也有春天,但墙外的春天却更奔腾恣纵啊!那春水,是一路要流到天涯去的水啊!

  只是一瞥,另在秋千荡高去的那一刹,世界便迎面而来。也许视线只不过以二公里为半径,向四面八方扩充了一点点,然而那一点是多么令人难忘啊!人类的视野不就是那样一点点地拓宽的吗?女子在那如电光石火的刹那窥见了世界和春天。而那时候,随风鼓胀的,又岂只是她绣花的裙摆呢?

  众诗人中似乎韩偓是最刻意描述美好的"秋千经验"的,他的秋千一诗是这样写的:

> 池塘夜歇清明雨
> 绕院无尘近花坞
> 五丝绳系出墙迟
> 力尽才瞵见邻圃
> 下来娇喘未能调
> 斜倚朱阑久无语
> 无语兼动所思愁
> 转眼看天一长吐

  其中形容女子打完秋千"斜倚朱阑久无语""无语兼动所思愁"颇耐人寻味。"远方",也许是治不愈的痼疾,"远方"总是牵动"更远的远方"。诗中的女子用极大的力气把秋千荡得极高,却仅仅只见到邻家的园圃——然而,她开始无语哀伤,因为她竟因而牵动了"乡愁"——为她所不曾见过的"他乡"所兴起的乡愁。

  韦庄的诗也爱提秋千,下面两句景象极华美:

> 紫陌乱嘶红叱拨(红叱拨是马名)
> 绿杨低映画秋千(《长安清明》)
> 好似隔帘花影动

张 晓 风
散 文 精 选

女郎撩乱送秋千（《寒食城外醉吟》）

第一例里短短十四字便有四个跟色彩有关的字，血色名马骄嘶而过，绿杨丛中有精工绘画的秋千……

第二例却以男子的感受为主，诗词中的男子似乎常遭秋千"骚扰"，秋千给了女子"一点点坏之必要"（这句型，当然是从痖弦诗里偷来的），荡秋千的女子常会把男子吓一跳，她是如此临风招展，却又完全"不违礼俗"。她的红裙在空中画着美丽的弧，那红色真是既奸又险，她的笑容晏晏，介乎天真和诱惑之间，她在低空处飞来飞去，令男子不知所措。

张先的词：

那堪更被明月
隔墙送过秋千影

说的是一个被邻家女子深夜荡秋千所折磨的男子。那女孩的身影被明月送过来，又收回去，再送过来，再收回去……

似乎女子每多一分自由，男子就多一分苦恼。写这种情感最有趣的应该是东坡的词：

墙里秋千墙外道
墙外行人墙里佳人笑
笑渐不开声渐悄
多情却被无情恼

由于自己多情便嗔怪女子无情，其实也没什么道理。荡秋千的女子和众女伴嬉笑而去，才不管墙外有没有痴情人在痴立。

使她们愉悦的是春天，是身体在高下之间摆荡的快意，而不是男人。

韩偓的另一首诗提到的"秋千感情"又更复杂一些：

> 想得那人垂手立
> 娇羞不肯上秋千

似乎那女子已经看出来，在某处，也许在隔壁，也许在大路上，有一双眼睛，正定定地等着她，她于是僵在那里，甚至不肯上秋千，并不是喜欢那人，也不算讨厌那人，只是不愿让那人得逞，仿佛多称他的心似的。

众诗词中最曲折的心意，也许是吴文英的那句：

> 黄蜂频扑秋千索
> 有当时，纤手香凝

由于看到秋千的丝绳上，有黄蜂飞扑，他便解释为荡秋千的女子当时手上的香已在一握之间凝聚不散，害黄蜂以为那绳索是一种可供采蜜的花。

啊，那女子到哪里去了呢？在手指的香味还未消失之前，她竟已不知去向。

——啊！跟秋千有关的女子是如此挥洒自如，仿佛云中仙鹤不受网弋，又似月里桂影，不容攀折。

然而，对我这样一个成长于二十世纪中期的女子，读书和求知才是我的秋千吧？握着柔韧的丝绳，借着这短短的半径，把自己大胆地抛掷出去。于是，便看到墙外美丽的清景；也许是远岫含烟，也许是新秋翻绿，也许雕鞍上有人止起程，也许江水带来归帆……世界是如此富艳难踪，而我是那个在一瞥间得以窥伺大千的人。

"窥"字其实是个好字，孔门弟子不也以为他们只能在墙缝里偷看一眼夫子的深厚吗？是啊，是啊，人生在世，但让我得窥一角奥义，我已知足，我已知恩。

我把从《三才图会》上影印下来的秋千图戏剪贴好，准备做成投影片给学生看，但心里却一直不放心，他们真的会懂吗？真的会懂吗？

179

张 晓 风
散 文 精 选

曾经，在远古的年代，在初暖的熏风中，有一双足悄悄踏上板架，有一双手，怯怯握住丝绳，有一颗心，突地向半空中荡起，荡起，随着花香，随着鸟鸣，随着迷途的蜂蝶，一起去探询春天的资讯。

情怀

不知从什么时候开始,我变成了一个容易着急的人。

行年渐长,许多要计较的事都不计较了,许多渴望的梦境也不再使人颠倒,表面看起来早已经是个可以令人放心循规蹈矩的良民,但在胸臆里仍然暗暗地郁勃着一声闷雷,等待某种不时的炸裂。

仍然落泪,在读说部故事诸葛亮武侯废然一叹,跨出草庐的时候;在途经罗马看米开朗基罗一斧一凿每一痕都是开天辟地的悲愿的时候;在深宵不寐,感天念地深视小儿女睡容的时候。

忽焉就四十岁了,好像觉得自己一身竟化成二个,一个正咧嘴嬉笑,抱着手冷眼看另一个,并且说:

"嘿,嘿,嘿,你四十岁啦,我倒要看看你四十岁会变成什么样子哩!"

于是正正经经开始等待起来,满心好奇兴奋伸着脖子张望即将上演的"四十岁时",几乎忘了主演的人就是自己。

好几年前,在朋友的一面素壁上看见一幅英文格言,说的是:

"今天,是此后余生的第一天。"

我谛视良久,不发一语,心里却暗暗不服:

"不是的,今天是今生到此为止的最后一天。"

我总是着急,余生有多少,谁知道呢?果真如诗人说的"百年梳三万六千回"的悠悠栉发岁月吗?还是"四季攸来往,寒暑变为贼,

张　晓　风
散　文　精　选

偷人面上花，夺人头上黑"的霸道不仁呢？有一年，眼看着患癌症的朋友史惟亮一寸寸地走远，那天是二月十四，日历上的情人节，他必然还有很绵缠不足的爱情吧，"中国"总是那最初也是最后的恋人，然而，他却走了，在情人节。

　　我走在什么时候？谁知道？只知道世方大劫，一切活着的人都是叨天之幸，只知道，且把今天当作我的最后一天，该爱的，要来不及地去爱，该恨的，要来不及地去恨。

　　从印度、尼泊尔回来，有小小的人世间的得意，好山水，好游伴，好情怀，人生至此，还复何求？还复何夸？回来以后，急着去看植物园的荷花，原来不敢期望在九月看荷的，但也许喀什米尔的荷花湖使人想痴了心，总想去看看自己的那片香红，没想到她们仍在那里，比六月那次更灼然。回家忙打电话告诉慕容，没想到这人险阴，竟然已经看过了。

　　"你有没有想到，"她说，"就连这一池荷花，也不是我们'该'有的啊！"人是要活很多年才知道感恩的，才知道万事万物包括投眼而来的翠色，附耳而至的清风，无一不是豪华的天宠。才知道生命中的每一霎时间都是向永恒借来的片羽，才相信胸襟中的每一缕柔情都是无限天机所流泻的微光。

　　而这一切，跟四十岁又有什么关联呢？

　　想起古代的东方女子，那样小心在意的贮香膏于玉瓶，待香膏一点一滴的积满了，她忽然竟渴望就地一掷，将猛烈的馨香并作一次挥尽，啊！只要那样一度，够了。

　　想起绝句里的剑客，"十年磨一剑，霜刃未曾试，今日把似君，谁有不平事？"分明一个按剑的侠者，在清晨跨鞍出门，渴望及锋而试。

　　想起朋友亮轩少年十七岁，过中华路，在低矮的小馆里见于右任的一副对联"与世乐其乐，为人平不平"，私慕之余，竟真能效忐。人生如果真有可争，也无非这些吧？

　　又想起杨牧的一把纸扇，扇子是在浙江绍兴买的，那里是秋瑾的故居，扇上题诗曰：

182

连雨清明小阁秋
横刀奇梦少时游
百年堪羡越园女
无地今生我掷头

冷战的岁月是没有掷头颅的激情的，然而，我四十岁了，我是那扬瓶欲作一投掷的女子，我是那挎刀直行的少年，人世间总有一件事，是等着我去做的，石槽中总有一把剑，是等着我去拔的。

去年九月，我们全家四人到恒春一游。由于娘家至今在屏东已住了廿八年，我觉得自己很有理由把那块土地看作故乡了。阳光薄金，秋风薄凉，猫鼻头的激浪白亮如抛珠溅玉，立身苍茫之际，回顾渺小的身世，一切幼时所曾羡慕的，此刻全都有了。曾听人说流星划空之际，如果能飞快地说出祈愿便可实现，当时多急着想练好快利的口齿啊，而今，当流星过眼我只能知足地说：

"神啊，我一无祈求！"

可是，就在那一天，我走到一个小摊子前面，一些褐斑的小鸟像水果似的绑成一串吊在门口，我习惯后伸出手摸了它一下。忽然，那只鸟反身猛啄我一口，我又痛又惊，急速地收回手来，惶然无措地愣在那里。

就在那一瞬间，我忽然忘记痛，第一次想起鸟的生涯。

它必然也是有情有知的吧？它必然也正忧痛煎急吧？它也隐隐感到面对死亡的不甘吧？它也正郁愤悲挫忽忽如狂吧？

我的心比我的手更痛了。这是我第一次遇见不幸的伯劳，在这以前它一直是我案头古老的诗经里的一个名字，"七月鸣鵙"，便是伯劳了，伯劳也是"劳燕分飞"典故里的一部分。

稍往前走，朋友指给我看烤好的鸟。再往前走，他指给我看堆积满地的小伯劳鸟的嘴尖。

"抓到就先把嘴折下来，免得咬人。然后才杀来烤，刚才咬你的那种因为打算卖活的，所以嘴尖没有折断。"

张 晓 风
散 文 精 选

朋友是个尽责的导游，我却迷离起来。这就是我的老家屏东吗？这就是古老美丽的恒春古城吗？这就是海滩上有着发光的"贝壳沙"的小镇吗？这就是入夜以后沼气的蓝焰会从小泽里亮起来的神话之乡吗？"恒春"不该是"永恒的春天"吗？为什么有名的"关山落日"前，为什么惊心动魄的万里夕照里，我竟一步步踩着小鸟的嘴尖？

要不要管这档子闲事呢？

寄身在所谓的学术单位里已经是十几年了，学人的现实和计较有时不下商人，一位坦白的教授说：

"要我帮忙做食品检验？那对我的研究计划有什么好处？这种事是该卫生署做的，他们不做了，我多管什么闲事，我自己的 Paper 不出来，我在学术界怎么混？"

他说的没有错，只是我有时会想起胡金铨的"龙门客栈"，大门砰然震开，白衣侠士飘然当户。

"干什么的？"

"管闲事的！"

回答得多么理直气壮。

我为什么想起这些？四十岁还会有少年侠情吗？为什么空无中总恍惚有一声召唤，使人不安。

我不喜欢"善心人士"的形象，"慈眉善目"似乎总和衰老、妇道人家、愚弱有关。而我，做起事来总带五分赌气性质，气生命不被尊重，气环境不被珍惜。但是，真的，要不要管这档闲事呢？管起来钱会浪费掉，睡眠会更不足，心力会更交瘁，而且，会被人看成我最不喜欢的"善士"的模样，我还要不要插手管它呢？

教哲学的梁从香港来，惊讶地看我在屋顶上种出一畦花来。看到他，我忽然唠唠叨叨在嬉笑中也哲学起来了。

"你知道，在这个世界上，我终于慢慢明白，我能管的事太少了，北爱尔兰那边要打，你管得着吗？巴基斯坦这边要打，你压得了吗？小学四年级的音乐课本上有一首歌这样说：'看我们少年英豪，抖着精神向前跑，从心底喊出口号，要把世界重改造，为着民族求平等，为着人类争公道，要使全球万国间，到处胜欢笑。'那时候每逢刮风，

我就喜欢唱这首歌顶着风往前走。可是，三十年过去了，我不敢再说这样的大话，'要把世界重改造'，我没有这种本事，只好回家种一角花圃，指挥指挥四季的红花绿卉，这就是辛稼轩说的，人到了一个年纪，忽然发现天下事管不了，只好回过头来'乃翁依旧管些儿，管竹、管山、管水'。我呢，现在就管它几棵花。"

说的时候自然是说笑的，朋友认真地听，但我也知道自己向来虽不怕"以真我示人"，只是也不曾"以全我示人"。种花是真的，刻意去买了竹床竹椅放在阳台上看星星也是真的，却像古代长安街上的少年，耳中猛听得金铁交鸣，才发觉抽身不及，自己又忘了前约，依然伸手管了闲事。

一夜，歇下驰骋终日的疲倦，十月的夜，适度的凉，我舒舒服服地独倚在一张为看书而设计的躺榻上，算是对自己一点小小的纵容吧！生平好聊天，坐在研究室里是与古人聊天，与西人聊天。晚上读闲书读报是与时人聊天。写文章，则是与世人与后人聊天，旅行的时候则与达官贵人或老农老圃闲聊，想来属于我的一生，也无非是聊了些天而已。

忽然，一双忧郁愠怒的眼睛从报纸右下方一个不显眼的角落向我投视来，一双鹰的眼睛，我开始不安起来。不安的原因也许是因为那怒睁的眼中天生有着鹰族的锐利奋扬，但是不止，还有更多，我静静地读下去，在花莲，一个叫玉里的镇，一个叫卓溪乡古风村的地方，一只"赫氏角鹰"被捕了。从来不知道赫氏角鹰的名字，连忙去查书，知道它曾在几万年前，从喜马拉雅和云南西北部南下，然后就留在中央山脉了，它不是台湾特有鸟类，也不是偶然过境的候鸟，而是"留鸟"，这一留，就是几万年，听来像绵绵无尽期的一则爱情故事。

却有人将这种鸟用铁夹捕了，转手卖掉，得到五千元。

我跳起来，打长途电话到玉里，夜深了，没人接，我又跑到桌前写信，急着找限时信封作读者投书，信封上了，我跑下楼去推脚踏车寄信，一看腕表已经清晨五点了，怎么会弄得这么晚的？也只能如此了，救生命要紧？

跨车回来，心中亦平静亦激动，也许会带来什么麻烦，会有人骂

张　晓　风
散　文　精　选

我好出风头，会有人说我图名图利，会有人铁口直断说："我看她是要竞选了！"不管他，我且先去睡两个小时吧！我开始隐隐知道刚才的和那只鹰的一照面间我为什么不安，我知道那其间有一种召唤，一种几乎是命定的无可抗拒的召唤，那声音柔和而沉实，那声音无言无语，却又清晰如面晤，那声音说："为那不能自述的受苦者说话吧！为那不能自伸的受屈者表达吧！"

而后，经过报上的风风雨雨，侦骑四出，却不知那只鹰流落在哪里，我的生活从什么时候开始竟和一只鹰莫名其妙地连在一起了？每每我凝视照片，想象它此刻的安危，人生际遇，真是奇怪。过了二十天，我人到花莲，主持了两个座谈会，当晚住在旅社里，当门一关，廊外海潮声隐隐而来，心中竟充满异样的感激，生平住过的旅社虽多，这一间却是花莲的父老为我预定并付钱的，我感激的是自己那一点的善意和关怀被人接纳，有时也觉得自己像说法化缘的老僧，虽然每遭白眼，但也能和人结成肝胆相照的朋友，我今夕蒙人以一饭相款，设一榻供眠，真当谢天，比起古代餐风露宿的苦行僧，我是幸运的。

第二天一早搭车到宜兰，听说上次被追索的赫氏角鹰便是在偷运台北的途中死在那里。我和鸟类专家张万福从罗东问到宜兰，终于在一家"山产店"的冻箱里找到那只曾经搏云而上的高山生灵，而今是那样触手如坚冰的一块尸骨。站在午间陌生的小市镇上，山产店里一罐罐的毒蛇药酒，从架上俯视我。这样的结果其实多少也是意料中的，却仍忍不住悲怆。四十岁了，一身仆仆，站在小城的小街上，一家陈败的山产店前，不肯服输的心底，要对抗的究竟是什么呢？

和张万福匆匆包了它就赶北宜公路回家了，黄昏时在台北道别，看他再继续赶往台中的路，心中充满感恩之意。只为我一通长途电话，他就肯舍掉两天的时间，背着一大包幻灯片，从台中台北再转花莲去"说鸟"。此人也是一奇，阿美族人，台大法律系毕业，在美军顾问团做事，拿着高薪，却忽然发现所谓律师常是站在有钱有势却无理的一边，这一惊非同小可，于是弃职而去，一跑跑到大度山的东海潜心研究起鸟类生态来。故事听起来像江洋大盗忽然收山不做而削发皈依，反度起众人一般神奇。而他却是如此平实的一个人，会傻里傻气待在

烧 火
（嘉峪关魏晋墓画像砖）

野外从早上六点到下午六点，仔细数清楚棕面莺的母鸟喂了四百八十次小鸟的记录。并且会在座谈会上一一学鸟类不同的鸣声。而现在，"赫氏角鹰"交他去做标本，一周以后那胸前一片粉色羽毛的幼鹰会乖乖地张开翅膀，乖乖地停在标本架上，再也没有铁夹去夹它的脚了，再也没有商人去辗转贩卖它了，那永恒的展翼啊！台北的暮色和尘色中，我看他和鹰绝尘而去，心中的冷热一时也说不清。

我是个爱鸟人吗？不是，我爱的那个东西必然不叫鸟，那又是什么呢？或许是鸟的振翅奋扬，是一掠而过，将天空横渡的意气风发，也许我爱的仍不是这个，是一种说不清的生命力的展示，是一种突破无限时空的渴求。

曾在翻译诗里爱过希腊废墟的漫草荒烟，曾在风景明信片上爱过夏威夷的明媚海滩，曾在线装书里迷上"黄河之水天上来"，曾在江南的歌谣里想自己驾一叶迷途于十里荷香的小舟……而半生碌碌，灯下惊坐，忽然发现魂牵梦萦的仍是中央山脉上一只我未曾及睹其生面的一只鹰鸟。

四十岁了，没有多余的情感和时间可以挥霍，且专致地爱脚跟下的这片土地吧！且虔诚地维护头顶的那片青天吧！生平不识一张牌，却生就了大赌徒的性格，押下去的那份筹码其数值自己也不知道，只知道是余生的岁岁年年，赌的是什么？是在我垂睫大去之际能看到较澄澈的河流，较清鲜的空气，较青翠的森林，较能繁息生养的野生生命……输赢何如？谁知道呢？但身经如此一番大搏，为人也就不枉了。

和丈夫去看一部叫"女人四十一枝花"的电影，回家的路上格格笑个不停，好莱坞的爱情向来是如此简单荒唐。

"你呢？"丈夫打趣，"你是不是女人四十一枝花？"

"不是，"我正色起来，"我是'女人四十一枚果'，女人四十岁还做花，也不是什么含苞盛放的花了，但是如果是果呢，倒是透青透青初熟的果子呢！"

一切正好，有看云的闲情，也有犹热的肝胆，有尚未收敛也不想收敛的遭人妒的地方，也有平凡敦实容许别人友爱的余裕，有高龄的父母仍容我娇痴无忌如稚子，也有广大的国家容我去展怀一抱如母亲，

张　晓　风
散　文　精　选

有霍然而怒的盛气，也有湛然一笑的淡然。

还有什么可说呢？芽嫩已过，花期已过，如今打算来做一枚果，待果熟蒂落，愿上天复容我是一粒核，纵身大化，在新着土处，期待另一度的芽叶。

给我一个解释

1

后来，就再也没有见过那么美丽的石榴。石榴装在麻包里，由乡下亲戚扛了来。石榴在桌上滚落出来，浑圆艳红，微微有些霜溜过的老涩，轻轻一碰就要爆裂。爆裂以后则恍如什么大盗的私囊，里面紧紧裹着密密实实的、闪烁生光的珠宝粒子。

那时我五岁，住南京，那石榴对我而言是故乡徐州的颜色，一生一世不能忘记。

和石榴一样难忘的是乡亲讲的一个故事，那人口才似乎不好，但故事却令人难忘：

"从前，有对兄弟，哥哥老是会说大话，说多了，也没人肯信了。但他兄弟人好，老是替哥哥打圆场。有一次，他说：'你们大概从来没有看过刮这么大的风——把我家的井都刮到篱笆外头去啦！'大家不信，弟弟说：'不错，风真的很大，但不是把井刮到篱笆外头去了，是把篱笆刮到井里头来！'"

我偏着小头，听这离奇的兄弟，自己也不知道自己被什么所感动。只觉心头沉甸甸的，跟装满美丽石榴的麻包似的，竟怎么也忘不了那

张　晓　风
散　文　精　选

故事里活龙活现的两兄弟。

四十年来家国，八千里地山河，那故事一直尾随我，连同那美丽如神话如魔术的石榴，全是我童年时代好得介乎虚实之间的东西。

四十年后，我才知道，当年感动我的是什么——是那弟弟娓娓的解释，那言语间有委曲、有温柔、有慈怜和悲悯。或者，照儒者的说法，是有恕道。

长大以后，又听到另一个故事，讲的是几个人在联句（或谓其中主角乃清代书家金冬心），为了凑韵脚，有人居然冒出一句"飞来柳絮一片红"的句子。大家面面相觑，不知此人为何如此没常识，天下柳絮当然都是白的，但"白"不押韵，奈何解围的才子出面了，他为那人在前面凑加了一句，"夕阳返照桃花渡"，那柳絮便立刻红得有道理了。我每想及这样的诗境，便不觉为其中的美感瞠目结舌。三月天，桃花渡口红霞烈山，一时天地皆朱，不知情的柳絮一头栽进去，当然也活该要跟万物红成一气。这样动人的句子，叫人不禁要俯身自视，怕自己也正站在夹岸桃花和落日夕照之间，怕自己的衣襟也不免沾上一片酒红。《圣经》上说："爱心能遮过错。"在我看来，因爱而生的解释才能把事情美满化解。所谓化解不是没有是非，而是超越是非。就算有过错也因那善意的解释如明矾入井，遂令浊物沉淀，水质复归澄莹。

女儿天性浑厚，有一次，小学年纪的她对我说：

"你每次说五点回家，就会六点回来，说九点回家，结果就会十点回来——我后来想通了，原来你说的是出发的时间，路上一小时你忘了加进去。"

我听了，不知该说什么。我回家晚，并不是因为忘了计算路上的时间，而是因为我生性贪溺，贪读一页书、贪写一段文字、贪一段山色……而小女孩说得如此宽厚，简直是鲍叔牙。两千多年前的鲍叔牙似乎早已拿定主意，无论如何总要把管仲说成好人。两人合伙做生意，管仲多取利润，鲍叔牙说："他不是贪心——是因为他家穷。"管仲三次做官都给人辞了。鲍叔牙说："不是他不长进，是他一时运气不好。"管仲打三次仗，每次都败亡逃走，鲍叔牙说："不要骂他胆小鬼，他是因为家有老母。"鲍叔牙赢了，对于一个永远有本事把你解

释成圣人的人，你只好自肃自策，把自己真的变成圣人。

物理学家可以说，给我一个支点，给我一根杠杆，我就可以把地球举起来——而我说，给我一个解释，我就可以再相信一次人世，我就可以接纳历史，我就可以义无反顾地拥抱这荒凉的城市。

2

"述而不作"，少年时代不明白孔子何以要作这种没有才气的选择，我却只希望作而不述。但岁月流转，我终于明白，述，就是去悲悯、去认同、去解释。有了好的解释，宇宙为之端正，万物由而含情。一部希腊神话用丰富的想象解释了天地四时和风霜雨露。譬如说朝露，是某位希腊女神的清泪。月桂树，则被解释为阿波罗重情的女子。

农神的女儿成了地府之神的妻子，天神宙斯裁定她每年可以回娘家六个月。女儿归宁，母亲大悦，土地便春回。女儿一回夫家，立刻草木摇落众芳歇，农神的恩宠也翻脸无情——季节就是这样来的。

而莫考来是平原女神和宙斯的儿子，是风神，他出世第一天便跑到阿波罗的牧场去偷了两条牛来吃（我们中国人叫"白云苍狗"，在希腊人却成了"白云肥牛"）——风神偷牛其实解释了白云经风一吹，便消失无踪的神秘诡异。

神话至少有一半是拿来解释宇宙大化和草木虫鱼的吧？如果人类不是那么偏爱解释，也许根本就不会产生神话。

而在中国，共工与颛顼争帝，怒而触不周之山，在一番"折天柱、绝地维"之后，（是回忆古代的一次大地震吗？）发生了"天倾西北，地陷东南"的局面。天倾西北，所以星星多半滑到那里去了，地陷东南，所以长江黄河便一路向东入海。

而埃及的砂碛上，至今屹立着人面狮身的巨像，中国早期的西王母则"其状如人、豹尾、虎齿、穴处"。女娲也不免"人面蛇身"。这些传说解释起来都透露出人类小小的悲伤，大约古人对自己的"头部"是满意的，至于这副躯体，他们却多少感到自卑。于是最早的器官移植便完成了，他们把人头下面换接了狮子、老虎或蛇鸟什么的。

张晓风
散文精选

说这些故事的人恐怕是第一批同时为人类的极限自悼，而又为人类的敏慧自豪的人吧？

而钱塘江的狂涛，据说只由于伍子胥那千年难平的憾恨。雅致的斑竹，全是妻子哭亡夫流下的泪水⋯⋯

解释，这件事真令我入迷。

3

有一次，走在大英博物馆里看东西，而这大英博物馆，由于是大英帝国全盛时期搜刮来的，几乎无所不藏。书画古玩固然多，连木乃伊也列成军队一般，供人检阅。木乃伊还好，毕竟是密封的，不料走着，居然看到一具枯尸，赫然趴在玻璃橱里。浅色的头发，仍连着头皮，头皮绽处，露出白得无辜的头骨。这人还有个奇异的外号叫"姜"，大概兼指他姜黄的肤色，和干皱如姜块的形貌吧！这人当时是采西亚一带的砂葬，热砂和大漠阳光把他封存了四千年，他便如此简单明了地完成了不朽，不必借助事前的金缕玉衣，也不必事后塑起金身——这具尸体，他只是安静地趴在那里，便已不朽，真不可思议。

但对于这具尸体的"屈身葬"，身为汉人，却不免有几分想不通。对于汉人来说，"两腿一伸"就是死亡的代用语，死了，当然得直挺挺地躺着才对。及至回国，偶然翻阅一篇人类学的文章，内中提到屈身葬。那段解释不知为何令人落泪，文章里说："有些民族所以采屈身葬，是因为他们认为死亡而埋入土里，恰如婴儿重归母胎，胎儿既然在子宫中是屈身，人死入土亦当屈身。"我于是想起大英博物馆中那不知名的西亚男子，我想起在兰屿雅美人的葬地里一代代的死者，啊——原来他们都在回归母体。我想起我自己，睡觉时也偏爱"睡如弓"的姿势，冬夜里，尤其喜欢蜷曲如一只虾米的安全感。多亏那篇文章的一番解释，这以后我再看到屈身葬的民族，不会觉得他们"死得离奇"，反而觉得无限亲切——只因他们比我们更像大地慈母的孩子。

4

神话退位以后，科学所做的事仍然还是不断地解释。何以有四季？他们说，因为地球的轴心跟太阳成二十三度半的倾斜，原来地球恰似一侧媚的女子，绝不肯直瞪着看太阳，她只用眼角余光斜斜一扫，便享尽太阳的恩宠。何以有天际垂虹，只因为万千雨珠一一折射了日头的光彩，至于潮汐呢？那是月亮一次次致命的骚扰所引起的亢奋和委顿。还有甜沁的母乳为什么那么准确无误地随着婴儿出世而开始分泌呢？（无论孩子多么早产或晚产）那是落盘以后，自有讯号传回，通知乳腺开始泌乳……科学其实只是一个执拗的孩子，对每一件事物好奇，并且不管死活地一路追问下去……每一项科学提出的答案，我都觉得应该洗手焚香，才能翻开阅读，其间吉光片羽，在在都是天机乍泄。科学提供宇宙间一切天工的高度业务机密，这机密本不该让我们凡夫俗子窥视知晓，所以我每聆到一则生物的或生理的科学知识，总觉敬慎凛栗，心悦诚服。

诗人的角色，每每也负责作"歪打正着"式的解释，"何处合成愁？"宋朝的吴文英作了成分分析以后，宣称那是来自"离人心上秋"。东坡也提过"春色三分，二分尘土，一分流水"的解释，说得简直跟数学一样精确。那无可奈何的落花，三分之二归回了大地，三分之一逐水而去。元人小令为某个不爱写信的男子的辩解也煞为有趣："不是不相思，不是无才思，绕清江，买不得天样纸。"这么寥寥几句，已足令人心醉，试想那人之所以尚未修书，只因觉得必须买到一张跟天一样大的纸才够写他的无限情肠啊！

5

除了神话和诗，红尘素居，诸事碌碌中，更不免需要一番解释了，记得多年前，有次请人到家里屋顶阳台上种一棵树兰，并且事先说好了，不活包退费的。我付了钱，小小的树兰便栽在花圃正中间。一个

张　晓　风
散　文　精　选

礼拜以后，它却死了。我对阳台上一片芬芳的期待算是彻底破灭了。

我去找那花匠，他到现场验了树尸，我向他保证自己浇的水既不多也不少，绝对不敢造次。他对着夭折的树苗偏着头呆看了半天，语调悲伤地说：

"可是，太太，它是一棵树啊！树为什么会死，理由多得很呢——譬如说，它原来是朝这方向种的，你把它拔起来，转了一个方向再种，它就可能要死！这有什么办法呢？"

他的话不知触动了我什么，我竟放弃退费的约定，一言不发地让他走了。

大约，忽然之间，他的解释让我同意，树也是一种自主的生命，它可以同时拥有活下去以及不要活下去的权利。虽然也许只是调了一个方向，但它就是无法活下去，不是有的人也是如此吗？我们可以到工厂里去订购一定容量的瓶子，一定尺码的衬衫，生命，却不能容你如此订购的啊！

以后，每次走过别人墙头冒出来的，花香如沸的树兰，微微的失怅里我总想起那花匠悲冷的声音。我想我总是肯同意别人的——只要给我一个好解释。

孩子小的时候，做母亲的糊里湖涂地便已就任了"解释者"的职位。记得小男孩初入幼稚园，穿着粉红色的小围兜来问我，为什么他的围兜是这种颜色。我说："因为你们正像玫瑰花瓣一样可爱呀！""那中班为什么穿蓝兜？""蓝色是天空的颜色，蓝色又高又亮啊！""白围兜呢？大班穿白围兜。""白，就像天上的白云，是很干净很纯洁的意思。"他忽然开心地笑了，表情竟是惊喜，似乎没料到小小围兜里居然藏着那么多的神秘。我也吓了一跳，原来孩子要的只是那么少，只要一番小小的道理，就算信口说的，就够他着迷好几个月了。

十几年过去了，午夜灯下，那小男孩用当年玩积木的手在探索分子的结构。黑白小球结成奇异诡秘的勾连，像一朵紧紧的玫瑰花束，又像一篇布局繁复却条理井然无懈可击的小说。

"这是正十二面烷。"他说。我惊讶这模拟的小球竟如此匀称优雅，黑球代表碳、白球代表氢，二者的盈虚消长便也算物华天宝了。

"这是赫素烯。"

"这是……"

我满心感激，上天何其厚我，那个曾要求我把整个世界一一解释给他听的小男孩，现在居然用他化学方面的专业知识向我解释我所不了解的另一个世界。

如果有一天，我因生命衰竭而向上苍祈求一两年额外加签的岁月，其目的无非是让我回首再看一看这可惊可欢的山川和人世。能多看它们一眼，便能多用悲壮的，虽注定失败却仍不肯放弃的努力再解释它们一次。并且也欣喜地看到人如何用智慧、用言词、用弦管、用丹青、用静穆、用爱，一一对这世界作其圆融的解释。

是的，物理学家可以说，给我一个支点，给我一根杠杆，我就可以把地球举起来——而我说，给我一个解释，我就可以再相信一次人世，我就可以接纳历史，我就可以义无反顾地拥抱这荒凉的城市。

我在

记得是小学三年级,偶然生病,不能去上学。于是抱膝坐在床上,望着窗外寂寂青山、迟迟春日,心里竟有一份巨大幽沉至今犹不能忘的凄凉。当时因为小,无法对自己说清楚那番因由,但那份痛,却是记得的。

为什么痛呢?现在才懂,只因你知道,你的好朋友都在那里,而你偏不在,于是你痴痴地想,他们此刻在操场上追追打打吗?他们在教室里挨骂吗?他们到底在干什么啊?不管是好是歹,我想跟他们在一起啊!一起挨骂挨打都是好的啊!

于是,开始喜欢点名,大清早,大家都坐得好好的,小脸还没有开始脏,小手还没有汗湿,老师说:

"×××"

"在!"

正经而清脆,仿佛不是回答老师,而是回答宇宙乾坤,告诉天地,告诉历史,说,有一个孩子"在"这里。

回答"在"字,对我而言总是一种饱满的幸福。

然后,长大了,不必被点名了,却迷上旅行。每到山水胜处,总想举起手来,像那个老是睁着好奇圆眼的孩子,回一声:

"我在。"

"我在"和"某某到此一游"不同，后者张狂跋扈，目无余子，而说"我在"的仍是个清晨去上学的孩子，高高兴兴地回答长者的问题。

其实人与人之间，或为亲情或为友情或为爱情，哪一种亲密的情谊不是基于我在这里，刚好，你也在这里的前提？一切的爱，不就是"同在"的缘分吗？就连神明，其所以为神明，也无非由于"昔在、今在、恒在"，以及"无所不在"的特质。而身为一个人，我对自己"只能出现于这个时间和空间的局限"感到另一种可贵，仿佛我是拼图板上扭曲奇特的一块小形状，单独看，毫无意义，及至恰恰嵌在适当的时空，却也是不可少的一块。天神的存在是无始无终浩浩莽莽的无限，而我是此时此际此山此水中的有情和有觉。

有一年，和丈夫带着一团的年轻人到美国和欧洲去表演，我坚持选崔颢的《长干曲》作为开幕曲，在一站复一站的陌生城市里，舞台上碧色绸子抖出来粼粼水波，唐人乐府悠然导出：

　　君家何处在，妾住在横塘。
　　停船暂借问，或恐是同乡。

渺渺烟波里，只因错肩而过，只因你在清风我在明月，只因彼此皆在这地球，而地球又在太虚，所以不免停舟问一句话，问一问彼此隶属的籍贯，问一问昔日所生、他年所葬的故里。那年夏天，我们也是这样一路去问海外中国人的隶属所在的啊！

《旧约》里记载了一则三千年前的故事，那时老先知以利因年迈而昏聩无能，坐视宠坏的儿子横行。小先知撒母耳却仍是幼童，懵懵懂懂地穿件小法袍在空旷的大圣殿里走来走去。然而，事情发生了，有一夜他听见轻声的呼唤：

"撒母耳！"

他虽瞌睡却是个机警的孩子，跳起来，便跑到老以利面前：

张晓风
散文精选

"你叫我,我在这里!"

"我没有叫你,"老态龙钟的以利说,"你去睡吧!"

孩子去躺下,他又听到相同的叫唤:

"撒母耳!"

"我在这里,是你叫我吗?"他又跑到以利跟前。

"不是,我没叫你,你去睡吧。"

第三次他又听见那召唤的声音,小小的孩子实在给弄糊涂了,但他仍然尽快跑到以利面前。

老以利蓦然一惊,原来孩子已经长大了,原来他不是小孩子梦里听错了话,不,他已听到第一次天音,他已面对神圣的召唤。虽然他只是一个弱的小孩,虽然他连什么是"天之钟命"也听不懂,可是,旧时代毕竟已结束,少年英雄会受天承运挑起八方风雨。

"小撒母耳,回去吧!有些事,你以前不懂,如果你再听到那声音,你就说:'神啊!请说,我在这里。'"

撒母耳果真第四度听到声音,夜空烁烁,廊柱耸立如历史,声音从风中来,声音从星光中来,声音从心底的潮声中来,来召唤一个孩子。撒母耳自此至死,一直是个威仪赫赫的先知,只因多年前,当他还是稚童的时候,他答应了那声呼唤,并且说:"我,在这里。"

我当然不是先知,从来没有想做"救星"的大志,却喜欢让自己是一个"紧急待命"的人,随时能说"我在,我在这里"。

这辈子从来没喝得那么多,大约是一瓶啤酒吧,那是端午节的晚上,在澎湖的小离岛。为了纪念屈原,渔人那一天不出海,小学校长陪着我们和家长会的朋友吃饭,对于仰着脖子的敬酒者你很难说"不"。他们喝酒的样子和我习见的学院人士大不相同,几杯下肚,忽然红上脸来,原来酒的力量竟是这么大的。起先,那些宽阔黧黑的脸不免不自觉地有一份面对台北人和读书人的卑抑,但一喝了酒,竟人人急着说起话来,说他们没有淡水的日子怎么苦,说淡水管如何修好了又坏了,说他们宁可倾家荡产,也不要天天开船到别的岛上去搬运

淡水……

而他们嘴里所说的淡水，在台北人看来，也不过是咸涩难咽的怪味水罢了——只是于他们却是遥不可及的美梦。

我们原来只是想去捐书，只是想为孩子们设置阅览室，没有料到他们红着脸粗着脖子叫嚷的却是水！这个岛有个好听的名字，叫鸟屿，岩岸是美丽的黑得发亮的玄武石组成的。浪大时，水珠会跳过教室直落到操场上来，澄莹的蓝波里有珍贵的丁香鱼，此刻餐桌上则是酥炸的海胆，鲜美的小蟳……然而这样一个岛，却没有淡水……

我能为他们做什么？在同盏共饮的黄昏，也许什么都不能，但至少我在这里，在倾听，在思索我能做的事……

读书，也是一种"在"。

有一年，到图书馆去，翻一本《春在堂笔记》，那是俞樾先生的集子，红绸精装的封面，打开封底一看，竟然从来也没人借阅过，真是"古来圣贤皆寂寞"啊！心念一动，便把书借回家去。书在，春在，但也要读者在才行啊！我的读书生涯竟像某些人玩"碟仙"，仿佛面对作者的精魄。对我而言，李贺是随召而至的，悲哀悼亡的时刻，我会说："我在这里，来给我念那首《苦昼短》吧！念'吾不识青天高，黄地厚，惟见月寒日暖，来煎人寿'。"读那首韦应物的《调笑令》的时候，我会轻轻地念："胡马胡马，远放燕支山下。跑沙跑雪独嘶，东望西望路迷。迷路迷路，边草无穷日暮。"一面觉得自己就是那从唐朝一直狂驰至今不停的战马，不，也许不是马，只是一股激情，被美所迷，被莽莽黄沙和胭脂红的落日所震慑，因而心绪万千，不知所止的激情。

看书的时候，书上总有绰绰人影，其中有我，我总在那里。

《旧约·创世记》里，堕落后的亚当在凉风乍至的伊甸园把自己藏匿起来。

上帝说：

"亚当，你在哪里？"

他嗫而不答。

张晓风
散文精选

如果是我，我会走出，说：

"上帝，我在，我在这里，请你看着我，我在这里。不比一个凡人好，也不比一个凡人坏，我有我的逊顺祥和，也有我的叛逆凶戾，我在我无限的求真求美的梦里，也在我脆弱不堪一击的人性里。上帝啊，俯察我，我在这里。"

"我在"，意思是说我出席了，在生命的大教室里。

几年前，我在山里说过的一句话容许我再说一遍，作为终响：

"树在。山在。大地在。岁月在。我在。你还要怎样更好的世界？"

我恨我不能如此抱怨

我不幸是一个"应该自卑"的人,不过所幸同时,又是一个糊涂的人,因此,靠着糊涂竟常常逾矩地忘了自己"应该自卑"的身份,这于我倒是件好事。

可是,每当我浑然欲忘的时候,总有一两个高贵的家伙适时提醒了我应该永志不忘的自卑感,使我不胜羞愤。

一日,我静坐悟道,忽然感出我种种自卑之端,皆在于生平不会埋怨。如果我一旦也像某些高贵的家伙整天能高声埋怨,低声叹气,想必也有一番风光。只是,此事知之虽不易,行之尤艰难,能"埋怨"的权利不是人人可以具备的。人家之所以高贵,是由于人家能"生而知之"地抱怨,次一等的也都或早或晚地参悟了"学而知之"的抱怨,我不幸是属于"困而不知"的绝物,我是一个注定应该自卑的角色了!

我生平第一件不如人的事便是中国话十分流利,使我失去了埋怨中国话的权利。无论什么话,要用国语讲出来于我竟是毫无窒碍,这件事真可耻。我很想努力雪耻,无奈已积习难返,力不从心了。试观今日之天下,讲中国话实为标准学人的第一大忌。我不幸没有得到良好的家教,从小竟然学会了中国话,思想起来对父母(乃至于祖父母)养子不教一事,总觉得他们难于透过。他们竟然不约束我,致使我的中国话发展成如此畸形的完整,真是令我气愤。

张 晓 风
散 文 精 选

如今学人讲演的必要程序之一便是讲几句话便忽然停下来，以优雅而微报的声音说："说到 Oedipus Complex，唔，这句话该怎么说？对不起，中文翻译我也不太清楚，什么？俄狄浦斯情意综，是，是，唔，什么？恋母情结？是，是，我也不敢 Sure，好，Anyway，你们都知道 Oedipus Complex，中文，唉，中文翻译真是……"

当然，一次演讲只停下来抱怨一次中文是绝对不够光彩的，段数高的人必须五步一楼十步一阁，连讲到 Brother-in-law 也必须停下来。"是啊，这个字真难翻，姐夫？不，他不是他的姐夫。小舅子？也不是小舅子，什么？小叔子——小叔子是什么意思？丈夫的弟弟？不对，他是他太太的妹妹的丈夫，连襟，连襟是这个意思吗？好，他的 Brother-in-law，他的连，连什么，是，是，他的连襟，中文有些地方真是麻烦，英文就好多啦。"

我对这种接驳式的演说真是企慕之至。试观他眉结轻绾，两手张摊的无奈，细赏他摇头叹息，嘴角下撇的韵味，真是儒雅风流，深得摩登才之趣。细腰的沈约，白脸的何晏万万不能与之相比，而我辈一口标准中文的人更不敢望其项背。"思果"先生竟然不合时宜地大谈起"翻译"来，真正应该闭门"思过"了。万一我们把英文都翻成了流利的中文，以致失去这些美好的、俏皮的、充满异国风情的旖旎的演讲，岂不罪莫大焉。好在思果先生的谬论只是这伟大潮流中的一小股逆流，至少目前还未看出对学术的不良影响。

我生平第二件不如人的事是身体太好，以致失去了抱怨天气、抱怨胃口，以及抱怨一切疼痛的权利。其实我也深知四十岁以上的人如果没有点血压高、糖尿病和胆固醇偏高，简直就等于取得了一张如假包换的清寒证明书。而四十岁以下的人如果不曾惹上"神经衰弱""胃痛""寂寞的十七岁"之类的症候，无异自己承认 IQ 偏低（IQ 该翻成什么，我不太清楚，噢，也许你说的对，好像是翻成智商），我不幸青黄不接，既没有捞着年轻人的病，也没赶上中老年人的热闹，真真是古人所谓的"粗安"。而且胃口尤其好，健康得近乎异常，在酒席上居然可以从拼盘吃到甜点。中间既不怕明虾引起过敏，也不嫌血蛤腥气，更压根儿没有想起肠子肚子是文明人该忌讳的东西，上青

菜的时候又总是忘了强调一声欢呼："青菜来了！我最爱吃青菜了！"等别人先叫了我当然不免后悔，但已来不及了。试看人家在说这话的当儿显出多么高华的气质，言下之意不外"我家天天炰龙炙凤，你这桌珍肴只有青菜是我很少吃到的"。而我觉得天下最可笑的事莫过于到酒席上去吃一棵用苏打水煮得酥软而又绿得古怪蹊跷的芥菜了。

偶然看一眼电视，我总是深感惭愧，简直像做了小偷似的。电视节目是卖药的提供的，看电视而不买药简直像看白戏一样不道德。设若人人都像我一样不道德，还得了吗？可惜卑鄙的我无论是"救心""救肾"都用不着，整肠健胃的药跟我也无缘，我甚至还忘了复兴固有文化人人有责的信条，居然也没买过"追风透骨丸""铁牛运功散""七厘行血散"，自己也很为自己的厚颜不安。不过我倒建议在这"药物超级市场"的电视广告中，可否加上一种药——专令人生点什么病的药——一来我生了病，自可理直气壮地走进药店，付我应该付的"娱乐费"，二来我也可以稍稍提高自己的社会地位，免得别人谈病的时候，我总是有着被摒弃的自卑。

我第三件不如人的事是生活得太简单，以致失去了形形色色可资抱怨的资料。我也很想抱怨自己的记性坏，但因缺少几分富贵气，即使勉强凑热闹抱怨两句，未必使"贵人多忘"的逆定理即"多忘贵人"成立。我也很想抱怨台北的路不及纽约好找，但不成器的我一打开地图立刻就知道去龙山寺，去后港里，乃至于去深坑去倒吊子该坐什么车。我更羡慕的抱怨是抱怨台北的菜馆变不出花样来，抱怨真正优秀的厨子都出去做了宣慰使。我说来不怕人耻笑，我即使吃一碗牛肉面、一碗担担面也觉得回味无穷。我甚至迷信中国厨子做的汉堡牛肉饼（看，好好一个用 Hamburger 的机会被找错过了！）也比洋人做得好吃些。对于那些高高兴兴地抱怨佣人难伺候、抱怨司机难请、抱怨女秘书不好找的人物，我其实是艳羡万分，假如我能再做一遍小学生，再有机会写一遍"我的志愿"，我一定不再想当总统或科学家了，我只愿能够做一个时时刻刻可以抱怨的人。大抱怨固然可以造成大显赫的感觉，小抱怨也颇能顾盼自雄，足以造成不肖如我者的嫉妒。说来真丢脸，我已经无行到连抱怨汽油贵的人都嫉妒的程度了。（因为我

张　晓　风
散　文　精　选

和朋友辈从来不买汽油，我的朋友们用汽油只止于打火机，我们也很想说几句话抱怨石油恐慌，但总壮不起胆来。）我嫉妒人家抱怨儿子不吃饭、不吃猪肝、不吃鸡腿——因为我的儿子从来不晓得吃饭前还有"母亲应该恳切地哀求，并许以郊游、逛街、冰淇淋等"的"文明规则"。相较之下，很为犬子"援筷直吃"的缺乏教养的表现而羞愧，至于那些抱怨股票不好做，抱怨女儿不好好学钢琴，抱怨丈夫不回家吃饭，抱怨太太花钱如水，抱怨全台北没有一个好手艺的西装师傅，抱怨买不到真正的美国生芹菜，无一不令人闻之自卑而汗颜。

　　我恨自己缺乏抱怨的资料，不过好在我虽然身不能至，尚能心向往之。我深恐有人仍然恬不知耻地不懂得为自己不能抱怨而自卑而羞愤，乃谨撰文，但愿国中人士皆能父以勉子，兄以勉弟，以期他日能湔雪前耻发愤图强，共缔光明之前程。

专宠

那天早晨，天无端地晴了。使人几乎觉得有点不该，昨天才刚晴过，难道今天还有如此运气再晴一天？那阵子被早春的风风雨雨折磨怕了，竟然连阳光也不敢信任起来。

从研究室的窗子望出去，相思林里已经有一两棵开了黄花，仿佛春天出了题目，那才思敏捷的便先交了卷。

到了九点钟，阳光的这份情看起来是认真而负责的，不像会随时溜走的样子。山路经过昨天和今天，想来应该干爽了，我于是打电话叫朋友来分享后山相思林里的花香，结果一个说：

"妈妈病了。"另一个说：

"要赶着送东西给明天出境的一位太太，让她到美国的时候顺道带给姐姐。"

唉，真复杂。

还有一个更可恶，居然说：

"如果你昨天通知我或许还可以，今天临时不行，我的车子出去跑业务了，一时回不来。"

"活见鬼咧，"我心里想，"昨天，昨天我怎么通知你，昨天连我自己也不知道我今天会想爬山啊，别说我，连太阳老兄也没决定他要不要出来执勤呢。"

小小的旅行团组不成，我于是决定自己一个人出发。星期六的中

张 晓 风
散 文 精 选

午,一切都可以了断的一刹那,我离开书桌,循着花香的暗记一路行去。此刻只觉自己是"天下第一闲人",又觉得自己是古代强霸的独擅专宠的嫔妃,在大化的纵容里据定一座春山做我的昭阳宫或者长生殿。

多好的事情!

每到春天,漫说大化宠我,连我自己也宠惜起自己来。纵容自己疏懒,纵容自己不务正业,纵容自己疯疯癫癫。

前几天,和阿伦阿机疯到高速公路上去了,车近台中忽见一行羊蹄甲,一棵一棵全专心致意地开着,三个人忍不住尖声鬼叫起来,阿伦起先还忍着,终于忍不住,把车子往路旁停了下来。

"高速公路不准停车的呀!警察来了怎么办?"

"怎么办?我就说你们两个病了!"阿伦向来蛮悍。

"病了?什么病?"

"想看花的病!"

我们就那样又疯狂又安静地坐着,看风中一阵阵飘下花来,羊蹄甲的美像北地胭脂,非常凶霸,眼看它一批批往下落,树上的阵容却老也不减,这样的场面要连演一个月,它才肯换上绿叶的新戏码。

那天正坐着,一朵花蓦然叩到扫雨器上来了,另一朵更过分,竟然穿窗而入,直直地嵌入我的发茨。

看花,要趁时机啊,被花所看亦然。

所以在有花可看,有树可看的日子,疯一点,也不算过分,未来的人生成功立业是可以努力以致的,看花的权利却不是努力就拼得到手的。

走出研究室,由于天好,粉紫色的酢浆草和嫩黄色的小金英便开了一地。如果春天是一个美丽的、多层的大蛋糕,这些野花我想便应该看做"蛋糕的底层"——可是,不对,还有更低的底层,前些日子在植物园里,看见新荷乍浮,圆圆青青小小,像婴儿最无心机的凝视,却又因毫无心机而无不洞悉。那些水生的蘋藻与荷叶,与马蹄莲,与布袋莲,都可看作最基层的春天干部。

校园真是好地方,从小学入学的第一天,已经过了三分之一个世

纪了,我从来没有离开校门一步,校园总有些花有些树有些草有孩子的歌声笛声吉他声,一年四季,看不完的时序,涌溢不尽的青春。想起前些日子在东海和一位朋友走过一大列盛开着细小白花的灌木丛,他悠然停步微笑,说:

"你知道,有时在这样春天的校园里走着走着,忽然间,我就羡慕起自己来了!"

我一时愕然。这句话他不说,我亦不知,他一说,我才觉得这正该是我要说的话啊,怎么倒被他先说了!世间若真有可羡之身,岂不正是我自己吗?而此"可羡之身"不是昨日之我,不是来日之我,正是此时此刻此风此雨此花此月之间的我啊!

学校附近的这座山叫乌尖连峰,标高不过五百公尺,却已经足以看遍半个台北。山头是一块整个的大岩石,号称军舰岩,我每走到此处总想起那死于肺癌的卢光舜副院长,想他火化之后,曾将一半的骨灰洒在此处,只因这里可以守望他生前深爱的医院,这里曾有他壮年岁月最轻飏的登山脚踪,及至骨灰飘飘也无非等于最后一次最痛快的远足。

山河之美,宫室之胜应该与岁月与血脉与故事与人物相结合,这一点是我游罢伦敦西敏寺才知道的。随着逶迤的观光队伍看遍寺中的名人之墓,明明知道这一座一座华美的墓雕下,都有一段显赫的历史,但不管走过"血腥玛丽"或"但尼生",心中竟硬是丝毫感动不来,盛暑中我悄然伫足在阴凉的冢穴间,终于忍不住问自己一个问题:

"如果现在看的不是西敏寺,而是王嫱的昭君墓,杜甫的浣花草堂,或吴季札生死无违的挂剑台,我会不会也如此反应木然呢?"

不料只此一念,竟已心血沸扬,不能自抑,当下才明白原来有些"不亲"的东西即使面面相觑,也自不亲,必须有亲有分的东西才足以惊心动魄。

军岩舰如巨艨,在纷碧攘绿的山林巨浪中独航,本来已是一番美景,现在却因前人的风范和遗爱而益发有情有意起来。

有一种小花,白色的,匍匐在地上毫无章法地乱开一气,它长得那么矮,恍如刚断奶的孩子,独自依恋着大地的母怀,暂时不肯长高,

张 晓 风
散 文 精 选

而每一朵素色的花都是它烂漫的一笑。

初春的嫩叶照例不是浅碧而是嫩红。状如星雨的芒萁蕨如此。尖苞如纺锤的雀榕如此。柔枝纷披的菩提如此。想来植物年年也要育出一批"赤子",红通通的,血色充沛的元胎。

几乎每到春天,我就要嫉妒画家一次,像阿伦背着画架四处跑,仿佛看起风景来硬是比我们多了一重理由,使我差不多要自卑了。当然,我倒也不是终年羡慕他们,我只是说春天,在花事最盛的时候,一切都来不及的在演出谢幕的时候,只有他们有权利将美一把拦截住,并且"标价出售"。

好在春天很快就过去了,我的妒意也在不知不觉间忘记了,直到翌年春天才会再犯。

不能画春天就吃一点春天也是好的。前些日子回娘家去看父母,早上,执意要自己上菜场买菜。说穿了哪里是什么孝心,只不过想去看看屏东小城的春蔬。一路走,一路看绿茎红根的菠菜,看憨憨白白的胖萝卜,看紫得痴愚的茄子,以及仿佛由千百粒碧玉坠子组成的苦瓜,而终于,我选了一把叫"过猫"的春蕨,兴冲冲拿回家炒了。想想那就是伯夷所食的薇,不觉兴奋起来,我把那份兴奋保密,直到上了饭桌才宣布。

"爸爸,你吃过蕨类没有?"

"吃过,那时在云南山里逃难,云南人是吃蕨的。"

当然,想来如此,云南如此多山多涧多烟岚,理当有鲜嫩可食的蕨。

"可是,在台湾没吃过。"

"喏,你看,这盘便是,叫'过猫',很好吃呢!"

"奇怪,怎么叫'过猫'?"爸爸小声嘀咕。

可是,我就是喜欢它叫过猫呢,我心里反驳道,它是一只顽皮的小野猫,不听话,不安分,却有一身用不完的精力,宜于在每一条山沟上跳来蹿去,处处留下它顽皮的足迹。

吃新上市的春蔬,总让我感到一种类似草食动物的咀嚼的喜悦。对不会描画春天的我而言,吃下春天似乎是唯一的补偿吧!

爬着山，不免微喘，喘息仿佛是肺纳的饥饿。由于饿，呼吸便甜美起来，何况这里是山间的空气，浮动着草香花香土香的小路。这个春天，我认真地背诵野花的名字"紫花藿香蓟""南国蓟""昭和草""桃金娘""鼠麴草""兰花参""通泉草""龙葵""睫穗蓼"……可恨的山野永远比书本丰富，我仍然说不出鼻孔里吸进去的芬芳有些什么名字。

最近几乎天天想到前人笔记里的"二十四番花信风"，中国人真是好客，冬末春初我们惜花如待上宾，如对韵友。四个月里，一百二十天，每五日是一番花信，我们翘首以盼，原来花也是可以纳入一种秩序规矩的。喜欢《镜花缘》里的百花仙，喜欢有品有秩有纪律的美丽，一丝也错不得的——万一错了，还得领受惩罚贬入凡尘呢！

其实四个月里当然不止开了二十四种花，这满山的花也自不止二十四种，但能说出"二十四番花信风"的民族是聪明到懂得和花订好约会的民族——并且非常笃定的相信，群花自会一一前来践约。

不需要真的看遍梅花、水仙、桃花、杏花……麦花、桐花、柳花、荼蘼花、楝花，只消一想"二十四番花信风"这句话说得有多么好，已觉深意千重。一春花事，是说不尽的繁盛和殷勤啊！

唉，春天走路总是走不快，一路上有好多要看要听要闻要摸要思要想以及要兴奋要惆怅的东西。

终于，我独坐下来，不肯再走了，反正"百草千花寒食路"，春天的山是走不完的。

整个山，只专宠一个像我这样平凡的女子，我开始有点感谢我的朋友不曾来，所有的天光，所有的鸟语，所有新抽的松蕊，所有石上的水痕，所有俯视和仰视的角度，所有已开和未开的花，都归我一个人独享——而且绝然不是由于我的努力认真才获得的报偿。相反的，正是由于我的疏狂懒散，我的无所图为，我的赖皮无状，才使我能走到这山上来，领略此刻的专宠。

在径旁坐久了，忽然从石头上蹦来一只土色的小蚱蜢，停在我的袖子上。我穿的衫子恰好也是自己喜欢的土褐色，想必这只今春才孵化的糊里糊涂的小蚱蜢误以为我也是一块岩石吧？想到这里，我忽然

张　晓　风
散 文 精 选

端肃起来，一动也不敢动，并且非常努力地扮演一块岩石，一时心里只觉好笑好玩，竟不断地告诉自己："不要动，不要动，这只小蚱蜢刚出道，它以为你是岩石，你就当岩石好了——免得打击它的自信心。"

相持了几分钟，小蚱蜢还是跳走了，不知它临走时知不知道真相，它究竟是因停久了，觉得没趣才走的？还是因为这岩石居然有温度，有捶鼓式的音节自中心部分传来而恐惧不安才走的？不管怎么说，至少它一度视我为岩石，倒也令人自慰。如果我是智者，如果我来向石头说法，倒不须它们点头称是，只希望群石接耳道：

"喂，你们看说话的那一位，我敢打赌，他自己也是石头。"

从登山到出山，前后不到一个时辰，但世上却是几多年呢？我走下山来，自觉是千年后的自己，一身披着时间的斗篷，斧老柯烂，我已观罢一局春声与春色对弈的步步好棋。

怀着独擅专宠的窃喜，我一面步下山径，一面把整座山的丰富密密实实地塞在背袋里。

有一件事，我不知道该怎么说，才能讲清楚，我曾手植一株自己，在山的岩缝里。而另一方面我也盗得一座山，挟在我的臂弯里。（挟泰山以超北海，其实，也不难呢！）如果你听人说今年春天，我在山中走失了，至今未归，那句话并不算错。但如果你听说有一座山，忽然化作"飞去峰"，杳然无踪，请相信，那也是丝毫不假的。

210

我有一个梦

四月的植物园，一头走进去，但见群树汹涌而来，各绿其绿，我站在旧的图书馆前，心情有些迟疑。新荷已"破水而出"，这些童年期的小荷令人忽然懂得什么叫疼怜珍惜。

我迟疑，只因为我要去找刘白如先生谈自己的痴梦，有求于人，令我自觉羞惭不安，可是，现在是春天，一切的好事都应该可以有权利发生。

似乎是仗了好风好日的胆子，我于是走了进去，找到刘先生，把我的不平和愿望一五一十地说了。我说，我希望有人来盖一间国文教室——在这中国的土地上——盖一间合乎美育原则的，像中国旧式书斋的教室。

我把话说得简单明了，所以只消几句就全说完了。

"构想很好，"刘先生说，"我来给你联络台中明道中学的汪校长。"

"明道是私立中学，"我有点担心，"这教室费财费力，明道未必承担得下来，我看还是去找教育部门来出面比较好。"

"这你就不懂了，还是私立学校单纯——汪校长自己就做得了主。如果案子交给公家，不知道要左开会右开会，开到什么时候？"

我同意了，当下又聊了些别的事，我即开车回家，从植物园到我家，大约十分钟车程。

张 晓 风
散 文 精 选

走进家门，尚未坐下，电话铃已响，是汪校长打来的，刘先生已把我的想法都告诉他了。

"张教授，我们原则上就决定做了，过两天，我上台北，我们商量一下细节。"

我被这个电话吓了一跳，世上之人，有谁幸运似我，就算是暴君，也不能强迫别人十分钟以后立刻决定承担这么大一件事。

我心里涨满谢意。

两年以后，房子盖好了，题名为"国学讲坛"。

一开始，刘先生曾命我把口头的愿望写成具体的文字，可以方便宣传，我谨慎从命，于是写了这篇《我有一个梦》。

我有一个梦。

我不太敢轻易地把这梦说给人听，怕遭人耻笑——毕竟，在这个世界上敢于去梦想的人并不多。

让我把故事从许多年前说起：南台湾的小城，一个女中的校园。六月，成串的黄花沉甸甸地垂自阿勃拉花树。风过处，花雨成阵，松鼠在老树上飞奔如急箭，音乐教室里传来三角大钢琴的琤琮流泉……

啊！我要说的正是那间音乐教室！

我不是一个敏于音律的人，平生也不会唱几首歌，但我仍深爱音乐。这，应该说和那间音乐教室有关吧！

我仿佛仍记得那间教室：大幅的明亮的窗，古旧却完好的地板，好像是日据时期留下的大钢琴，黄昏时略显昏暗的幽微光线……我们在那里唱"苏连多岸美丽海洋"，我们在那里唱《阳关三叠》。

所谓学习音乐，应该不止是一本音乐课本、一个音乐老师。它岂不是也包括那个阵雨初霁的午后，那熏人欲醉的南风，那树梢悄悄的风声，那典雅的光可鉴人的大钢琴，那开向群树的格子窗……

近年来，我有机会参观一些耗资数百万或上千万的自然科学实验室。明亮的灯光下，不锈钢的颜色闪烁着冷然且绝对的知性光芒。令人想起伽利略，想起牛顿，想起历史回廊上那些伟大耸立的名字。实验室已取代古人的孔庙，成为现代人知识的殿堂，人行至此都要低声下气，都要"文武百官，至此下马"。

人文方面的教学也有这样伟大的空间吗？有的。英文教室里，每人一副耳机，清楚的录音带会要你把每一节发音都校正清楚，电视画面上更有生动活泼的镜头，诱导你可以做个"字正腔圆"的"英语人"。

每逢这个时候，我就暗自叹息，在我们这号称为中国的土地上，有没有哪一个教育行政人员，肯把为物理教室、化学教室或英语教室所花的钱匀出一部分用在中国语文教室里的？换句话说，我们可以来盖一间国学讲坛吗？

当然，你会问："国学讲坛？什么叫国学讲坛？国文哪需要什么讲坛？国学讲坛难道需要望远镜或显微镜吗？国文会需要光谱仪吗？国文教学不就只是一位戴老花眼镜的老先生凭一把沙喉老嗓就可以廉价解决的事吗？"

是的，我承认，曾经有位母亲，蹲在地上，凭一根树枝、一堆沙子，就这样，她教出了一位欧阳修来。只要有一公尺见方的地方，只要有一位热诚的教师和学生，就能完成一场成功的教学。

但是，现在是九十年代了，我们在一夕之间已成暴富，手上捧着钱茫茫然不知该做什么……为什么在这种时候，我们仍然要坚持阳春式的国文教学呢？

我有一个梦。（但称它为梦，我心里其实是委屈的啊！）

我梦想在这号称为中国的土地上，除了能为英文为生物为化学为太空科学设置实验室之外，也有人肯为国文设置一间讲坛。

我梦想有一位国文教师在教授"好鸟枝头亦朋友，落花水面皆文章"的时候，窗外有粉色羊蹄甲正落入春水的波面，苦楝树上也刚好传来鸟鸣，周围的环境恰如一片舞台布景板，处处笺注着白纸黑字的诗。

晚明吴从先有一段文字令人读之目醉神驰，他说："斋欲深，槛欲曲，树欲疏，萝薜欲青垂；几席、阑干、窗窦，欲净滑如秋水；榻上欲有云烟气；墨池、笔床，欲时泛花香。读书得此护持，万卷尽生欢喜。琅嬛仙洞，不足羡矣。"

吴从先又谓："读史宜映雪，以莹玄鉴。读子宜伴月，以寄远

张　晓　风
散　文　精　选

神……读《山海经》、《水经》、丛书小史，宜倚疏花瘦竹，冷石寒苔，以收无垠之游，而约缥缈之论。读忠列传，宜吹笙鼓瑟以扬芳。读奸佞传，宜击剑捉酒以销愤。读'骚'宜空山悲号，可以惊蛰。读赋宜纵水狂呼，可以旋风……"

——啊，不，这种梦太奢侈了！要一间平房，要房外的亭台楼阁花草树木，要春风穿户，夏雨叩窗的野趣，还要空山幽壑，笙瑟溢耳。这种事，说出来——谁肯原谅你呢？

那么，退而求其次吧！只要一间书斋式的国学讲坛吧！要一间安静雅洁的书斋，有中国式的门和窗，有木质感觉良好的桌椅，你可以坐在其间，你可以第一次觉得做一个中国人也是件不错的事，也有其不错的感觉。

那些线装书——就是七十多年前差点遭一批激进分子丢到茅厕坑里去的那批——现在拿几本来放在桌上吧！让年轻人看看宋刻本的书有多么典雅娟秀，字字耐读。

教室的前方，不妨有"杏坛"两字，如果制成匾，则悬挂高墙，如果制成碑，则立在地上。根据《金石索》的记录，在山东曲阜的圣庙前，有金代党怀英所书"杏坛"两字，碑高六尺（指汉制的六尺），宽三尺，字大一尺八寸。我没有去过曲阜，不知那碑如今尚在否？如果断碑尚存，则不妨拓回来重制，如果连断碑也不在了，则仍可根据金石索上的图样重刻回来。

唐人钱起的诗谓："更怜童子宜春服，花里寻师到杏坛。"百年来我们的先辈或肝脑涂地或胼手胝足，或躲在防空洞里读其破本残卷，或就着油灯饿着肚子皓首穷经——但这一切是为了什么？岂不是为了让我们的下一代活得幸福光彩，让他们可以穿过美丽的花径，走到杏坛前去接受教化，去享受一个中国少年对中国文化理所当然的继承权。

教室里，沿着墙，有一排矮柜，柜子上，不妨放些下课时可以把玩的东西。一副竹子搁臂，凉凉的，上面刻着诗。一个仿制的古瓮，上面刻着元曲，让人惊讶古代平民喝酒之际也不忘诗趣。一把仿同治时代的茶壶，肚子上面刻着一圈二十个字："落雪飞芳树，幽红雨淡霞，薄月迷香雾，流风舞艳花。"学生正玩着的时候，你可以告诉孩

子们这是一首回文诗，全世界只有中国语言可以做的回文诗。而所谓回文诗，你可以从任何一个字念起，意思都通，而且都押韵。当然，如果教师有点语言学的知识，他可以告诉孩子汉语是孤立语（Isolating Language）跟英文所属的屈折语（Inflectional Language）不同。至于仿长沙马王堆的双耳漆器酒杯，由于是纱胎，摇起来里面还会响呢！这比电动玩具可好玩多了吧？酒杯上还有篆文，"君幸酒"三个字，可堪细细看去。如果找到好手，也可以用牛肩胛骨做一块仿古甲骨文，所谓学问，有时固然自苦读中得来，有时也不妨从玩耍中得来。

墙上也有一大片可利用的地方，拓一方汉墓石，如何？跟台北画价动辄十万相比，这些古物实在太便宜了，那些画像砖之浑朴大方，令人悠然神往。

如果今天该讲岳飞的《满江红》，何不托人到杭州岳王坟上拓一张岳飞真迹来呢！今天要介绍"月落乌啼霜满天"吗？寒山寺里还有俞樾那块诗碑啊！如果把康南海的那一幅比照来看，就更有意思，一则"古钟沦日史"的故事已呼之欲出。杜甫成都浣花溪的千古风情，或诸葛武侯祠的高风亮节，都可以在一幅幅挂轴上留下来。

你喜欢有一把古琴或古筝吗？有，也可以，没有，也可以。这种事不妨即兴。

你喜欢有一点檀香加茶香吗？有，也可以，没有，也可以。这种事只消随缘。

如果学生兴致好，他们可以在素净的钵子里养一盆素心兰，这样，他们会了解什么叫中国式的芬芳。

教室里不妨有点音响设备，让听惯麦当娜的耳朵，听一听什么叫笛？什么叫箫？什么叫"把乌"？什么叫笙簧……

你听过"鱼洗"吗？一只铜盆，里面刻镂着细致的鱼纹，你在盆里注上大半盆水，然后把手微微打湿，放在铜盆的双耳上摩擦，水就像细致如丝的喷柱，激射而出——啊，世上竟有这么优雅的玩具。当然，如果你要用物理上的"共振"来解释它，也很好。如果你不解释，仅只让下了课的孩子去"好奇一下"，也就算够本。

张　晓　风
散　文　精　选

如果有好端砚，就放一方在那里。你当然不必迷信这样做就能变化气质。但砚台也是可以玩可以摸的，总比玩超人好吧？那细致的石头肌理具有大地的性格，那微凹的地方是时间自己的雕痕。

你要让年少的孩子去吃麦当劳，好吧，由你。你要让他们吃肯德基？好，请便。但，能不能，在他年少的时候，在小学，在中学，或者在大学，让他有机会坐在一间中国式的房子里，让他眼睛看到的是中国式的家具和摆设，让他手摸到的是中国式的器皿，让他——我这样祈祷应该不算过分吧——让他忽然对自己说："啊！我是一个中国人！"

音乐有教室，因为它需要一个地方放钢琴。理化有教室，因为它需要一个空间放仪器。"国父思想"和"军训"各有教室，体育则花钱更多。那么，容不容许辟一间国学讲坛呢？这样的梦算不算妄想呢？如果我说，教国文也需要一间讲坛——那是因为我有一整个中国想放在里面啊！

我有一个梦！这是一个不忍告诉别人，又不忍不告诉别人的梦啊！

我交给你们一个孩子

我交给你们一个孩子

小男孩走出大门,返身向四楼阳台上的我招手,说:
"再见!"

那是好多年前的事了,那个早晨是他开始上小学的第二天。

我其实仍然可以像昨天一样,再陪他一次,但我却狠下心来,看他自己单独去了。他有属于他的一生,是我不能相陪的,母子一场,只能看作一把借来的琴,能弹多久,便弹多久,但借来的岁月毕竟是有其归还期限的。

他欣然地走出长巷,很听话的既不跑也不跳,一副循规蹈矩的模样。我一人怔怔地望着油加利下细细的朝阳而落泪。

想大声地告诉全城市,今天早晨,我交给你们一个小男孩,他还不知恐惧为何物,我却是知道的,我开始恐惧自己有没有交错?

我把他交给马路,我要他遵守规矩沿着人行道而行,但是,匆匆的路人啊,你们能够小心一点吗?不要撞到我的孩子,我把我至爱的孩子交给了纵横的道路,容许我看见他平平安安地回来!

我不曾搬迁户口,我不要越区就读,我们让孩子读本区内的国民

张晓风
散文精选

小学而不是某些私立明星小学，我努力去信任我们的教育当局，而且，是以自己的儿女为赌注来信任的——但是，学校啊，当我把我的孩子交给你，你保证给他怎样的教育？今天清晨，我交给你一个欢欣诚实又颖悟的小男孩，多年以后，你将还我一个怎样的青年？

他开始识字，开始读书，当然，他也要读报纸、听音乐或看电视、电影，古往今来的撰述者啊！各种方式的知识传递者啊！我的孩子会因你们得到什么呢？你们将饮之以琼浆，灌之以醴醐，还是哺之以糟粕？他会因而变得正直忠信，还是学会奸猾诡诈？当我把我的孩子交出来，当他向这世界求知若渴，世界啊，你给他的会是什么呢？

世界啊，今天早晨，我，一个母亲，向你交出她可爱的小男孩，而你们将还我一个怎样的人呢！

小蜥蜴如何藏身在草丛里的奇观

我给小男孩请了一位家庭教师，在他七岁那年。

听到的人不免吓了一跳：

"什么，那么小就开始补习了？"

不是的，我为他请一位老师是因为小男孩被蝴蝶的三部曲弄得神魂颠倒，又一心想知道蚂蚁怎么回家；看到世上有那么多种蛇，也使他欢喜得发了慌，我自己对自然的万物只有感性的欢欣赞叹，没有条析缕陈的解释能力，所以，我为他请了老师。

有一张征求老师的文字是我想用而不曾用过的，多年来，它像一坛忘了喝的酒，一直堆栈在某个不显眼的角落。春天里，偶然男孩又不自觉地转头去听鸟声的时候，我就会想起自己心底的那篇文字：

> 我们要为我们的小男孩寻找一位生物老师。
>
> 他七岁，对万物的神奇兴奋到发昏的程度，他一直想知道，这一切"为什么是这样的？"
>
> 我们想为他找的不单是一位授课的老师，也是一位启示他生命的奇奥和繁富的人。

汉双凤纹空心砖

他不是天才，他只是一个好奇而且喜欢早点知道答案的孩子。我们尊重他的好奇，珍惜他兴奋易感的心，我们不是富有的家庭，但我们愿意好好为他请一位老师，告诉他花如何开？果如何结？蜜蜂如何住在六角形的屋子里？蚯蚓如何在泥土中走路吃饭……他只有一度童年，我们急于让他早点享受到"知道"的权利。

　　有的时候，也请带他到山上到树下去上课，他喜欢知道蕨类怎样生长，杜鹃花怎样红遍山头，以及小蜥蜴如何藏身在草丛里的奇观……

　　有谁愿意做我们小男孩的生物老师？

小男孩后来读了两年生物，获益无穷，而这篇在心底重复无数遍的"征求老师"的腹稿却只供我自己回忆。

寻人启事

我坐在餐桌旁修改自己的一篇儿童诗稿，夜渐渐深了。
男孩房里的灯仍亮着，他在准备那些考不完的试。
我说：
"喂，你来，我有一篇诗要给你看！"
他走过来，把诗拿起来，慢慢看完，那首诗是这样写的：

寻人启事
妈妈在客厅贴起一张大红纸
上面写着黑黑的几行字：
兹有小男孩一名不知何时走失
谁把他拾去了啊，仁人君子
他身穿小小的蓝色水手服
他睡觉以前一定要念故事
他重得像铅球又快活得像天使
满街去指认金龟车是他的专职

张晓风
散文精选

　　当电扇修理匠是他的大志
　　他把刚出生的妹妹看了又看露出诡笑：
　　"妈妈呀，如果你要亲她就只准亲她的牙齿。"
　　那个小男孩到哪里去了，谁肯给我明示？
　　听说有位名叫时间的老人把他带了去
　　却换给我一个国中的少年比妈妈还高
　　正坐在那里愁眉苦脸地背历史
　　那昔日的小男孩啊不知何时走失
　　谁把他带还给我啊，仁人君子。

看完了，他放下，一言不发地回房去了。第二天，我问他：
"你读那首诗怎么不发表一点高见？"
"我读了很难过，所以不想说话……"
我茫然走出他的房间，心中怅怅，小男孩已成大男孩，他必须有所忍受，有所承载，我所熟知的一度握在我手里的那一双小手有如飞鸟，在翩飞中消失了。

仅仅只在不久以前，他不是还牵着妹妹的手，两人诡秘地站在我的书房门口吗？他们同声用排练好的做作的广告腔说：

　　好立克大王
　　张晓风女士
　　请你出来
　　为你的儿子女儿冲一杯好立克

这样的把戏玩了又玩，一杯杯香浓的饮料喝了又喝，童年，繁华喧天的岁月，就如此跫音渐远。

有一次，在朋友的墙上看到一幅英文格言：
"今天，是你生命余年中的第一日。"
我看了，立即不服气。
"不是的，"我说，"对我来讲，今天，是我有生之年的最后

一天。"

最后一天，来不及的爱，来不及的飞扬，来不及的期许，来不及的珍惜和低回。

容我好好爱宠我的孩子，在今天，毕竟，在永世永劫的无穷岁月里，今天，仍是他们今后一生一世里最最幼小的一天啊！

念你们的名字

孩子们，这是八月初的一个早晨，美国南部的阳光舒迟而透明，流溢着一种让久经忧患的人鼻酸的、古老而宁静的幸福。助教把期待已久的发榜名单寄来给我，一百二十个动人的名字，我逐一地念着，忍不住覆手在你们的名字上，为你们祈祷。

在你们未来漫长的七年医学教育中，我只教授你们八个学分的国文，但是，我渴望能教你们如何做一个人——以及如何做一个中国人。

我愿意再说一次，我爱你们的名字，名字是天下父母满怀热望的刻痕，在万千中国文字中，他们所找到的是一两个最美丽最醇厚的字眼——世间每一个名字都是一篇简短质朴的祈祷！

"林逸文""唐高骏""周建圣""陈震寰"，你们的父母多么期望你们是一个出类拔萃的孩子。"黄自强""林进德""蔡笃义"，多少伟大的企盼在你们身上。"张鸿仁""黄仁辉""高泽仁""陈宏仁""叶宏仁""洪仁政"，说明了儒家传统的对仁德的向往。"邵国宁""王为邦""李建忠""陈泽浩""江建中"，显然你们的父母曾把你们奉献给苦难的中国。"陈怡苍""蔡宗哲""王世尧""吴景农""陆恺"，含蕴着一个古老地圆融的理想。我常惊讶，为什么世人不能虔诚地细味另一个人的名字？为什么我们不懂得恭敬地省察自己的名字？每一个名字，不论雅俗，都自有它的哲学和爱心。如果我们能用细腻的领悟力去叫别人的名字，我们便能学会更多的互敬和互爱，这世界也可

以因此而更美好。

这些日子以来，也许你们的名字已成为乡梓邻里间一个幸运的符号，许多名望和财富的预期已模模糊糊和你们的名字联在一起，许多人用钦慕的眼光望着你们，一方无形的匾已悬在你们的眉际。有一天，"医生"会成为你们的第二个名字，但是，孩子们，什么是医生呢？一件比常人更白的衣服？一笔比平民更饱涨的月入？一个响亮荣耀的名字？孩子们，在你们不必讳言的快乐里，抬眼望望你们未来的路吧！

什么是医生呢？孩子们，当一个生命在温湿柔韧的子宫中悄然成形时，你，是第一个宣布这神圣事实的人。当那蛮横的小东西在尝试转动时，你是第一个窥得他在另一个世界的心跳的人。当他陡然冲入这世界，是你的双掌，接住那华丽的初啼。是你，用许多防疫针把成为正常的权利给了婴孩。是你，辛苦地拉动一个初生儿的船纤，让他开始自己的初航。当小孩半夜发烧的时候，你是那些母亲理直气壮打电话的对象。一个外科医生常像周公旦一样，是一个在简单的午餐中三次放下食物走入急救室的人。有的时候，也许你只须为病人擦一点红汞水，开几颗阿司匹林，但也有的时候，你必须为病人切开肌肤，拉开肋骨，拨开肺叶，将手术刀伸入一颗深藏在胸腔中的鲜红心脏。你甚至有的时候必须忍受眼看血癌吞噬一个稚嫩无辜的孩童而束手无策的裂心之痛！一个出名的学者来见你的时候，可能只是一个脾气暴烈的牙痛病人。一个成功的企业家来见你的时候，可能只是一个气结的哮喘病人。一个伟大的政治家来见你的时候，也许什么都不是，他只剩下一口气，拖着一个中风后的瘫痪的身体。挂号室里美丽的女明星，或者只是一个长期失眠的、神经衰弱的、有自杀倾向的患者——你陪同病人经过生命中最黯淡的时刻，你倾听垂死者最后的一次呼吸、探察他最后的一槌心跳。你开列出生证明书，你在死亡证明书上签字，你的脸写在婴儿初闪的瞳仁中，也写在垂死者最后的凝望里。你陪同人类走过生、老、病、死，你扮演的是一个怎样的角色啊！一个真正的医生怎能不是一个圣者。

事实上，作为一个医者的过程正是一个苦行僧的过程，你需要学多少东西才能免于自己的无知，你要保持怎样的荣誉心才能免于自己的无行,你要几度犹豫才能狠下心拿起解剖刀切开第一具尸体,你要怎样自省,才能在千万个病人之后免于职业性的冷静和无情。在成为一个医治者之前,第一个需要被医治的,应该是我们自己。在一切的给予之前,让我们先成为一个"拥有"的人。

孩子们,我愿意把那则古老的"神农氏尝百草"的神话再说一遍,《淮南子》上说:"古者民茹草饮水,采树木之实,食蠃蚘之肉,时多疾病毒伤之害,于是神农氏乃始教民播种五谷,尝百草之滋味,水泉之甘苦,令民知所辟就,当此之时,一日而遇七十毒。"

神话是无稽的,但令人动容的是一个行医者的投入精神,以及那种人饥己饥、人溺己溺、人病己病的同情。身为一个现代的医生当然不必一天中毒七十余次,但贴近别人的痛苦,体谅别人的忧伤,以一个单纯的"人"的身份,恻然地探看另一个身罹疾病的"人"仍是可贵的。

记得那个"悬壶济世"的故事吗?"市中有老翁卖药,悬一壶于肆头,及市罢,辄跳入壶中,市人莫之见。"——那老人的药事实上应该解释成他自己。孩子们,这世界上不缺乏专家,不缺乏权威,缺乏的是一个"人",一个肯把自己给出去的人。当你们帮助别人时,请记得医药是有时而穷的,唯有不竭的爱能照亮一个受苦的灵魂。古老的医术中不可缺的是"探脉",我深信那样简单的动作里蕴藏着一些神秘的象征意义,你们能否想象用一个医生敏感的指尖去探触另一个人的脉搏的神圣画面。

因此,孩子们,让我们怵然自惕,让我们清醒地推开别人加给我们的金冠,而选择长程的劳瘁。诚如耶稣基督所说:"非以役人,乃役于人。"真正伟人的双手并不浸在甜美的花汁中,他们常忙于处理一片恶臭的脓血。真正伟人的双目并不凝望最翠拔的山峰,他们低俯下来察看一个卑微的贫民的病容。孩子们,让别人去享受"人上人"的荣耀,我只祈求你们善尽"人中人"的天职。

我曾认识一个年轻人,多年后我在纽约遇见他,他开过计程车,做过跑堂,以及各式各样的生存手段——他仍在认真地念社会学,而且还在办杂志。一别数年,恍如隔世,但最安慰的是当我们一起走过

曼哈顿的市声，他无愧地说："我还保持着我当年那一点对人的关怀，对人的好奇，对人的执着。"其实，不管我们研究什么，可贵的仍是那一点点对人的诚意。我们可以用赞叹的手臂拥抱一千条银河，但当那灿烂的光流贴近我们的前胸，其中最动人的音乐仍是一分钟七十二响的雄浑坚实如祭鼓的人类的心跳！孩子们，尽管人类制造了许多邪恶，人体还是天真的、可尊敬的奥秘的神迹。生命是壮丽的、强悍的，一个医生不是生命的创造者——他只是协助生命神迹保持其本然秩序的人。孩子们，请记住你们每一天所遇见的不仅是人的"病"，也是病的"人"，人的眼泪，人的微笑，人的故事，孩子们，这是怎样的权利！

作为一个国文老师，我所能给你们的东西是有限的。几年前，曾有一天清晨，我走进教室，那天要上的课是诗经——而我们刚得到退出联合国的消息。我捏着那古老的诗册，望着台下而哽咽了，眼前所能看见的是二十世纪的烽烟，而课程的进度却要我去讲三千年前的诗篇，诗中有的是水草浮动的清溪，是杨柳依依的水湄，是鹿鸣呦呦的草原，是温柔敦厚的民情。我站在台上，望着台下激动的眼神，仍然决定讲下去。那美丽的四言诗是一种永恒，我告诉那些孩子们有一种东西比权力更强，比疆土更强，那是文化——只要国文尚在，则中国尚在，我们仍有安身立命之所。孩子们，选择做一个中国人吧！你们曾由于命运生为一个中国人，但现在，让我们以年轻的、自由的肩膀，选择担起这份中国人的轭。但愿你所医治的，不仅是一个病人的沉疴，而是整个中国的羸弱。但愿你们所缝补的不仅是一个病人的伤痕，而是整个中国的痛疽。孩子们，所有的良医都是良相——正如所有的良相都是良医。

长窗外是软碧的草茵，孩子们，你们的名字浮在我心中，我浮在四壁书香里，书浮在黯红色的古老图书馆里，图书馆浮在无际的紫色花浪间，这是一个美丽的校园。客中的岁月看尽异国的异景，我所缅怀的仍是台北三月的杜鹃。孩子们，我们不曾有一个古老幽美的校园，我们的校园等待你们的足迹使之成为美丽。

孩子们，求全能者以广大的天心包覆你们，让你们懂得用爱心去

张　晓　风
散　文　精　选

托住别人。求造物主给你们内在的丰富,让你们懂得如何去分给别人。某些医生永远只能收到医疗费,我愿你们收到的更多——我愿你们收到别人的感念。

念你们的名字,在乡心隐动的清晨。我知道有一天将有别人念你们的名字,在一片黄沙飞扬的乡村小路上,或是曲折迂回的荒山野岭间,将有人以祈祷的嘴唇,默念你们的名字!

我不知道怎样回答

有些时候,我不知怎样回答那些问题,可是……

有一次,经过一家木材店,忽然忍不住为之伫足了。秋阳照在那一片粗糙的木纹上,竟像炒栗子似的,爆出一片干燥郁烈的芬芳,我在那样的香味里回到了太古,我恍惚可以看到遮天蔽日的原始森林,我看到第一个人类以斧头斫向擎天的绿意,一斧下去,木香争先恐后地喷向整个森林,那人几乎为之一震。每一棵树是一瓶久贮的香膏,一经启封,就香得不可收拾。每一痕年轮是一篇古赋,耐得住最仔细的吟读。

店员走过来,问我要买什么木料,我不知怎样回答。我可能愚笨地摇摇头。我要买什么?我什么都不缺,我拥有一街晚秋的阳光,以及免费的沉实浓馥的香味。要快乐,所需要的东西是多么出人意外的少啊!

我七岁那年,在南京念小学,我一直记得我们的校长。二十五年之后我忽然知道她在台北一个五专做校长,我决定去看看她。

校警把我拦住,问我找谁,我回答了他,他又问我找她干什么?我忽然支吾而不知所答,我找她干什么?我怎样使他了解我"不干什么",我只是冲动地想看看二十五年前升旗台上一个亮眼的回忆,我

张　晓　风
散　文　精　选

只想把二十五年来还没有忘记的校歌背给她听，并且想问问她当年因为幼小而唱走了音的是什么字——这些都算不算事情呢？

　　一个人找一个人必需要"有事"吗？我忽然感到悲哀起来。那校警后来还是把我放了进去，我见到我久违了四分之一世纪的一张脸，我更爱她——因为我自己也已经做了十年的老师，她也非常讶异而快乐，能在灾劫之余一同活着一同燃烧着，是一件可惊可叹的事。

　　儿子七岁了，忽然出奇地想建树他自己。有一天，我要他去洗手，他拒绝了。
　　"我为什么要洗手？"
　　"洗手可以干净。"
　　"干净又怎么样？不干净又怎么样？"他抬起调皮的晶亮眼睛。
　　"干净的小孩才有人喜欢。"
　　"有人喜欢又怎么样？没有人喜欢又怎么样？"
　　"有人喜欢将来才能找个女朋友啊？"
　　"有女朋友又怎么样，没有女朋友又怎么样？"
　　"有女朋友才能结婚啊！"
　　"结婚又怎么样？不结婚又怎么样？"
　　"结婚才能生小娃娃，妈妈才有小孙子抱哪！"
　　"有孙子又怎么样？没有孙子又怎么样？"
　　我知道他简直为他自己所新发现的句子构造而着迷了，我知道那只是小儿的戏语，但也不由得不感到一阵生命的悲凉，我对他说：
　　"不怎么样！"
　　"不怎么样又怎么样？怎么样又怎么样？"
　　我在瞠目不知所对中感到一种敬意，他在成长，他在强烈地想要建树他自己的秩序和价值，我感到一种生命深处的震动。
　　虽然我不知道怎样回答他的问题，虽然我不知道用什么方法使一个小男孩喜欢洗手，但有一件事我们彼此都知道：我仍然爱他，他也仍然爱我，我们之间仍然有无穷的信任和尊敬。

我有

　　那天下午回家，心里好不如意，坐在窗前，禁不住地怜悯起自己来。

　　窗棂间爬着一溜紫藤，隔着青纱和我对坐着，在微凉的秋风里和我互诉哀愁。

　　事情总是这样的，你总得不到你所渴望的公平。你努力了，可是并不成功，因为掌握你成功的是别人，而不是你自己。我也许并不稀罕那份成功，可是，心里总不免有一份受愚的感觉。就好像小时候，你站在糖食店的门口，那里有一份抽奖的牌子。你的眼睛望着那最大最漂亮的奖品，可是你总抽不着，你袋子里的镍币空了，可是那份希望仍然高高地悬着。直到有一天，你忽然发现，事实上根本没有那份奖额，那些藏在一排排红纸后面的签全是些空白的或者是近于空白的小奖。

　　那申紫藤这些日子以来美得有些神奇，秋天里的花就是这样的，不但美丽，而且有那么一份凄凄艳艳的韵味。风一过的时候，醉红乱旋，把怜人的红意都荡到隔窗的小室中来了。

　　唉，这样美丽的下午，把一腔怨烦衬得更不协调了。可恨的还不止是那些事情的本身，更有被那些事扰乱得不再安宁的心。

　　翠生生的叶子簌簌作响，如同檐前的铜铃，悬着整个风季的音乐。这音乐和蓝天是协调的，和那一滴滴晶莹的红也是协调的——只是和

张 晓 风
散 文 精 选

我受愚的心不协调。

其实我们已经受愚多次了，而这么多次，竟没有能改变我们的心，我们仍然对人抱着孩子式的信任，仍然固执地期望着良善，仍然宁可被人负，而不负人，所以，我们仍然容易受伤。

我们的心敞开，为要迎一只远方的青鸟。可是扑进来的总是蝙蝠，而我们不肯关上它，我们仍然期待着青鸟。

我站起身，眼前的绿烟红雾缭绕着。使我有着微微眩昏的感觉，遮不住的晚霞破墙而来，把我罩在大教堂的彩色玻璃下，我在那光辉中立着，洒金的分量很沉重地压着我。

"这些都是你的，孩子，这一切。"

一个遥远而又清晰的声音穿过脆薄的叶子传来，很柔和、很有力，很使我震惊。

"我的？"

"我的，我给了你很久了。"

"唔，"我说，"我不知道。"

"我晓得，"他说，声音里流溢着悲悯，"你太忙。"

我哭了，虽然没有责备。

等我抬起头来的时候，那声音便悄悄隐去了，只有柔和的晚风久久不肯散去。我疲倦地坐下去，疲于一个下午的怨怒。

我真是很愚蠢的——比我所想象的更愚蠢，其实我一直是这么富有的，我竟然茫无所知，我老是计较着，老是不够洒脱。

有微小的钥匙转动的声音，是他回来了。他总是想偷偷地走进来，让我有一个小小的惊喜，可是他办不到，他的步子又重又实，他就是这样的。

现在他是站在我的背后了，那熟悉的皮夹克的气息四面袭来，把我沉在很幸福的孩童时期的梦幻里。

"不值得的，"他说，"为那些事失望是太廉价了。"

"我晓得，"我玩着一裙阳光喷射的洒金点子，"其实也没有什么。"

"人只有两种，幸福的和不幸福的。幸福的人不能因不幸的事变

成不幸福，不幸福的人也不能因幸运的事变成幸福。"

他的目光俯视着，那里面重复地写着一行最美丽的字眼，我立刻再一次知道我是属于哪一类了。

"你一定不晓得的，"我怯怯地说，"我今天才发现，我有好多好多东西。"

"真的那么多吗？"

"真的，以前我总觉得那些东西是上苍赐予全人类的，但今天我知道，那是我的，我一个人的。"

"你好富有。"

"是的，很富有，我的财产好殷实。我告诉你，我真的相信，如果今天黄昏时宇宙间只有我一个人，那些晚霞仍然会排铺在天上的，那些花儿仍然会开成一片红色的银河系的。"

忽然我发现那些柔柔的须茎开始在风中探索，多么细弱的挣扎，那些卷卷的绿意随风上下，一种撼人的生命律动。从窗棂间望出去，晚霞的颜色全被这些纤纤约约的小触须给抖乱了，乱得很鲜活。

生命是一种探险，不是吗？那些柔弱的小茎能在风里成长，我又何必在意长长的风季？

忽然，我再也想不起刚才忧愁的真正原因了。我为自己的庸俗愕然了好一会。

有一堆温柔的火焰从他双眼中升起。我们在渐冷的暮色里互望着。

"你还有我，不要忘记。"他的声音有如冬夜的音乐，把人圈在一团遥远的烛光里。

我有着的，这一切我一直有着的，我怎么会忽略呢？那些在秋风里犹为我绿着的紫藤，那些虽然远在天边还向我絮然的红霞，以及那些在一凝注间的爱情，我还能要求些什么呢？

那些叶片在风里翻着浅绿的浪，如同一列编磬，敲出很古典的音色。我忽然听出，这是最美的一次演奏，在整个长长的秋季里。

母亲的羽衣

讲完了牛郎织女的故事,细看儿子已经垂睫睡去,女儿却犹自瞪着坏坏的眼睛。

忽然,她一把抱紧我的脖子把我赘得发疼:

"妈妈,你说,你是不是仙女变的?"

我一时愣住,只胡乱应道:

"你说呢?"

"你说,你说,你一定要说。"她固执地扳住我不放。"你到底是不是仙女变的?"

我是不是仙女变的?——哪一个母亲不是仙女变的?

像故事中的小织女,每一个女孩都曾住在星河之畔,她们织虹纺霓,藏云捉月,她们几曾烦心挂虑?她们是天神最偏怜的小女儿,她们终日临水自照,惊讶于自己美丽的羽衣和美丽的肌肤,她们久久凝注着自己的青春,被那份光华弄得痴然如醉。

而有一天,她的羽衣不见了,她换上了人间的粗布——她已经决定做一个母亲。有人说她的羽衣被锁在箱子里,她再也不能飞翔了,人们还说,是她丈夫锁上的,钥匙藏在极秘密的地方。

可是,所有的母亲都明白那仙女根本就知道箱子在哪里,她也知道藏钥匙的所在,在某个无人的时候,她甚至会惆怅地开启箱子,用

忧伤的目光抚摸那些柔软的羽毛，她知道，只要羽衣一着身，她就会重新回到云端，可是她把柔软白亮的羽毛拍了又拍，仍然无声无息地关上箱子，藏好钥匙。

是她自己锁住那身昔日的羽衣的。

她不能飞了，因为她已不忍飞去。

而狡黠的小女儿总是偷窥到那藏在母亲眼中的秘密。

许多年前，那时我自己还是一个小女孩，我总是惊奇地窥伺着母亲。

她在口琴背上刻了小小的两个字——"静鸥"，那里面有什么故事吗？那不是母亲的名字，却是母亲名字的谐音，她也曾梦想过自己是一只静栖的海鸥吗？她不怎么会吹口琴，我甚至想不起她吹过什么好听的歌，但那名字对我而言是母亲神秘的羽衣，她轻轻写那两个字的时候，她可以立刻变了一个人，她在那名字里是另外一个我所不认识的有翅的什么。

母亲晒箱子的时候是她另外一种异常的时刻，母亲似乎有好些东西，完全不是拿来用的，只为放在箱底，按时年年在三伏天取出来曝晒。

记忆中母亲晒箱子的时候就是我兴奋欲狂的时候。

母亲晒些什么？我已不记得，记得的是樟木箱又深又沉，像一个混沌黝黑初生的宇宙，另外还记得的是阳光下竹竿上富丽夺人的颜色，以及怪异却又严肃的樟脑味，以及我在母亲喝禁声中东摸摸西探探的快乐。

我唯一真正记得的一件东西是幅漂亮的湘绣被面，雪白的缎子上，绣着兔子和翠绿的小白菜，和红艳欲滴的小杨花萝卜，全幅上还绣了许多别的令人惊讶赞叹的东西，母亲一面整理，一面会忽然回过头来说："别碰，别碰，等你结婚就送给你。"

我小的时候好想结婚，当然也有点害怕，不知为什么，仿佛所有的好东西都是等结了婚就自然是我的了，我觉得一下子有那么多好东西也是怪可怕的事。

张　晓　风
散 文 精 选

　　那幅湘绣后来好像不知怎么就消失了，我也没有细问。对我而言，那么美丽得不近真实的东西，一旦消失，是一件合理得不能再合理的事。譬如初春的桃花，深秋的枫红，在我看来都是美丽得违了规的东西，是茫茫大化一时的错误，才胡乱把那么多的美堆到一种东西上去，桃花理该一夜消失的，不然岂不教世人都疯了？

　　湘绣的消失对我而言简直就是复归大化了。

　　但不能忘记的是母亲打开箱子时那份欣悦自足的表情，她慢慢地看着那幅湘绣，那时我觉得她忽然不属于周遭的世界，那时候她会忘记晚饭，忘记我扎辫子的红绒绳。她的姿势细想起来，实在是仙女依恋地轻抚着羽衣的姿势，那里有一个前世的记忆，她又快乐又悲哀地将之一一拾起，但是她也知道，她再也不会去拾起往昔了——惟其不会重拾，所以回顾的一刹那更特别的深情凝重。

　　除了晒箱子，母亲最爱回顾的是早逝的外公对她的宠爱，有时她胃痛，卧在床上，要我把头枕在她的胃上，她慢慢地说起外公。外公似乎很舍得花钱（当然也因为有钱），总是带她上街去吃点心，她总是告诉我当年的肴肉和汤包怎么好吃，甚至煎得两面黄的炒面和女生宿舍里早晨订的冰糖豆浆（母亲总是强调"冰糖"豆浆，因为那是比"砂糖"豆浆为高贵的）都是超乎我想象力之外的美味，我每听她说那些事的时候，都惊讶万分——我无论如何不能把那些事和母亲联想在一起。我从有记忆起，母亲就是一个吃剩菜的角色，红烧肉和新炒的蔬菜简直就是理所当然地放在父亲面前的，她自己的面前永远是一盘杂拼的剩菜和一碗"擦锅饭"（擦锅饭就是把剩饭在炒完菜的剩锅中一炒，把锅中的菜汁都擦干净了的那种饭），我简直想不出她不吃剩菜的时候是什么样子。

　　而母亲口里的外公、上海、南京、汤包、肴肉全是仙境里的东西，母亲每讲起那些事，总有无限的温柔，她既不感伤，也不怨叹，只是那样平静地说着。她并不要把那个世界拉回来，我一直都知道这一点，我很安心，我知道下一顿饭她仍然会坐在老地方，吃那盘我们大家都不爱吃的剩菜。而到夜晚，她会照例一个门一个窗地去检点去上闩。她一直都负责把自己牢锁在这个家里。

哪一个母亲不曾是穿着羽衣的仙女呢？只是她藏好了那件衣服，然后用最黯淡的一件粗布把自己掩藏了，我们有时以为她一直就是那样的。

而此刻，那刚听完故事的小女儿鬼鬼地在窥伺着什么？

她那么小，她何由得知？她是看多了卡通，听多了故事吧？她也发现了什么吗？

是在我的集邮本偶然被儿子翻出来的那一刹那吗？是在我拣出石涛画册或汉碑并一页页细味的那一刻吗？是在我猛然回首听他们弹一阕熟悉的钢琴练习曲的时候吗？抑是在我带他们走过年年的春光，不自主地驻足在杜鹃花旁或流苏树下的一瞬间吗？

或是在我动容地托住父亲的勋章或童年珍藏的北平画片的时候，或是在我翻拣夹在大字典里的干叶之际，或是在我轻声地教他们背一首唐诗的时候……

是有什么语言自我眼中流出呢？是有什么音乐自我腕底泻过吗？为什么那小女孩会问道：

"妈妈，你是不是仙女变的呀？"

我不是一个和千万母亲一样安分的母亲吗？我不是把属于女孩的羽衣收折得极为秘密吗？我在什么时候泄漏了自己呢？

在我的书桌底下放着一个被人弃置的木质砧板，我一直想把它挂起来当一幅画，那真该是一幅庄严的画，那样承受过万万千千生活的刀痕和凿印的，但不知为什么，我一直也没有把它挂出来……

天下的母亲不都是那样平凡不起眼的一块砧板吗？不都是那样柔顺地接纳了无数尖锐的割伤却默无一语的砧板吗？

而那小女孩，是凭什么神秘的直觉，竟然会问我：

"妈妈？你到底是不是仙女变的？"

我掰开她的小手，救出我被吊得酸麻的脖子，我想对她说：

"是的，妈妈曾经是一个仙女，在她做小女孩的时候，但现在，她不是了，你才是，你才是一个小小的仙女！"

但我凝注着她晶亮的眼睛，只简单地说了一句：

"不是，妈妈不是仙女，你快睡觉。"

"真的?"

"真的!"

她听话地闭上了眼睛，旋又不放心地睁开。

"如果你是仙女，也要教我仙法哦!"

我笑而不答，替她把被子掖好，她兴奋地转动着眼珠，不知在想什么。

然后，她睡着了。

故事中的仙女既然找回了羽衣，大约也回到云间去睡了。

风睡了，鸟睡了，连夜也睡了。

我守在两张小床之间，久久凝视着他们的睡容。

种种可爱

作为一个小市民有种种令人生气的事——但幸亏还有种种可爱，让人忍不住的高兴。

中华路有一家卖蜜豆冰的——蜜豆冰原来是属于台中的东西（木瓜牛奶也是），但不知什么时候台北也都有了——门前有一副对联，对联的字写得普普通通，内容更谈不上工整，却是情婉意贴，令人动容。

上句是：我们是来自纯朴的小乡村。

下句是：要做大台北无名的耕耘者。

店名就叫"无名蜜豆冰"。

台北的可爱就在各行各业间平起平坐的大气象。

永康街有一家卖面的，门面比摊子大，比店小，常在门口换广告词，冬天是"100℃的牛肉面"。

春天换上"每天一碗牛肉面，力拔山河气盖世。"

这比"日进斗金"好多了，我每看一次简直就对白话文学多生出一份信心。

有一天在剧场里遇见孟瑶，请她去喝豆浆，同车去的还有俞大纲老师和陈之藩夫人，他们都是戏剧家，很高兴地纵论地方剧，忽然，那驾驶员说：

"川剧和湖北戏也都是有帮腔的呀!"

张　晓　风
散　文　精　选

我肃然起敬，不是为他所讲的话，而是为他说话的架势，那种与一代学者比肩谈话也不失其自信的本色。

台北的人都知道自己有讲话的份，插嘴的份。

好几年前，我想找一个洗衣兼打扫的半工，介绍人找了一位洗衣妇来。

"反正你洗完了我家也是去洗别人家的，何不洗完了就替我打扫一下，我会多算钱的。"

她小声地咕哝了一阵，介绍人郑重宣布：

"她说她不扫地——因为她的兴趣只在洗衣服。"

我起先几乎大笑，但接着不由一凛，原来洗衣服也可以是一个人认真的"兴趣"。

原来即使是在"洗衣"和"扫地"之间，人也要有其一本正经的抉择，有抉择才有的自主的尊严。

带一位香港的朋友坐计程车去找一个地方，那条路特别不好找，计程车司机找过了头，然后又折回来。

下车的时候，他坚持要扣下多绕了冤枉路的钱。

"是我看错才走错的，怎么能收你们的钱？"

后来死推活拉，总算用折衷的办法，把争执的差额付了。香港的朋友简直看得愣住了，我觉得大有面子。

祝福那位司机！

我家附近有一个卖水果的，本来卖许多种水果，后来改了，只卖木瓜，见我走过，总要说一句：

"老师，我现在卖木瓜了——木瓜专科。"

又过了一阵，他改口说：

"老师，现在更进步了，是木瓜大学了。"

我喜欢他那骄矜自喜的神色，喜欢他四个肤色润泽的活蹦乱跳的孩子——大概都是木瓜大学作育有功吧？

隔巷有位老太太，祭祀很诚，逢年过节总要上供，有一天，我经过她设在门口的供桌，大吃一惊，原来她上供的主菜竟是洋芋沙拉，另外居然还有罐头。

后来想倒也发觉她的可爱，活人既然可以吃沙拉和罐头，让祖宗或神仙换换口味有何不可？

她的没有章法的供菜倒是有其文化交流的意义了。

从前，在中华路平交道口，总是有个北方人在那里卖大饼，我从来没有见过那种大饼整个一块到底有多大，但从边缘的弧度看来直径总超过二尺。

我并不太买那种饼，但每过几个月我总不放心地要去看一眼，我怕吃那种饼的人愈来愈少，卖饼的人会改行，我这人就是"不放心"（和平东路拓宽时，我很着急，深怕师大当局一时兴起，把门口那开满串串黄花的铁刀木砍掉，后来一探还在，高兴得要命）。

那种硬硬厚厚的大饼对我而言差不多是有生命的，北方黄土高原上的生命，我不忍看它在中华路上慢慢绝种。

后来不知怎么搞的，忽然满街都在卖那种大饼，我安心了，真可爱，真好，有一种东西暂时不会绝种了！

华西街是一条好玩的街，儿子对毒蛇发生强烈兴趣的那一阵子我们常去。我们站在毒蛇店门口，一家一家地去看那些百步蛇、眼镜蛇、雨伞蛇……

"那条蛇毒不毒？"我指着一条又粗又大的问店员。

"不被咬到就不毒！"

没料到是这样一句回话，我为之暗自惊叹不已。其实，世事皆可作如是观，有浪，但船没沉，何妨视作无浪，有陷阱，但人未失足，何妨视作坦途。

我常常想起那家蛇店。

有　天在一家公司的墙上看到这样一张小纸条：

"请随手关灯，节约能源，支援十大建设。"

看了以后，一下子觉得十大建设好近好近，好像就是家里的事，让人觉得就像自家厨房里添抽风机或浴室里要添热水炉，或饭厅里要添冰箱的那份热闹亲切的喜气。——有喜气就可以省着过日子，省得扎实有希望。

为了整修"我们咖啡屋"，我到八斗子渔港去买渔网，渔网是棉

张　晓　风
散　文　精　选

纱的，用山上采来的一种植物染成赭红色，现在一般都用尼龙的了，那种我想要的老式的棉纱渔网已成古董。

终于找到一家有老渔网的，他们也是因为舍不得，所以许多年来一直没丢，谈了半天他们决定了价钱：

"二角三！"

二角三就是二千三百的意思，我只听见城里市面上的生意人把一万说成一块，没想到在偏僻的八斗子也是这样说的，大家说到钱的时候，全都不当回事，总之是大家都有钱了，把一万元说成一块钱的时候，颇有那种偷偷地志得意满而又谦逊不露的劲头。

有一阵子，我的公交月票掉了，还没有补办好再买的手续以前，我只好每次买票——但是因为平时没养成那份习惯，每看见车来，很自然地跳上去了，等发现自己没有月票，已经人在车上了。

这种时候，车掌多半要我就便在车上跟其他乘客买票——我买了，但等我付钱时那些买主竟然都说："算了，不要钱了。"一次犹可，连着几次都是这样，使我着急起来，那么多好人，令人"无所逃于天地之间"，长此以往，我岂不成了"免费乘车良策"的发明人了，老是遇见好人也真是让人非常吃不消的事。

我的月票始终没去补办，不过却幸运地被捡到的人辗转寄回来了，我可以高高兴兴地不再受惠于人了——不过偶然想起随便在车上都能遇见那么多肯"施惠于人"的好人，可见好人倒也不少，台北究竟还是个适合人住的地方。

在一家最大规模的公立医院里，看到一个牌子，忍不住笑了起来，那牌子上这样写着："禁止停车，违者放气。"

我说不出的喜欢它！

老派的公家机关，总不免摆一下衙门脸，尽量在口气上过官瘾，碰到这种情形，不免要说"违者送警"或"违者法办"。

美国人比较干脆，只简简单单的两个大字"No Parking"——"勿停"。

但口气一简单就不免显得太硬。

还是"违者放气"好，不凶霸不懦弱，一点不涉于官方口吻，而

且憨直可爱，简直有点孩子气的作风——而且想来这办法绝对有效。

有个朋友姓李，不晓得走路的习惯是偏于内八字或外八字——总之，他的鞋跟老是磨得内外侧不一样厚。

他偶然找到一个鞋匠，请他换鞋跟，很奇怪的，那鞋匠注视了一下，居然说："不用换了，只要把左右互调一下就是了，反正你的两块鞋跟都还有一半是好用的！"

朋友大吃一惊，好心劝告他这样处处替顾客打算，哪里有钱赚，他却也理直气壮：

"该赚的才赚，不该赚的就不赚——这块鞋底明明还能用。"

朋友刮目相看，然后试探性地问他：

"为国家做了一辈子事，退了役还得补鞋，政府真对不起你。"

"什么？人人要这样一想还得了，其实只有我们对不起国家，国家哪有什么对不起我们的。"

朋友感动不已，嗫嗫嚅嚅地表示要送他一套旧西装（他真的怕会侮辱他），他倒也坦然接受了。

不知为什么，朋友说这故事给我听的时候，我也不觉得陌生，而且真切得有如今天早晨我才看过那老鞋匠似的。

有一次在急诊室看医生急救病人，病人已经昏迷了，氧气罩也没用了，医生狠劲地用一个类似皮球的东西往里面压缩氧气。

至少是呼吸系统有毛病。

两个医生轮流压，像打仗似的。

渐渐地，他清醒了，但仍说不出话来，医生只好不断发问来让他点头摇头，大概问十几个问题才碰得上一个点头的答案。

他是在路上发病的，一个亲人也没有，送他来的是一个不相干的人。

后来发现他可以写字——虽然他眼睛一直是闭着的。

医生问他的病历，问他是不是服过某些成药，问他现在的感觉，忽然，那医生惊喜地叫了一声：

"写下去，写下去，再写！你写得真好——哎，你的字好漂亮。"

整个急救的过程，我都一面看一面佩服，但是当他用欢呼的声音去赞美那病人不成笔画的字的时候，我却为之感动得哽咽起来。

张 晓 风
散 文 精 选

　　病人果真一路写下去。

　　也许那病人想起了什么，虽然闭着眼睛，躺在床上仰面而写，手是从生死边缘被救回来的战抖不已的手——但还有人在赞美他的字！也许是颜体的，也许是柳体，也许什么都不是，只是一个活着的人写的字，可贵的是此刻他的字是"被赞美的字"。

　　那医生救人的技能来自课本，但他赞美病人的字迹却来自智慧和爱心，后者更足以使整个的急救室像殿堂一样的神圣肃穆起来。

　　有一位父执辈，颇有算八字的癖好，谁家有了刚生的孩子，他总要抢来时辰，免费服务一番——那是他难得实习的机会。

　　算久了，他倒有一个发现，现代孩子的命普遍都比老一辈好，他又去找同道证实，得到的结论也都一样，他于是很高兴，说：

　　"国运一定是好的了，要不是国运好，哪有那么多命好的孩子。"

　　我自己完全不知道八字是怎么一回事，但听到他的话仍不免欢欣雀跃，甚至肃然起敬——为那些一面在排着神秘的八字一面又不忘忧心国事的人。

　　在澄清湖的小山上爬着，爬到顶，有点疑惑不知该走哪一条路回去，问道于路旁的一个老兵。

　　那人简直不会说话得出奇，他说：

　　"看到路——就走，看到路——就走，再看到路——再走，就到了。"

　　我心里摇头不已，怎么碰到这么呆的指路人！

　　赌气回头自己走，倒发现那人说的也没错，的确是"看到路——就走"，渐渐地，也能咀嚼出一点那人言语中的诗意来，天下事无非如此，"看到路——就走"，哪有什么一定的金科玉律，一部廿五史岂不是有路就走——没有路就开路，原来万物的事理是可以如此简单明了——简单明了得有如呆人的一句呆话。

　　西谚说，把幸运的人丢到河里，他都能口衔宝物而归，我大概也是幸运的人，生活在这座城里，虽也有种种倒霉事，但奇怪的是，我记得住的而且在心中把玩不已的全是这些可爱的片断！这些从生活的渊泽里捞起来的种种不尽的可爱。

遇见

一个久晦后的五月清晨，四岁的小女儿忽然尖叫起来。
"妈妈！妈妈！快点来呀！"
我从床上跳起，直奔她的卧室，她已坐起身来，一语不发地望着我，脸上浮起一层神秘诡异的笑容。
"什么事？"
她不说话。
"到底是什么事？"
她用一只肥匀的有着小肉窝的小手，指着窗外。而窗外什么也没有，除了另一座公寓的灰壁。
"到底什么事？"
她仍然秘而不宣地微笑，然后悄悄地透露一个字。
"天！"
我顺着她的手望过去，果真看到那片蓝过千古而仍然年轻的蓝天，一尘不染令人惊呼的蓝天，一个小女孩在生字本上早已认识却在此刻仍然不觉吓了一跳的蓝天，我也一时愣住了。
于是，我安静地坐在她的旁边，两个人一起看那神迹似的晴空，她平常是一个聒噪的小女孩，那天竟也像被震慑住了似的，流露出虔诚的沉默。透过惊讶和几乎不能置信的喜悦，她遇见了天空。她的眸光自小窗口出发，响亮的天蓝从那一端出发，在那个美丽的五月清晨，

张　晓　风
散 文 精 选

它们彼此相遇了。那一刻真是神圣，我握着她的小手，感觉到她不再只是从笔画结构上认识"天"，她正在惊讶赞叹中体认了那份宽阔、那份坦荡、那份深邃——她面对面地遇见了蓝天，她长大了。

　　那是一个夏天的长得不能再长的下午，在印第安那州的一个湖边，我起先是不经意地坐着看书，忽然发现湖边有几棵树正在飘散一些白色的纤维，大团大团的，像棉花似的，有些飘到草地上，有些飘入湖水里，我当时没有十分注意，只当偶然风起所带来的。
　　可是，渐渐地，我发现情况简直令人暗惊，好几个小时过去了，那些树仍旧浑然不觉地，在飘送那些小型的云朵，好像是一座无限的云库似的。整个下午，整个晚上，漫天漫地都是那种东西，第二天情形完全一样，我感到诧异和震撼。
　　其实，小学的时候就知道有一类种子是靠风力靠纤维播送的，但也只是知道一条测验题的答案而已。那几天真的看到了，满心所感到的是一种折服，一种无以名之的敬畏，我几乎是第一次遇见生命——虽然是植物的。
　　我感到那云状的种子在我心底强烈地碰撞上什么东西，我不能不被生命豪华的、奢侈的、不计成本的投资所感动。也许在不分昼夜的飘散之余，只有一颗种子足以成树，但造物者乐于做这样惊心动魄的壮举。
　　我至今仍然在沉思之际想起那一片柔媚的湖水，不知湖畔那群种子中有哪一颗种子成了小树，至少，我知道有一颗已经长成，那颗种子曾遇见了一片土地，在一个过客的心之峡谷里，蔚然成荫，教会她，怎样敬畏生命。

一山昙华

"你们来晚了！"

我老是听到这句话。

旅行世界各地，总是有热心的朋友跑来告诉你这句话。

于是，我知道，如果我去年就来，我可以赶上一场六十年来仅见的瑞雪。或者如果一个月前来，丁香花开如一片香海，或者十天以前来，有一场热闹的庙会，一星期以前来，正逢热气球大赛，三天以前是啤酒节……

开头的时候，听到这样的话，忍不住跌足叹息，自伤命苦。久了，也就认了。知道有些好事情，是上天赏给当地居民的。旅客如果碰上了，是万幸，碰不上，是理所当然。凭什么你把"花枝春满""天心月圆"的好景都碰上了？

因此，我到夏威夷，听朋友说："满山昙花都开了——好像是上个礼拜某个夜里。"心里也只觉坦然，一面促他带我们仍去看看，毕竟花谢了山还在。

到得山边，不禁目瞪口呆，果真是满满一山仙人掌，果真每棵仙人掌都垂下一朵大大的枯萎的花苞。遥想上个礼拜千朵万朵深夜竞芳时，不知是如何热闹熙攘的局面。而此刻，我仿佛面对三千位后宫美女——三千位垂垂老去的美女，努力揣想她们当年如何风华正茂……

如果不是事先听友人说明，此刻我也未必能发现那些残花。花朵

张晓风
散文精选

开时，如敲锣如打鼓，腾腾烈烈，声震数里，你想不发现也难。但花朵一旦萎谢，则枝柯间忽然幽阒如墓地，你只能从模糊的字迹里去辨认昔日的王侯将相才子佳人。

此时此刻，说不憾恨是假的，我与这一山昙花，还未见面，就已诀别。

但对这种憾恨我却早已经"习惯"了，人本来就不是有权利看到每一道彩虹的。王羲之的兰亭雅集我没赶上，李白宴于春夜桃李园我也没赶上。就算我能逆时光隧道赶回一千多年去参加，他们也必然因为我的女性身份而将我峻拒门外。是啊，不是所有的好事都是我可以碰上的，哥伦布去新大陆没带我同行，莎士比亚《李尔王》的首演日我没接到招待券。而地球的启动典礼上帝也没让我剪彩……反正，是好事，而被我错过的，可多着哪！这一山白灿灿的昙花又算什么？

我呆呆站在山前，久久不忍离去，这一山残花虽成往事，但面对它却可以容我驰无穷之想象，想一周前的某个深夜，满山花开如素烛千盏，整座山燃烧如月下的烛台，那夜可有人是知花之人？可有心是惜香之心？

凡眼睛无福看见的，只好用想象去追踪揣摩。凡鼻子不及嗅闻的，只好用想象去填充臆测。凡手指无缘接触的，也只得用想象去弥补假设——想象使我们无远弗届。

我曾淡忘无数亲眼看见的美景，反而牢牢记住了夏威夷岛上不曾见识过的一山昙华。这世间，究竟什么才叫拥有呢？

一句好话

小时候过年，大人总要我们说吉祥话，但碌碌半生，竟有一天我也要教自己的孩子说吉祥话了，才蓦然警觉这世间好话是真有的，令人思之不尽，但却不是"升官""发财""添丁"这一类的，好话是什么呢？冬夜的晚上，从爆白果的馨香里，我有一句没一句地想起来了……

一

"你们爱吃肥肉？还是瘦肉？"

讲故事的是个年轻的女佣人名叫阿密，那一年我八岁，听善忘的她一遍遍重复讲这个她自己觉得非常好听的故事，不免烦腻，故事是这样的：

> 有个人啦，欠人家钱，一直欠，欠到过年都没有还哩，因为没有钱还嘛。后来那个债主不高兴了，他不甘心，所以到了吃年夜饭的时候，就偷偷跑到欠钱的家里，躲在门口偷听，想知道他是真没有钱还是假没有钱，听到开饭了，那欠钱的说：
>
> "今年过年，我们来大吃一顿，你们小孩子爱吃肥肉？还是瘦肉？"

247

张　晓　风
散 文 精 选

(顺便插一句嘴，这是个老故事，那年头的肥肉瘦肉都是无上美味。)

那债主站在门外，听得清清楚楚，气得要死，心里想，你欠我钱，害我过年不方便，你们自己原来还有肥肉瘦肉拣着吃哩！他一气，就冲进屋里，要当面给他好看，等到跑到桌子一看，哪里有肉？只有一碗萝卜一碗番薯，欠钱的人站起来说："没有办法，过年嘛，萝卜就算是肥肉，番薯就算是瘦肉，小孩子嘛！"

原来他们的肥肉就是白白的萝卜，瘦肉就是红红的番薯。他们是真穷啊，债主心软了，钱也不要了，跑回家去过年了。

许多年过去了，这个故事每到吃年夜饭时总会自动回到我的耳畔，分明已是一个不合时宜的老故事，但那个穷父亲的话多么好啊，难关要过，礼仪要守，钱却没有，但只要相恤相存，菜根也自有肥腴厚味吧！

在生命宴席极寒俭的时候，在关隘极窄极难过的时候，我仍要打起精神自己说：

"喂，你爱吃肥肉？还是瘦肉？"

二

"我喜欢跟你用同一个时间。"

他去欧洲开会，然后转美国，前后两个月才回家，我去机场接他，提醒他说："把你的表拨回来吧，现在要用台湾时间了。"

他愣了一下，说：

"我的表一直是台湾时间啊！我根本没有拨过去！"

"那多不方便！"

"也没什么，留着台湾的时间我才知道你和小孩在干什么，我才能想象，现在你在吃饭，现在你在睡觉，现在你起来了……我喜欢跟你用同一个时间。"

他说那句话，算来也有十年了，却像一幅挂在门额的绣锦，鲜色

的底子历经岁月,却仍然认得出是强旺的火红。我和他,只不过是凡世中,平凡又平凡的男子和女子,注定是没有情节可述的人,但久别乍逢的淡淡一句话里,却也有我一生惊动不已、感念不尽的恩情。

三

"好咖啡总是放在热杯子里的!"

经过罗马的时候,一位新识不久的朋友执意要带我们去喝咖啡。

"很好喝的,喝了一辈子难忘!"

我们跟着他东抹西拐大街小巷地走,石块拼成的街道美丽繁复,走久了,让人会忘记目的地,竟以为自己是出来踏石块的。

忽然,一阵咖啡浓香侵袭过来,不用主人指引,自然知道咖啡店到了。

咖啡放在小白瓷杯里,白瓷很厚,和中国人爱用的薄瓷相比另有一番稳重笃实的感觉。店里的人都专心品咖啡,心无旁骛。

侍者从一个特殊的保暖器里为我们拿出杯子,我捧在手里,忍不住讶道:

"咦,这杯子本身就是热的哩!"

侍者转身,微微一躬,说:

"女士,好咖啡总是放在热杯子里的!"

他的表情既不兴奋,也不骄矜,甚至连广告意味的夸大也没有,只是淡淡地在说一句天经地义的事而已。

是的,好咖啡总是应该斟在热杯子里的,凉杯子会把咖啡带凉了,香气想来就会蚀掉一些,其实好茶好酒不也都如此吗?

原来连"物"也是如此自矜自重的,《庄子》中的好鸟择枝而栖,西洋故事里的宝剑深契石中,等待大英雄来抽拔,都是一番万物的清贵,不肯轻易亵慢了自己。古代的禅师每从喝茶啜粥去感悟众生,不知道罗马街头那盏咖啡的侍者也有什么要告诉我的,我多愿自己也是一份千研万磨后的香醇,并且慎重地斟在一只洁白温暖的厚瓷杯里,带动一个美丽的清晨。

四

"将来我们一起老。"

其实，那天的会议倒是很正经的，仿佛是有关学校的研究和发展之类的。

有位老师，站了起来，说：

"我们是个新学校，老师进来的时候都一样年轻，将来要老，我们就一起老了……"

我听了，简直是急痛攻心，赶紧别过头去，免得让别人看见我的眼泪——从来没想到原来同事之间的萍水因缘也可以是这样的一生一世啊！学院里平日大家都忙，有的分析草药，有的解剖小狗，有的带学生做手术，有的正埋首典籍……研究范围相差既远，大家都不暇顾及别人，然而在一度一度的后山蝉鸣里，在一阵阵的上课钟声间，在满山台湾相思芬芳的韵律中，我们终将垂垂老去，一起交出我们的青春而老去。

能为一个学校而老，能跟其他的一时俊彦一起老，能看着一批批的孩子长大而心安理得地去老，也算是一种幸福吧？

五

"你长大了，要做人了！"

汪老师的家是我读大学的时候就常去的，他们没有子女，我在那里从他读《花间词》，跟着他的笛子唱昆曲，并且还留下来吃温暖的羊肉涮锅……

大学毕业，我做了助教，依旧常去。有一次，为了买不起一本昂价的书便去找老师给我写张名片，想得到一点折扣优待。等名片写好了，我拿来一看，忍不住叫了起来：

"老师，你写错了，你怎么写'兹介绍同事张晓风'，应该写'学生张晓风'的呀！"

九尾狐
（西户口汉画象石）

老师把名片接过去，看着我，缓缓地说：

"我没有写错，你不懂，就是要这样写的，你以前是我的学生，以后私底下也是，但现在我们在一所学校里，你是助教，我是教授，阶级虽不同却都是教员，我们不是同事是什么！你不要小孩子脾气不改，你现在长大了，要做人了，我把你写成同事是给你做脸，不然老是'同学''同学'的，你哪一天才成人？要记得，你长大了，要做人了！"

那天，我拿着老师的名片去买书，得到了满意的折扣，至于省掉了多少钱我早已忘记，但不能忘记的却是名片背后的那番话。直到那一刻，我才在老师的爱纵推重里知道自己是与学者同其尊与长者同其荣的，我也许看来不"像"老师的同事，却已的确"是"老师的同事了。

竟有一句话使我一夕成长。

你欠我一个故事

一

那个人,我不知道他的名字,却和他打过两次照面——也许是两次半吧!

大约是一九九一年,我因事去北京开会。临行有个好心又好事的朋友,给了我一个地址,要我去看一位奇医,我一时也想不出自己有什么大病,就随手塞在行囊里。

在北京开会之余,发现某个清晨可以挤出两个小时空当,我就真的按着地址去张望一下。那地方是个小陋巷,奇怪的是一大早八点钟离医生开诊还有一小时,门口已排了十几个病人,而那些病人又毫无例外地全是台胞。

他们各自拎个热水瓶,问他们干吗,他们说医生会给他们药。又问他们诊疗费怎么算,他们说随便包,不过他们都会给上千元台币。

其中有个清癯寡欢的老兵站在一旁。我为什么说他是老兵?大概因为他脸上有某种烽烟战尘之后的沧桑。

"你是从台湾过来的吗?"

"是的。"

"台湾哪里？"

"屏东。"

"呀！"我差点跳起来，"我娘家也住屏东，你住屏东哪里？"

"靠机场。"

"哎呀！"我又忍不住叫了一声，"我娘家就在胜利路呢——那，你府上哪里？"

"江苏徐州。"

其实最后那个问题问得有点多余，我几乎早已知道答案了，因为他的口音和我父亲几乎是一模一样的。

"生什么病呢？"

"肺里长东西。"

"吃这医生的药有效吗？"

"好像是好些了，谁知道呢？"

由于是初次见面，不好深谈人家的病，但又因为是同乡兼邻居，也有份不忍遽去之情。于是没话说，只淡淡地对站着。不料他忽然说：

"我生病，我谁都没说，我小孩在美国读书，我也不让他们知道，知道了又有什么用？还不是白操心。他们念书，各人忙各人的，我谁也不说，我就自己来治病了。"

"哎呀！这样也不太好吧？你什么都自己担着，也该让小孩知道一下啊！"

"小孩有小孩的事，就别去让他们操心了——你害什么病？"

"我？哎，我没什么病，只听人说这里有位名医，也来望望。啊哟，果真门庭若市，我还有事，这就要走了。"

我走了，他的脸在忙碌的日程里渐渐给淡忘了。

二

一九九三年，我带着父亲回乡探亲。由于父亲年迈，旅途除了我和母亲之外，还请了一位护士J小姐同行。

等把这奇异的返乡仪式完成，我们四人坐在南京机场等飞机返台。

在大陆，无论吃饭赶车，都像在抢什么似的心慌。此刻，因为机场报到必须提早两小时，手续办完倒可神闲气定地坐一下。

我于是和 J 小姐起身把候机室逛了一圈。候机室不大，商场也不太有吸引力，我们走着走着，不知不觉在一位旅客面前停了下来。

J 小姐忽然大叫了一声说：

"咦？怎么你也在这里？"

我定睛一看，不禁同时叫了起来：

"咦？又碰到了，我们不是在北京见过面吗？你吃那位医生的药后来效果如何？病都好了一点吗？"

"唉，别提了，别提了，愈吃愈坏了，病也耽误了，全是骗钱的！"

J 小姐说，他们是邻居，在屏东。

聊了一阵，等上飞机我跟 J 小姐说：

"他这人也真了不起呢！病了，还事事自己打点，都不告诉他小孩！"

"啊呀！你乱说些什么呀？" J 小姐瞪了我一眼，"他哪有什么小孩？他住我家隔壁，一个老兵，一个孤老头子，连老婆都没有，哪来小孩？"

我吓了一跳，立刻噤声，因为再多说一句，就立刻会把这老兵在邻里中变成一个可鄙的笑话。

三

白云勤拭着飞机的窗口。

唉，事隔两年，我经由这偶然的机缘知道了真相，原来那一天，他跟我说的全是谎言。

但他为什么要骗我呢？他骗我，也并没有任何好处可得啊！

想着想着我的泪夺眶而出，因为我忽然明白了：在北京那个清晨，那人跟我说的情节其实不是"谎言"，而是"梦"。

在一个遥远的城市，跟一个陌生人对话，不经意地，他说出了他

的梦，他的不可能实现的梦；他梦想他结了婚，他梦想他拥有妻子，他梦想他有了孩子，他梦想儿子女儿到美国去留学。

然而，在现实的世界里，他没有钱，没有地位，没有学问，没有婚姻，没有子女，最后，连生命的本身也无权掌握。

他的梦，并不是夸张，本来也并不太难以兑现。但对他而言，却是雾锁云埋，永世不能触及的神话。

不，他不是一个说谎的人，他是一个说梦的人。他的虚构的故事如此真切实在，令我痛彻肝肠。

四

回到台湾之后，我又忙着，但照例过一阵子就去屏东看看垂老的父亲，看到父亲当然也就看到了照顾父亲的J小姐。

"那个老兵，你的邻居，就是我们在南京机场碰到的那一个，现在怎么样了？"

"哎呀，"J小姐一向大嗓门，"死啦！死啦！死了好几天也没人知道，他一个人，都臭了，邻居才发现！"

啊！那个我不知道名字的朋友，我和他打过两次半照面，一次在北京，一次在南京。另外半次，是听到他的死讯。

五

十多年过去了，我忽然发现，我其实才是老兵做梦也想做的那个人。

我儿是建中人，我女是北一女人，他们读完台大后，一个去了加州理工学院，一个去了N.Y.U.。然后，他们回来，一个进了中研院，一个进了政大外文系，为人如果能由自己挑选命运，恐怕也不能挑个更好的了。

如果，我是那个陌生老兵在说其"梦中妄语"时所形容的幸运之人，其实我也有我的惶惑不安，我也有我的负疚和深愧。整个台湾的安全和富裕，自在和飞扬，其实不都奠基在当年六十万老兵的牺牲和奉献上吗？然而，我们何以报之？

去岁六月，N.Y.U在草坪上举行毕业典礼，我和丈夫和儿子飞去美国参加，高耸的大树下阳光细碎，飞鸟和松鼠在枝柯间跑来跑去，我们是快乐的毕业生家人。此时此刻，志得意满，唯一令人烦心的事居然是：不知典礼会不会拖得太久，耽误了我们在牛排馆的订位。

然而，虽在极端的幸福中，虽在异国五光十色的街头，我仍能听见风中有冷冷的声音传来：

"你，欠我。"

"我欠你什么？"

"你欠我一个故事！我不会说我的故事，你会说，你该替我说我的故事。"

"我也不会说——那故事没有人会说……"

"可是我已经说给你听了，而且，你明明也听懂了。"

"如果事情被我说得颠三倒四，被我说得词不达意……"

"你说吧！你说吧！你欠我一个故事！"

我含泪点头，我的确欠他一个故事，我的确欠众生一段叙述。

六

然后，我明白，我欠负的还不止那人，我欠山川，我欠岁月。春花的清艳，夏云的奇崛，我从来都没有讲清楚过。山峦的复奥，众水的幻设，我也语焉不详。花东海岸腾跃的鲸豚，崇山峻岭中黩面的织布老妇，世上等待被叙述的情境是多么多啊！

天神啊！世人啊！如果你们宽容我，给我一点时间，一点忍耐，一点期许，一点从容，我想，我会把我欠下的为众生该作的叙述，在有生之年慢慢地一一道来。

二〇〇三年四月五日夜
细雨纷纷的清明，拖着打石膏的右腿坐在轮椅上写的

平视，也有美景

在香港，如果要约人相会，最好的见面地点似乎没什么可争议的，当然是高大醒目的汇丰银行。它离地铁近，是无人不知的地标。

那天，我便和朋友约在那里见面，打算坐缆车上山去吃饭观景。汇丰银行唯一的缺点是范围太大，且因"人同此心"在此处等人的人每以百计。假日期间菲佣麇聚，如同市集，所以有必要再指定一个小范围来碰头。

"铜狮子吧！"朋友建议，"面对银行右边的那一只。"

朋友细心，狮子照例是一对，如果不说明左右，到时候总有点令人心慌。

我早到了，路远，不容易控制时间，多出二十分钟便只好拿来四处打量人群。新雨初晴，万头攒动，港人是什么大风大浪都经过了，"上海汇丰银行"的盛名炳炳彪彪，比起那些新贵，它是老牌多了。而那两只狮子威仪赫赫，是往昔的也是今日的荣耀。

我于香港，虽是身居过客时为多，但我在这里曾教过书，我的戏也在此演过。我且拥有这个地区的身份证和汇丰提款卡，使我和她之间不免觉得有点两情缱绻起来。

铜狮子曾被多少双手摸过？它永远那么光滑润泽，摸它的人都心怀喜悦吧？它那么雄壮，却那么驯良无害，每个人都可以一亲它那铜质的清凉的肌肤。

来了一对情侣，在狮身前合照后离去。

来了一个小孩，被大人抱起，摸了一把狮毛，咯咯地笑着走了。

来了一个女子，细瘦郁悒，她轻轻地握了狮腿，面无表情地走开。

我站在一旁看，我想起西方中古世纪有一种"带状演戏"的方法（这不是学术名词，是我为了方便说明姑且用之的讲法）。那时代，有些野台戏的演法是让观众站在路旁，演员则站在车子上（有点像电子花车），车到定位便停下来演一段献给路边的戏迷看。然后车子开走，然后下面会再开来一车，车上的演员会提供下一回合的剧情。如此一车车的情节串成悲欢离合，串成善恶报应，观众则在虚实幻设中喟叹、喜笑、流泪……

我今也是站在银行前的定点上看众生演出、离去、演出、离去……的戏迷。

然后，我看到有个穿黑色唐装的老人扶着杖走来，他慢慢地摸了狮头，又摸了狮座。

"咦，怎么有水？"他叫了一声。

"刚才下过一阵雨。"旁边回答他的年轻女子看来像他的女儿。我这才注意到，他是个瞎子。

"以前，我是看过铜狮子的！好久了！"他说。

啊，女儿真好，真贴心，只有女儿才会想到要带盲眼的父亲出来散心，并且来摸摸这铜狮子。

我要约的朋友来了，我们一起去排队坐缆车。不料等缆车的时候，又碰到这对父女。我的广东话虽不怎么样，却厚着脸皮去找那女孩搭话：

"他是你什么人呀？"

"他是我爹地！"

"你真有心（这句话在粤语中有点等于体贴细致的意思），你爹地有你这样的女儿好福气！"

这时朋友忽然对女孩说：

"我看你有点面熟哩！"

"我看你也是呀！"女孩说。

两人终于对出来了，朋友因为是牧师，有时会去各教堂讲道，他们曾在教堂见过。

于是聊起来，知道他们从广东来香港三十年了，知道她爸爸是这些年失明的，知道这位身着黑色唐装的老人从前是读过中国古书的，"会背好多文章和诗词歌赋呢！"女孩无限景仰地夸耀着，老人则温和地浅笑。

"你有这个女儿，好过人家好多仔（儿子）哩！"

老人一径微笑，用最谦逊的表情承认了他的骄傲。

到太平山坐缆车并赴山顶餐厅吃饭，一般人目的只有一个，便是俯瞰山下的千门万户和依依港湾——我不好意思问女孩，对于失明的父亲，这一切，不都浪费了吗？

然而，缆车上，闭上眼，我揣摩盲人的世界，车子往上攀爬的时候，其实身体也是有感觉的。下了缆车，如鞭的山风自然跟平地是迥然不同的。盲人于风景既不能俯望也不能仰望，但当女儿牵着他手徐徐前行的时候，他会知道，自己就是令人羡慕的大好的风景。

餐厅的人潮里我们走失了，但我知道，午餐的好味道他是嚼得出来的，而午后山径上阳光，他也必然知道其好处在哪里。

不属于视觉的好东西其实也蛮多的，其中最好的一项当然便是女儿——一个笑话朗朗，半肩柔发，一路搀着父亲的好女儿。

下一次，下一次我如果再去汇丰总行，我会好好摸一下那只铜狮子。我会感知触摸的世界是如何清凉有致，感知世间曾有多少只手，各以他们一己的体温和指纹留下他们无言的故事。

登高俯瞰，原是许多城市常见的观光项目。如果你坐进旋转餐厅吃饭，你还可以看到整个三百六十度的"完全景观"——但我真正志之不忘的，其实只是在寻常的小街角，用平视的角度所看到的小人物，以及他们平凡而又庸常的父慈子孝。平视——不一定要仰视或俯视——也有美景。

我捡到了一张身份证

似乎，事情如果不带三分荒谬，就不足以言人生。

有个朋友Y，明明是很好的水墨画家，却有几分邋遢习性，画作上不知怎的就会滴上几点不经意而留下的墨迹，设计家W评此事，说：

"嗯，这好，以后鉴定他的画就凭这个，不滴几滴墨点的，就不算真迹。"

圣人的生命里充满圣绩，伟人的生命里写满了勋业，但凡人的生命则如我那位朋友的画面，一方面纵横着笔诡墨，一方面却总要滴上几滴无奈的浓浓淡淡的黑墨点子。

就像黑子是太阳的一部分，墨点也必须被承认为画面的一部分。嗳！我且来说说我近日生活中的一滴晕散在素面画纸上的墨点吧！

事情是这样的，我的身份证掉了，我自己并不知道。直到有一天我去办公室影印一份唐诗资料才警觉。那资料是一首短歌谣，只占半页，我环保成性，总认为剩下半页太可惜（虽然用的是旧纸的反面），便打算找出身份证来凑合着印，反正，身份证影本是个不时需要的文件。

但是，糟糕，它竟然不在我的皮包里，我匆匆印完资料，把自己从全唐诗的巨帙里拉回现实，并且追想我最后一次看到身份证是在什么时候？啊，身份证真是一件诡异的事物——我是我，我确确实实地

活着，然而一旦没有那张巴掌大的小东西来证明我是我，我就会忽然变得什么都不是。

一百六十厘米的一个人没人承认，人家只承认六厘米乘以九厘米的那张小纸片。

唉，我的那张小纸片在哪里呢？我把资料丢在一旁，苦思冥想起来，一时大有"不了此事，誓不为人"的气概。想着想着，倒也被我想起一些端倪来了，上一次，好像是去电视台；上杨照的节目，事后得了一笔钱，他们曾跟我要身份证影本供报账，我便去印了给他们。

然而，那一次，我是在哪里影印的呢？会不会影印完了我就把它放在影印机里忘了拿走了？想到这里不禁悲从中来，觉得在此茫茫五百万人口的大城里，走失了一个"我"。也不知这个"我"流落何方？为何人所捡拾？悲伤啊！我怎么都不知道"我"已成为失踪人口？

我似乎是在统一超商影印的，家附近这种店有好几家。趁着一个不用上班的星期天，我挂着一副悲戚的面容去一一走访，仿佛去寻找"失踪老人"或"失踪小孩"，我殷殷打听："请问有没有人在影印机里捡到一张身份证？"

咦？原来还真有，好心的店员拿给我看，有身份证，也有驾照，然而那一把证件上的人都不是我。我瞪着照片上那一双双的眼睛默默致意，希望它早日给认领回去。我继续一家家去找，终于绝了望，嗒然返家。

仿佛是一场"自我追寻"的心理游戏，却碰了壁。我找不到"我"了，"我"消失了。更可怕的是，"我"可能沦落了。

这才开始悲伤起来，听说有人寻盗人家身份证去冒用，我的不必盗，只消捡就可以了。被冒用的身份证会变成什么下场呢？听说有的会卖给非法入境的人，而非法入境的女人会和色情业挂钩，于是会有一个"我"出现在风月场中，这种事想像起来也令人魂飞魄散！又听说有人会拿这种身份证去登记公司，于是"我"就成了董事长，人家就利用"我"去骗财，不久，"我"就有了上亿的债务！啊，那张出走的"我"是可能给人家逼着去干出各种事业的啊！"我"可以是任何人家派定的角色！

261

张　晓　风
散 文 精 选

　　第二天是星期一，我下定决心去户政事务所跑一趟，万事之急，莫如此事之急。总算我还有一张户籍誊本，一枚印章，和三张照片来作为辅佐证据，证明我自己的确是一具活着的合法生物。

　　我估量一下时间，电话中他们虽保证只消半小时就会办好补发手续，但加上来去的车程，少说也要花掉一个半小时。而一个半小时是生命中多么不可弥补的损失啊！这一个半小时如果拿来对月、当花、与朋友聊电话、为自己煮一餐端端整整的海鲜意大利面，对着公园里一双小鸟发痴发愣都不算浪费，唯独拿去办人间繁琐无聊的手续才真是冤哉枉也！

　　我一面换衣服一面恨自己，恨自己糊涂大意，因此必须付上一个半小时的"生命耗损"以为惩罚——要知道，这一个半小时是永世永劫都扳不回来的啊！我感到像守财奴掉了金子一般揪心扒肝的痛。

　　衣服是一套去年在广西阳朔外贸街买的水洗丝休闲服。外贸街，是我取的名字，其实是条老街，但专做老外生意。这件衣服介于蓝绿色之间，郁郁的，像阴天的海水。衣服的质地极其柔软，触手柔滑如液体，我的心情稍稍好了一点。当下决定办完手续便去朋友推荐的一家咖啡店，享受一杯咖啡，外加一块玫瑰蛋糕。他在诗作里曾经提过"玫瑰饼"害我垂涎，事后他坦白对我说，其实是玫瑰蛋糕，但因为凑韵律，所以改成"玫瑰饼"。诗人也真有点可恶，为了押韵竟窜改事实，散文家就比较老实。

　　但是，且慢，如果去喝咖啡，岂不浪费的时间更多了吗？不，对我而言喝咖啡不叫浪费时间，生活里的许多事都像音乐上的板眼，一个小节接着一个小节，一个二分音符等于二个四分音符，一切都得照节奏来，徐疾不得有误，但喝咖啡的时间等于是那个延长符号，而延长符号是不纳入节拍的，你爱拉多长便拉多长，它是时间方面的"外国租界"地，不归本土管辖。它又像打篮球时叫一声"暂停"，于是那段时间便不计在分秒必争的战局里。

　　然而，荒谬的事发生了！就在此刻，正在我要离家去办身份证补发申请，却忽然觉得夹克的内层口袋有个怪怪的硬卡，伸手一摸，天啊，竟是我那"众里寻它千百度"的身份证，我以为自己永世再也见

不到"我"。证上的旧日照片与我互视良久,我把它重新放入皮包。喜悦兴奋当中也不免微微失望,因为不必出门了,那杯咖啡也就取消了。

这天早上我感觉恍若捡到了一张身份证,而既然有了这张身份证,我便可以冒用上面的资料好好活下去!我好像又有理由来凭恃而可以在这个城市里立足了。我捡到了一个"我"——在我以为我们彼此已失之交臂的刹那。重逢不易,自宜珍惜。

这场前因后果说来真有点荒谬,不过,我不是已经说过了吗?事情如果不带三分荒谬,就不足以言人生。

好,我这样告诉自己:

我捡到了一张身份证,在我夹克的内层口袋里。仔细勘验一下,这身份证上的女子其实蛮不错哩!

她有个很令人怦然心动的职业,她是个文学教师,她可以凭着告诉别人何以"庭院深深深几许"是个美丽的句子而谋得衣食。让我且来冒充她,好好登坛说法,好让顽石也点头。

她且有个不错的男子为丈夫,让我也来扮演她,跟这个男子结缘相处。

还有,她的住址也令我羡慕,我打算顶她的名,替她住在那栋能遮风避雨的好屋子里,并且亲自浇灌她养大的兰花和马拉巴栗树。

啊!容许我来认真地做一做她吧!

——原载1998年5月12日《联合报》副刊